Sturmfrühling

Inge Barth-Grözinger, Jahrgang 1950, wurde in Bad Wildbad im Schwarzwald geboren. Sie war lange Lehrerin für Deutsch und Geschichte und ist jetzt pensioniert.

Mehr über unsere Bücher, Autoren und Illustratoren auf:
www.thienemann.de

Barth-Grözinger, Inge:
Sturmfrühling
ISBN 978 3 522 20191 9

Umschlaggestaltung: Suse Kopp
Innentypografie: Kadja Gericke
Reproduktion: Medienfabrik GmbH, Stuttgart
Druck und Bindung: GGP Media GmbH, Pößneck

Inge Barth-Grözinger

Sturm-
frühling

Thienemann

Gewidmet meinen Kindern Nina und Daniel Grözinger mit dem Wunsch, dass ihnen ein Leben aus einem Guss gelingen möge.

Die Linie, die Gut und Böse trennt, verläuft nicht zwischen Klassen und nicht zwischen Parteien, sondern quer durch jedes Menschenherz.

Diese Linie ist beweglich, sie schwankt im Laufe der Jahre. Selbst in einem vom Bösen besetzten Herzen hält sich ein Brückenkopf des Guten. Selbst im gütigsten Herzen – ein uneinnehmbarer Schlupfwinkel des Bösen.

(*Archipel Gulag* von Alexander Solschenizyn)

19. April 1967

Der Wind frischte auf und trieb den Fluss stärker vor sich her. Weiße Schaumkronen tanzten auf den grauen Wellen, die den bleifarbenen Himmel widerspiegelten. Die fahle Aprilsonne hatte sich hinter Wolkenbergen verborgen, die sich immer mehr auftürmten. Gleich würde es zu regnen anfangen. Eigentlich hätte sie jetzt den steilen Weg in die Stadt hinuntergehen müssen, denn sie hatte nur eine dünne Strickjacke an. Aber seltsam, sie saß wie festgewurzelt auf der Bank am Philosophenweg, als ob eine geheimnisvolle Macht sie an diesen Platz fesselte. Sie spürte auch die Kälte nicht, obwohl sie unter der Jacke eine kurzärmelige Bluse trug und – was selten genug vorkam – einen schwarz-weiß gemusterten Rock, ihren besten, und das einzige Paar dünne Strumpfhosen, das sie besaß.

Ich bin auch nicht besser als diese Oberschichtengänse, die aufgedonnert und herausgeputzt im Hörsaal sitzen, ganz vorne am Dozentenpult, um ihm ganz nahe zu sein, ihm, Professor Ludwig Felsmann, dem Halbgott der Heidelberger Germanisten. Warum ziehe ich eigentlich meine besten Sachen an, überlegte sich Marianne. Seit wann lasse ich mich von diesen Gänsen anstacheln? Dabei gehen sie mir doch auf die Nerven, mit ihrem aufgesetzten, albernen Getue. Studieren doch nur Germanistik, weil sie nichts Besseres zu tun haben. Im Übrigen zahlt der Herr Papa das Studium, weil er hofft, dass das Fräulein Tochter dort den passenden Ehemann findet. Am liebsten einen von diesen Verbindungsschnöseln, die sie abends bedienen musste. Viel zu viel Bier, dumme Sprüche und ab und zu einen Klaps auf den Po. Obwohl – das trauten sich die meisten nicht mehr, seit sie ihnen einmal mit scharfen Worten entgegengeschleudert hatte, dass sie sich das ein für alle Mal verbitte. Wie gut das getan hatte! Sie, Marianne Holzer aus Grunbach im Schwarzwald, hatte zurückgeschlagen, wenn auch nur mit Worten. Aber immerhin, was war sie denn? Ein Unterschichtenkind aus ärmlichen Verhältnissen, unehelich noch dazu und schlimmer noch … Aber daran wollte sie jetzt nicht denken. Sie wollte überhaupt nicht mehr daran denken, aber die Bilder waren da, festgefroren in ihrem Hirn und jederzeit konnten sie in ihr Bewusstsein schießen.

Unwillkürlich glitt ihre Hand in die alte braune Aktentasche, die noch aus ihrer Schulzeit stammte. Ja, er war noch da, der Brief, der heute Morgen auf dem großen Tisch in der Diele lag, wo Frau Winter, ihre Zimmerwirtin, die Post für ihre Mieter säuberlich sortiert hinlegte. Ein Brief von ihrer Mutter und Sieglinde, ihrer Schwester, oder vielmehr Halbschwester. Einer von den vielen, die immer das Gleiche enthielten: Klagen, Vorwürfe … *Warum kommst du nicht heim? Lässt uns hier sitzen in diesem Dreckshaus, das bald zusammenfällt, und drüben, in Großvaters Schuppen ... na, du weißt schon, auch damit lässt du uns allein.*

Ja, damit ließ sie sie allein, mit diesem Geheimnis, das sie doch verband, enger als je zuvor. Allerdings hatte sie sich im Unterschied zu Mutter und Sieglinde vom Haus und vom Schuppen befreit. Aber die beiden waren an diesen Ort gekettet, den sie hassten und dem sie doch nicht entkommen konnten.

Mariannes Hand befühlte den Brief, er schien ihr außergewöhnlich dick. Nein, sie würde ihn jetzt nicht aufmachen. Heute Abend, im Bett, kurz vor dem Einschlafen, würde sie ihn lesen. Und dann würde hoffentlich schnell der Schlaf kommen und die Träume verscheuchen, die der Brief sicher aufwühlen würde. Jetzt wollte sie lieber an Schöneres denken, an etwas, das sie durch den Tag tragen würde.

Sie, Marianne Holzer, Studentin der Germanistik und Geschichte im vierten Semester an der Universität Heidelberg, saß in der Vorlesung bei Professor Felsmann. Was waren das für zwei interessante Stunden gewesen, was hatte sie jetzt schon alles gelernt! Und seine Begeisterung, sein rhetorisches Geschick hatten sie mitgerissen.

Im nächsten Semester, wenn ich die Zwischenprüfung gemacht habe, werde ich in sein Hauptseminar gehen, dachte sie. Wahrscheinlich ist es albern, dass ich dieses Getue, das alle um ihn veranstalten, mitmache, ziehe sogar meinen besten Rock an. Aber man sagt, er achte auf die Äußerlichkeiten, sei ein Ästhet und kein Kostverächter, aber was soll's. Er ist wirklich brillant. Und was sein neues Buch verspricht, so hat er meine Erwartungen mehr als erfüllt. Sie zog einen dicken, in glänzendes Umschlagpapier gehüllten Band aus der Tasche. *Das Wesen der Deutschen Romantik* stand da in großen weißen Buchstaben auf dem Schutzumschlag, auf dem im Hintergrund ein Gemälde von Caspar David Friedrich abgebildet war: *Der Wanderer über dem Nebelmeer.* Das Trinkgeld der letzten Monate hatte sie gespart und letzte Woche in der Buchhandlung Ziehank triumphierend das Buch erstanden, ein »neues Standardwerk der Germanistik«, wie die Kritiker schrieben. Sie hatte sich auch nicht daran gestört, dass die Buchhändlerin kopfschüttelnd die vielen Münzen, die sie in kleinen Häufchen vor ihr hingezählt hatte, in die Kasse einordnete.

Ja, daran wollte sie denken, dass sie nun Teil einer neuen Welt war, auch wenn sie ihr vielfach noch fremd war. Wie hätte Großvater Gottfried es genannt? »Du fremdelst, Marianne, aber das brauchst du nicht. Musst keine Angst haben.« Als kleines Mädchen hatte sie sich vor fremden Menschen gefürchtet. War oft unter den Küchentisch geflüchtet, ihrem Schutzort. Großvater Gottfried hatte immer wieder versucht, ihr die Angst zu nehmen. Beim Gedanken an ihn, füllten sich Mariannes Augen mit Tränen. Vor einem halben Jahr war er gestorben, nur wenige Monate nach seiner Frau, der Alten, wie sie Marianne immer verächtlich genannt hatte. Es waren nicht ihre leiblichen Großeltern gewesen, aber die Alte hätte trotzdem freundlicher zu ihr sein können, so wie Großvater Gottfried, der sie doch geliebt hatte, trotz allem. »Fremdeln« – der Ausdruck passte, denn sie fand sich immer noch nicht zurecht in dieser neuen Welt, nach der sie sich doch so sehr gesehnt hatte. So vieles machte ihr Angst, die Selbstsicherheit der anderen Studenten, die Arroganz der Oberschichtengänse, das gespreizte Getue der Professoren. Aber heute, in der Vorlesung von Felsmann, hatte sie zum ersten Mal so etwas wie Vertrautheit gespürt. Sie gehörte doch hierher. Und es gab ja auch andere Studenten, die ängstlich und unsicher waren wie sie.

Nach der Vorlesung hatte sie einer angesprochen, Jürgen, wie er sich vorstellte, ein schmaler Mensch mit Kassenbrille und einem blühenden Pickel auf dem Kinn. Ob man sich nach der nächsten Vorlesung nicht austauschen könnte? Die Notizen vergleichen … der Felsmann sei ja furchtbar anspruchsvoll, exzellent, aber anspruchsvoll. Sie hatte zugesagt. Vielleicht war es nur plumpe Anmache, aber so sah er eigentlich nicht aus. Ein armes Würstchen, so wie sie. Aber sie durfte nicht mehr fremdeln, musste sich mehr zutrauen, schließlich kannte sie sich doch langsam aus in dem Laden. Sie legte das Felsmannbuch sorgfältig in die Tasche zurück. Die ersten Tropfen fielen, es waren nur wenige und sie fielen zaghaft auf die Erde, die Bank, ihr Gesicht. Aber sicher würde einer dieser Frühlingsplatzregen anfangen, die einen bis auf die Haut durchnässten.

Eilends rannte sie die steilen Stufen hinunter, bis sie unten an der Alten Brücke ankam. Wenn sie sich beeilte, war sie an der Hauptstraße, bevor der Regenguss einsetzte. Ob sie die Straßenbahn nehmen sollte? Aber sie hatte sich noch keine Monatskarte gekauft, da sie das Geld reute, im Sommersemester konnte man schließlich laufen.

Als sie am Uniplatz ankam, hielt gerade eine Straßenbahn und die Versuchung war zu übermächtig. Marianne sprang hinein und fuhr mit klopfendem Herzen und schlechtem

Gewissen rumpelnd und schaukelnd bis zum Bismarckplatz.

Wie die anderen das nur machen, die sind immer so
gelassen. Bei denen ist es geradezu Ehrensache, schwarz-
zufahren. Ich kann das nicht. Wenn jetzt ein Kontrolleur
kommt ...

Aber es ging alles gut und als sie schließlich vor der
scheußlichen Wabenfassade des großen Kaufhauses aus-
stieg, hatte sogar der Regen nachgelassen. So konnte sie
einigermaßen trocken bis zur Goethestraße kommen, wo
sich ihr möbliertes Zimmerchen befand. Von Anfang an
war ihr der Straßenname als gutes Zeichen erschienen,
obwohl die Behausung mehr als dürftig war. Egal, Hauptsache, ein Dach über dem Kopf! Zudem erhielt das Quartier durch den Namen »Goethe« eine Art höhere Weihe.

Das Haus selbst war schön, erbaut um die Jahrhun-
dertwende, wie so viele Häuser hier im Westen der Stadt.
Roter Sandstein, Türmchen und Erker und in verwil-
derten Vorgärten blühten Flieder und Goldregen. Im
zweiten Stock hatte Frau Winter ihre Wohnung an vier
Studenten untervermietet. Sie selbst bewohnte mit ihrem
Sohn zwei kleine Zimmer, die zum Park auf der anderen
Seite hinaussahen.

Die drei großen »Herrschaftsräume«, die an der Stra-
ßenseite lagen, waren durch eine dazwischengezogene pa-
pierdünne Wand unterteilt worden, um so vier Räume zu
schaffen. Die Bewohner, allesamt Studenten, konnten so
ohne Mühe am Alltag ihrer Mitbewohner teilhaben.

»Badezimmer gibt es keins«, hatte Frau Winter bei der
Besichtigung resolut beschieden. »Sie waschen sich wie alle

anderen auf dem Klo.« Dabei hatte sie Marianne mit ihren wasserblauen Augen kampfeslustig angeblitzt, als wollte sie so unterstreichen, dass es das Normalste auf der Welt sei, sich als Untermieter auf der Toilette zu waschen.

»Das geht schon in Ordnung«, hatte Marianne geflüstert. Für jemand wie sie, der im Häuschen in Grunbach aufgewachsen war, war das keine große Sache. Das Plumpsklo und der Spülstein in der Küche waren die einzigen sanitären Einrichtungen dort gewesen.

»Wenn Ihnen das Waschbecken zu klein ist, machen Sie es wie Ihre Mitbewohner, kaufen Sie sich eine Plastikschüssel, die können Sie mit aufs Zimmer nehmen. Aber keine Wasserflecken auf dem Boden, wenn ich bitten darf.« Frau Winter schien besänftigt, brachte sogar so etwas wie ein Lächeln zustande, indem sie die Mundwinkel leicht nach oben zog, fuhr sich prüfend über die wie aus Beton festgegossene Dauerwelle und zwängte dann ihre ausladende Figur an Marianne vorbei. »Schauen Sie sich noch um und sagen Sie mir dann, wie Sie sich entschieden haben.«

Was gab es da zu überlegen? Schaudernd erinnerte sich Marianne an die Tage vor Beginn des ersten Semesters, als sie Quartier in der Jugendherberge bezogen hatte. Endlose Schlangen am Zettelaushang in der Mensa, im Studentenwerk, verstohlen geflüsterte Geheimtipps, wo angeblich noch etwas frei wäre. Dann das endlose Treppensteigen, Geschiebe und Gedränge in den Fluren, nur um dann oben zu erfahren, das Zimmer sei bereits vergeben. Nein, sie war froh, bei Frau Winter untergekommen zu sein, und die war ja auch nicht »uneben«, wie Großvater Gottfried wohl sagen würde, obwohl Gertrud, eine ihrer Mitbewohnerinnen, behauptete, sie mache ihrem Namen alle Ehre. »Wenn der Winter kommt, wird's kalt und ungemütlich, und wenn sie kommt, ebenso. Mieterhöhung oder Beschwerden: ›Machen Sie die Musik leiser … Sie haben das Licht heute Nacht bis halb zwei brennen lassen …‹«

Andererseits ließ sie einen in Ruhe, traktierte einen nicht mit Geschichten aus ihrer Jugend oder war über Gebühr neugierig, war sogar in Maßen höchst tolerant, was Besuch anbelangte, wenngleich eine Privatsphäre wegen der Hellhörigkeit praktisch nicht existierte. Herrenbesuch nach 22 Uhr war allerdings strikt verboten.

Marianne stieg die ausgetretenen Holzstufen hoch, sie knarrten in einem Takt, den sie schon zu kennen meinte, und es stellte sich gelegentlich sogar ein Gefühl des Nachhausekommens ein. Im dämmrigen Flur mit dem wuchtigen Tisch in der Mitte und der schweren geschnitzten Eichenvitrine rechts vom Eingang, war es ruhig. Auf diese Vitrine war Frau Winter mächtig stolz. »Macht was her«, pflegte sie oft zu sagen, »solche alten Erbstücke sind doch respektabel.« Die ganze Wohnung war vollgestopft mit diesen hölzernen Monstrositäten. Auch in Mariannes schmalem Zimmerchen befanden sich solche respektablen Scheußlichkeiten, ein uraltes knarrendes Bett mit einem kunstvoll verzierten Kopfteil und ein mächtiger Schrank, der fast die ganze Schmalseite des Zimmers einnahm. Das Ungetüm, verziert mit einem Fries von Blättern und undefinierbaren Früchten, hatte wenigstens den Vorteil, dass Marianne dort all ihre Habseligkeiten verstauen konnte. Denn außer einem mit Resopal beschichteten Küchentisch, der so gar nicht zu der restlichen Einrichtung passte, bot das Zimmer sonst nicht viel. Der Tisch diente abwechselnd als Schreibtisch und als Waschtisch, denn sie hatte sich tatsächlich eine Plastikschüssel gekauft, um sich ungestört von Kopf bis Fuß waschen zu können. Vollends grotesk wirkten die Apfelsinenkisten, die sie regelmäßig beim Supermarkt nahe dem Bismarckplatz ergatterte und in die Goethestraße schleppte. Sie dienten als Bücherregal und Stück für Stück wuchs der Stapel in die Höhe, angefüllt mit ihren Büchern, ihrem Schatz, selbst bezahlt mit dem gesparten Trinkgeld oder in Antiquariaten aufgestöbert. Und jetzt kam also der Felsmann dazu, das blau glänzende Prachtstück ihrer bescheidenen Sammlung.

Flüchtig dachte sie an die Bücher, die sie vor einigen Jahren auf dem Dachboden des Häuschens in Grunbach gefunden hatte, ihr erster Schatz. Sie hatten Walter Holzer gehört, dem Mann ihrer Mutter, der nicht ihr Vater war, wie sich herausgestellt hatte, und der im Krieg gefallen war. Walter, der Augapfel seiner Mutter, die den Schmerz seines Verlusts nie verwinden konnte. Sie hatte die Bücher, die Marianne sorgsam versteckt hatte, eines Tages entdeckt und zu Mariannes Entsetzen verbrannt. Das hatte ihren Hass auf ihre vermeintliche Großmutter, die Alte, so angefacht wie eine brennende Wunde, die nie heilte. So hatte sie es jedenfalls lange Zeit empfunden, jetzt aber dachte sie anders darüber. Sie hat es wahrscheinlich nicht ertragen, dass gerade sie, das Kuckuckskind, diese Bücher in Besitz genommen hatte, mehr noch, sie gelesen und wohl auch geliebt hatte, sie, das Kuckuckskind, und nicht Sieglinde, die geliebte leibliche Enkeltochter, die sich gar nichts daraus machte, höchstens in den Modejournalen

15

ihrer Mutter las, der verhassten, oberflächlichen, leichtsinnigen Schwiegertochter.

Immer wenn sich Marianne daran erinnerte, überlegte sie, was den Menschen antrieb, welche Ängste, Sehnsüchte und Träume ihn leiteten und verfolgten. Und wer konnte darüber urteilen?

Aus diesen tiefsinnigen Gedanken wurde sie durch ein Klopfen an der Wand gerissen. Das war Gertrud, die Zimmernachbarin. Als Antwort klopfte sie wie üblich zurück und keine Minute später wurde die Türe aufgestoßen und ein kräftiges, hochgewachsenes Mädchen kam herein. Gertrud war die Tochter einer wohlhabenden Allgäuer Bauernfamilie, die Erste, die ein akademisches Studium absolvierte, und entsprechend stolz waren ihre Eltern. Wenn sie am Wochenende nicht nach Hause fuhr, traf pünktlich am Samstag ein Paket mit Käse, Wurst und selbst gebackenem Brot ein, das sie großzügig mit Marianne teilte. So verschieden die beiden Mädchen waren, sie mochten sich, mehr noch, sie respektierten sich, gerade weil sie so verschieden waren.

»Also Deutsch studieren, ich könnte das nie«, hatte Gertrud am Beginn ihrer Bekanntschaft immer wieder betont. »In Deutsch war ich immer grottenschlecht. Zu wenig Fantasie, hat es ständig geheißen und noch schlimmer war es, als ich mich mit der Literatur herumschlagen musste. Wie die dort gesprochen haben, ich meine die Leute in den Theaterstücken und den Romanen, also ich musste alles dreimal lesen, bis ich überhaupt etwas kapiert habe.«

»So ging's mir mit der Biologie«, hatte Marianne dann

geantwortet und sich schaudernd an Doppelhelix und Ähnliches in ihren Augen schwer verdauliches *Zeugs* erinnert, wie sie es nannte. »Sieht aus wie Strickmuster, hab ich immer gedacht.«

Gertrud hatte dann herausgefunden, dass sie trotz aller Abneigung gegen die Naturwissenschaften glänzende Noten gehabt hatte, und deshalb war Marianne in ihrer Achtung noch mehr gestiegen, vor allem als Marianne ihr im Laufe der Zeit einiges aus ihrer Familiengeschichte anvertraut hatte. Der bodenständigen Allgäuer Bauerntochter waren diese Geschichten wohl wie Erzählungen aus einer anderen Welt vorgekommen. Das armselige Häuschen am Berg, die leichtlebige Mutter mit dem Hunger nach Leben und sozialer Anerkennung, der unbekannte Vater, ein französischer Besatzungssoldat, von dem Marianne nicht einmal den Namen wusste … Nur ein zerdrücktes und vergilbtes Foto war das Einzige, was von ihm geblieben war. Und man konnte kaum etwas darauf erkennen, außer einem lachenden Mund, aber die Augen, die Augen konnte man überhaupt nicht mehr sehen. Aber von dem Geheimnis hatte Marianne ihr nichts erzählt und das sollte so bleiben. Undenkbar, es irgendjemandem zu erzählen.

Jetzt ließ sich Gertrud auf das altersschwache Bett fallen, das unter ihrem Gewicht bedenklich ächzte.

»Irgendwann kracht hier einmal alles zusammen«, bemerkte Gertrud lakonisch. »Nur Frau Winter wird wie der Fels in der Brandung inmitten der Trümmer stehen und neue Zettel in der Uni aushängen: *Schöne Zimmer zu vermieten. Mietvergünstigung gegen einfache Reparaturen.* Heute Mittag hat es übrigens einen riesen Spektakel gegeben.« Sie hielt inne und sah Marianne erwartungsvoll an.

Die tat ihr den Gefallen und fragte mit gespielter Neugierde zurück: »Was ist denn passiert? Hat einer seine Miete nicht bezahlt? Oder einen Kratzer auf die heiligen Möbel gemacht?«

»Viel schlimmer. Sato hat sich einen Spirituskocher gekauft und ins Zimmer geschmuggelt. Das deutsche Essen bekomme ihm nicht, er wolle so kochen, wie er es von daheim gewohnt sei. Leider hat er völlig vergessen, dass Essen Gerüche erzeugt, in diesem Falle sehr exotische, denn er hatte allerlei Gewürze eingekauft, dazu Fisch, um seinen Reis aufzumöbeln. Ich hab erst gedacht, was kocht denn die Winter da. Oder ist es vielleicht der famose Sohn, der am Herd steht, obwohl er ja sonst keinen Finger rührt. Da ging der Spektakel auch gleich los. Die Winter hat es natürlich auch gerochen, auf dem Gang herumgeschnuppert und ist dann zielstrebig in Satos Zimmer marschiert. Ob er sie alle umbringen wolle, hat sie geschrien, Feuer in den Zimmern sei verboten, und dazu das Kochen und da noch so ein Zeugs. Und sie kündige ihm fristlos. Der Sato stand da und hat fast geheult. Gott sei Dank kam der Sohnemann und hat die Wogen geglättet. Hat von Heimweh gefaselt und Missverständnis, da hat er ja auch irgendwie recht gehabt, und dass der Sato ansonsten doch ein guter Mieter sei, der pünktlich seine Miete bezahle. Sie hat schließlich eingelenkt. Aber den Spirituskocher hat sie konfisziert.«

Marianne schmunzelte. Also war wieder einmal Rolf, der »Sohnemann«, der rettende Engel gewesen. Er konnte seine Mutter um den Finger wickeln, obwohl er so etwas wie eine

»verkrachte Existenz« war, wie Gertrud es nannte. Er ging irgendwelchen unregelmäßigen Tätigkeiten nach, die wohl zurecht im Dunkeln blieben. Aber er sah geradezu unverschämt gut aus und hatte keinerlei Ähnlichkeit mit seiner Mutter, eine Tatsache, die Gertrud zu wilden Spekulationen über den unbekannten Herrn Winter veranlasste, von dem nie die Rede war und an den nichts in der Wohnung erinnerte. Vielleicht gab es auch gar keinen Herrn Winter und der Erzeuger von Rolf war ein ganz anderer gewesen. Jedenfalls sah der Sohn mit seinen pechschwarzen Haaren und den blitzenden braunen Augen nicht wie der Sprössling einer alten Heidelberger Familie aus. Allerdings wurde sein bestechendes Aussehen durch seinen breiten kurpfälzischen Dialekt und die Tatsache, dass er zu Hause meistens schmuddelige Feinrippunterhemden mit Brandlöchern trug, stark getrübt. Auf eine unbestimmte Art und Weise erinnerte er Marianne an Enzo und manchmal erschrak sie, wenn Rolf plötzlich im Halbdunkel des Flures vor ihr stand. Er mochte das wohl bemerken, denn immer wenn er sie sah, stahl sich ein selbstgefälliges Grinsen in sein Gesicht. Wenn du wüsstest, dachte Marianne dann jedes Mal.

»Aber jetzt erzähl mal, wie war denn deine tolle Vorlesung bei deinem tollen Professor?« Gertrud hatte das Interesse an Satos kulinarischem Abenteuer verloren. »Hast dich ja mächtig rausgeputzt. Fehlte gerade noch, dass du zum Friseur gegangen wärst.«

Marianne merkte zu ihrem Ärger, dass sie rot wurde. Unbewusst fuhr ihre rechte Hand hoch und betastete die halblangen, kastanienbraunen Locken, die sie mit einem braunen Haarreif gebändigt hatte. Ein Friseurbesuch würde wirklich nicht schaden. Sie sah so struppig aus, nicht so wie die Gänse, die nach dem neuesten Schrei frisiert waren, also halblanges, glattes, glänzendes Haar hatten.

»Keine Sorge. Siehst gut aus, bildhübsch, wie ich finde, auch ohne Friseur.« Gertruds rosiges, breitflächiges Gesicht strahlte, solche Scherze liebte sie. »Jetzt komm schon. Guck mich nicht so böse an. Bestimmt konnte er den Blick nicht von dir wenden, der Herr Professor.«

Wider Willen musste Marianne lachen. Gertrud meinte es nicht böse und sie kam sich jetzt wirklich albern vor.

»Ganz sicher. Gut zweihundert Studenten und die Gänschen, aufgeputzt wie die Pfingstochsen, zu seinen Füßen.«

»Schöne Metapher«, bemerkte Gertrud. »Siehst du, das habe ich mir noch gemerkt. Also sieht er gut aus, der Herr Professor?«

»Du denkst immer an das Nächstliegende, praktisch, wie die Allgäuer so sind«, schnappte Marianne zurück. Ja, er sah gut aus, das konnte man nicht bestreiten, trotz seiner fünfzig Jahre. Kaum graue Strähnen im braunen Haar, das er auf recht unkonventionelle Art ziemlich lang trug, zumindest für einen Professor. Eine Strähne fiel ihm immer in die Stirn, wenn er sich über sein Manuskript beugte. Und dann diese unnachahmliche Geste, wenn er das Haar zurückstrich mit seiner schmalen, feingliedrigen Hand.

Schluss jetzt, befahl sie sich. Wohin verirrst du dich? Klingt ja wie bei Courths-Mahler, darauf kommt es doch nicht an.

Sie musste wohl den letzten Satz laut gesprochen haben, denn unvermittelt sagte Gertrud: »Darauf kommt es wohl an. Oder warum, glaubst du, sitzen die Weiber da? Wegen ihres Interesses ... worum geht es noch in der Vorlesung?«

»Um die deutsche Romantik«, antwortete Marianne.

»Also wegen ihres Interesses an der deutschen Romantik! Das glaubst du doch selber nicht. Du ja, das weiß ich. Was du nur immer mit deiner Romantik hast! Ich erinnere mich noch – zwölfte Klasse ... Eichendorff ... tödlich langweilig. Immerzu Mondenschein, Mägdelein und Mühlräder.« Gertrud lachte laut, als habe sie einen besonders guten Witz gemacht.

Marianne suchte nach einer Antwort. Gertrud hatte einen wunden Punkt getroffen. Warum diese Vorliebe für diese Epoche, ja, es war geradezu eine Faszination. Warum hatte sie sich auf diese Vorlesung gefreut, hatte es geradezu als Privileg empfunden, Professor Felsmann hören zu dürfen? Bestimmt nicht, weil er so gut aussah und berühmt war. Kam sogar im Fernsehen, hatten die Kommilitonen jedenfalls erzählt. Also deswegen nicht, nicht nur, korrigierte sie sich. Sie wollte ehrlich zu sich selbst sein. Aber es steckte mehr dahinter.

Vielleicht weil bei meinem Bücherschatz, den ich damals auf dem Dachboden gefunden habe, auch zwei schmale Bändchen mit Werken von Josef Eichendorff dabei waren, der *Taugenichts* und das *Marmorbild*. Oder weil Dr. Schwerdtfeger, mein Deutschlehrer auf dem Gymnasium, eine besondere Vorliebe für diese Epoche hatte. Durch ihn habe ich die Gedichte von Novalis und Brentano, die Märchen von Tieck und die Novellen von E. T. A. Hoffmann kennengelernt. Es muss wohl vor allem an Dr. Schwerdtfeger liegen, der mir die Tür zur Bildung aufgestoßen hat und dem ich so viel verdanke. Nicht zuletzt auch das kleine Zimmer in der Wohnung seiner betagten Tante, das ich kostenlos gegen Mithilfe im Haushalt bewohnen durfte, gleich nach der Katastrophe mit Enzo. Das war die Rettung gewesen, denn es wäre mir nicht mehr möglich gewesen, im Häuschen zu wohnen, zusammen mit Mutter, Sieglinde und der Alten, auch wenn Großvater Gottfried sehr traurig war damals. Und trotzdem – zusammengenommen lieferte das alles keine Erklärung.

Sie merkte, dass Gertrud sie immer noch erwartungsvoll anblickte.

»Ich weiß es auch nicht so recht«, entgegnete Marianne kläglich. »Es geht ja nicht bloß um Mondenschein, Mägdelein und Mühlräder. Vielleicht ist es so, dass ich Antworten suche.«

»Antworten?«, fragte Gertrud erstaunt zurück. »Antworten suche ich auch in meiner Biologie. Antworten, die unsere Lebensqualität verbessern. Die Natur hält sie todsicher bereit. Aber was für Antworten suchst du denn um Himmels willen in dem alten Kram?«

Marianne zuckte mit den Schultern. »Ich … ich weiß nicht so genau. Wie das gute Leben gelingen soll …«

»Das gute Leben …«, wiederholte Gertrud. Es klang abschätzig. »Was soll denn das sein?«

»Ein Leben, das zu einem passt«, erwiderte Marianne trotzig. »Verstehst du das denn nicht? Das Leben, das zu einem passt, in dem man sich wohlfühlt, das man selber gestalten kann … Ich weiß nicht.« Sie schwieg hilflos. In ihr waren so viele Fragen, für die sie noch nicht einmal die richtigen Worte fand, um sie auszudrücken. Von den Antworten ganz zu schweigen.

»Und der alte Kram, wie du es nennst, ja, das kann dabei helfen. Wir reden hier nicht von naturwissenschaftlichen Erkenntnissen, so wichtig die sind, sondern von Einstellungen – uns und den anderen gegenüber. Von Entscheidungen, die wir treffen müssen und hoffentlich auch können. Die Menschen haben sich darüber zu allen Zeiten Gedanken gemacht. Die will ich kennenlernen, diese Gedanken, meine ich. Und die Romantiker interessieren mich eben ganz besonders, weil ...« Marianne biss sich auf die Lippen.

Gertrud sah sie aufmunternd an. »Weil ... ?«

»Ja, weil ...« Marianne zögerte. Wie hatte es der Professor vorher formuliert? »Weil sie Sinn für die Schönheit hatten, weil sie wollten, dass die Menschen die Schönheit erkennen, denn dadurch werden sie wahrhaftig frei. Jeder Mensch sollte ein ganz eigenes Individuum werden. Sie wollten eine Revolution – lache nicht, Gertrud – keine bei der man schießt oder bei der man Leute köpft, nein, es sollte eine Revolution der Lebensweise werden, Selbstbestimmung könnte man es wohl nennen. Felsmann hat vorhin einen Philosophen zitiert, ich weiß nicht mehr, wie er heißt, aber er hat davon gesprochen, dass man die bestehenden Verhältnisse »zum Tanzen« bringen muss. Ist das nicht ein schönes Bild?« Marianne hielt inne und sah Gertrud erwartungsvoll an. Aber die sagte nichts, saß nur da und nagte an ihrer Unterlippe. Marianne atmete tief ein. Es gab noch so viel zu sagen. Vielleicht fand sie nicht die richtigen Worte, aber sie wollte es versuchen.

»Noch etwas anderes fasziniert mich. Die Romantiker liebten auch das Geheimnisvolle, das Dunkle, das Unbekannte, das hinter den sichtbaren Dingen und den Menschen steckt. Nichts ist, wie es scheint, meist nur ein Gaukelspiel der Vernunft, die vorgibt, alles zu durchdringen. Ja, da schaust du, meine Diplombiologin in spe. Du hast vorhin von Eichendorff gesprochen, habt ihr auch den *Taugenichts* gelesen?«

Gertrud nickte stumm.

»Erinnerst du dich? Die vermeintliche Gräfin entpuppt sich als Nichte des Portiers, ein Graf ist in Wirklichkeit eine Gräfin und der Taugenichts wird fälschlicherweise für ein Mädchen gehalten. Deshalb liebten sie auch so die Nacht, die für das Geheimnisvolle, das Unheilvolle steht, die dunkle Seite. ›Geheimnisse, in Nacht verloren‹, hat der Professor gesagt.«

Marianne versank in Nachdenken. Wahrscheinlich ist es das, was mich anzieht. Ich habe ja auch ein Geheimnis, ein ganz schreckliches Geheimnis, und ich bin auch nicht die, die ich vorgebe zu sein. Sie fröstelte plötzlich. Es hat doch etwas Tröstliches, dass man den Menschen die Möglichkeit einräumt, Schuld auf sich zu laden und das Geheimnis zu wahren. Ja, das tröstet mich. Und dann war da noch etwas, was ihr so gefiel. Sie dachte an den verwilderten Garten in Grunbach mit den Kartoffeln und Kohlstrünken. Der Taugenichts hätte alles herausgerissen und Blumen gepflanzt. Diese Sehnsucht nach Schönheit hatte sie begleitet, seit sie denken konnte, die Sehnsucht, den Kämpfen des Alltags zu entfliehen. Aber wie konnte sie das Gertrud, ihrer praktischen Gertrud, die in so ganz anderen Verhältnissen aufgewachsen war, begreiflich machen? Marianne flüchtete sich in einen Scherz.

»Vielleicht denke ich Unsinn und du denkst, ich spinne. Du würdest den Mond mit ganz anderen Augen sehen, würdest wahrscheinlich überlegen, woraus seine Oberfläche besteht und ob man Spuren organischen Lebens dort finden kann.«

Gertrud lächelte. »So fantasielos bin ich nun auch wieder nicht. Und ich habe dich ganz gut verstanden, denke ich. Aber ich bin nun einmal jemand, der an das Nützliche und Vernünftige glaubt. Den Taugenichts habe ich immer für einen faulen Tunichtgut gehalten. Anstatt seinem Vater zu helfen, marschiert er einfach los, ohne einen Groschen in der Tasche. Aber jetzt, nach deiner *Rede*, habe ich erst kapiert, worum es da geht. Du wirst einmal eine gute Lehrerin, Marianne. Halte mich auf dem Laufenden, was dein Professor so erzählt. Vielleicht werde ich doch noch eine Literaturliebhaberin.« Sie lachte herzhaft ihr tiefes, kehliges Lachen, das Marianne so an ihr mochte. Dann erhob sie sich mit Schwung vom Bett. »So, jetzt muss ich wieder zu meiner vernünftigen Wissenschaft. Ach, übrigens …« Im Hinausgehen drehte sie sich noch einmal um. »Noch etwas ganz anderes. Der alte Adenauer ist heute gestorben, kam vorhin im Radio. Komisch, irgendwie dachte ich, der sei unsterblich. Hat uns doch das ganze Leben lang begleitet.« Dann schloss sie sanft die Tür.

Marianne saß eine Weile reglos da und starrte die Tür an. Sie war erleichtert, dass Gertrud so reagiert hatte. Nichts mehr von Spinnereien und wirrem Kram. Sie setzte sich schließlich auf den Stuhl am Schreib-Wasch-Esstisch und begann, ihre Tasche auszupacken. Da war der Brief aus Grunbach, den sie endlich lesen musste. Und da war das Buch aus der Unibibliothek, das sie gleich nach der Vorlesung geholt hatte: *Sophie Brentano-Mereau: Gedichte.* Der Name sagte ihr nichts, der Professor hatte ihn am Schluss der Vorlesung erwähnt. In der nächsten Stunde wolle man sich besonders mit ihr beschäftigen. Diese Gedichte wollte sie ganz am Schluss heute Abend lesen, kurz vor dem Einschlafen, vielleicht konnten sie die bösen Träume vertreiben, die sich unweigerlich einstellen würden, wenn sie den Brief gelesen hatte. Die Grunbacher Gespenster mussten unbedingt vertrieben werden, diese Gespenster, die sich in der Nacht auf sie legten und ihr die Luft abschnürten.

Ungeschickt riss sie das Kuvert auf und zerrte zwei eng beschriebene Briefbögen heraus. Was gab es so viel zu schreiben? Sicher wieder die üblichen Klagen. Und am Schluss, in ihrer krakeligen Handschrift, Sieglindes üblicher Gruß: *Wann kommst du? Kannst uns doch nicht immer alleine lassen. Erzähle von dir, was du so machst.*

Marianne schloss für einen Moment die Augen, sie stellte sich vor, wie die beiden in der Küche am Tisch saßen, den Tisch mit der bunten Wachstuchtischdecke, kariert oder geblümt. Sie sah die Mama und Sieglinde vor sich, von grotesker Ähnlichkeit mit ihren blond gefärbten Haaren, die sie seltsam aufgetürmt trugen. »Toupiert« nannten sie es, aus Paris käme diese Art des Frisierens, speziell kreiert für die persische Kaiserin Farah Diba, an deren Schicksal beide Frauen regen Anteil nahmen. Jede Woche kauften Sieglinde und die Mama nicht nur die neuesten Modejournale, sondern jetzt auch bunte Blättchen, die über das Leben der Reichen und Schönen berichteten, kümmerlicher Ersatz für das eigene ungelebte Leben, das im Dämmer der begrabenen Hoffnungen versank.

Du hast es gut, schrieb Sieglinde in jedem Brief, *bist einfach weg. Und wir hocken hier.*

Marianne seufzte und zwang sich, Mutter kraus verschlungene Buchstaben zu entziffern. Der Anfang war wie immer – Klagen und Sorgen: *... Durch das Dach regnet es an einer Stelle herein. Und ich weiß nicht, woher ich das Geld nehmen soll.*

Das war eine mehr oder weniger unverhüllte Anspielung auf das Leinentäschchen mit der bestickten Madonna und den Geldscheinen, die sich darin befanden. Es hatte einmal Enzo gehört, und nun gehörte es ihr. Dann aber schrieb die Mutter etwas Merkwürdiges. Marianne las den Abschnitt zweimal, weil sie zuerst glaubte, sie habe etwas nicht richtig verstanden. Aber nein, da stand es, schwarz auf weiß, ein Irrtum war unmöglich.

Und jetzt das Wichtigste! Die Sache macht Sieglinde und mir große Sorgen und Du bist ja schließlich auch betroffen, deshalb wollte ich es Dir gleich schreiben.

Die »Sache« war der Besuch einer »komischen Frau«, wie die Mutter schrieb.

Noch jung, sieht ganz gut aus, wenn man den dunklen Typ mag. Sie hat kohlrabenschwarze Haare und ganz dunkle, fast schwarze Augen, vor denen man sich fürchten kann. Sagt, sie hieße Maria und käme aus dem gleichen Dorf wie Enzo. Ja, Du hast richtig gelesen, diese Maria kennt Enzo und sie sucht ihn. Er hat wohl gelegentlich geschrieben und daher hatte sie seine letzte Adresse. Sie meint, sie seien verlobt, aber er hat doch nie etwas von einer Verlobten erzählt, oder? Andererseits hat Enzo nur das erzählt, was er wollte. Jedenfalls hat mich beinahe der Schlag getroffen und Sieglinde heult die ganze Zeit. Wir haben ihr gesagt, er sei eines Tages weg gewesen und wir hätten keine Ahnung, wohin er gegangen ist. Und warum sie jetzt nach so vielen Jahren kommt. Da hat sie nur mit dem Kopf geschüttelt. Sie will wiederkommen, hat sie gesagt. Wir sollen versuchen, uns zu erinnern, ob er nicht doch etwas gesagt hat, wohin er gehen will. Sie habe doch so viele Briefe geschrieben, ob wir die nicht bekommen hätten? Wir haben doch nichts bekommen! Wir hatten ja keine Ahnung! Sie arbeitet ausgerechnet beim Tournier, in der Kantine, wenn sie dort herumtratscht! Du weißt doch, wie die Leute sind. Es hat ja dummes Gerede gegeben, als Enzo so plötzlich verschwunden ist. Wenn diese Maria nun alles wieder aufrührt? Was sollen wir nun tun, Marianne?

Marianne starrte auf die eng beschriebenen Bögen, als könne sie nur durch die Kraft ihrer Gedanken das Geschriebene auslöschen. Wie hatte sie nur glauben können, dass alles glattgehen würde? Aber es war doch nun schon einige Jahre her. Trotzdem, ein Mensch verschwindet und keiner fragt nach ihm. Gut, er war ein Hallodri, ein Spieler gewesen, der sich mit höchst zweifelhaften Leuten eingelassen hatte. Das mochte vielleicht für die Grunbacher genügen. Aber in Italien hatte er doch auch Leute gekannt, Verwandte gehabt, jemanden, der ihn liebte, obwohl er nie davon gesprochen hatte. Hatte immer so getan, als sei er allein auf der Welt. Aber Enzo konnte man nicht trauen. Wie konnten sie nur so naiv sein?

Fahrig nahm sie einen weißen Bogen und einen Stift aus der Schublade. Sie musste gleich antworten, beruhigen: Nur nichts Unüberlegtes machen. Sich nicht auf Gespräche einlassen … Wir wissen nichts, absolut nichts. Er ist einfach weg. Aber sie bemerkte, dass ihre Hand zitterte, sie konnte gar nicht richtig schreiben. Sie wusste nicht, wie lange sie so saß, aber die Dunkelheit hatte in der Zwischenzeit die Silhouetten der Möbel ganz verschluckt und nur die Lampe auf dem Tisch verbreitete ein tröstliches, kreisförmiges Licht.

Morgen, versuchte sich Marianne zu beruhigen, morgen schreibe ich. Ich muss mir genau überlegen, was ich ihnen schreibe, vielleicht fahre ich sogar nach Grunbach, am nächsten oder übernächsten Wochenende. Ich muss sie beruhigen und mich auch. Jetzt nur nicht die Nerven verlieren, sonst bricht unser Leben in Stücke. Nein, ich fürchte mich nicht vor dem Gespenst von Enzo und auch nicht vor dieser Person aus Fleisch und Blut, dieser Maria. Was kann sie uns schon anhaben?

»Schuld«, wisperte plötzlich ein Stimmchen, »du hast Schuld auf dich geladen.«

Oh, sie kannte dieses Stimmchen, das beinahe allgegenwärtig schien. Es fing plötzlich an zu flüstern, an jedem Ort, zu jeder Zeit. Und sie konnte es nicht unterdrücken, konnte es nur mühsam beschwichtigen. Ich bin nicht schuld an seinem Tod, sagte sie sich. Wem hätte ich etwas sagen sollen? Hätte ich meine Mutter und meine Schwester ins Elend stoßen dürfen? Schuldig habe ich mich aber gemacht, als ich das Geld genommen habe, Enzos Geld, verpackt in ein Leinensäckchen mit einer aufgestickten Madonna. Vielleicht hat sogar diese Maria die Tasche bestickt. Egal, sie weiß nichts, sie kann uns nichts anhaben. Und die himmlische Maria hat immer noch dicke Backen, wie Enzo oft gesagt hat, ist noch ganz voll. Ich habe ja kaum etwas von dem Geld angerührt. Und was ich herausgenommen habe, habe ich fein säuberlich aufgeschrieben. In den drei Jahren bei Tante Erika habe ich kaum etwas gebraucht, durfte ja dort umsonst wohnen und essen. Eigentlich verrückt, dass ich mich mit dem Geld so schwer tue. Enzo hat mich gemocht, wollte sogar mit mir weggehen, nur mit mir. Wer sollte also Anspruch erheben? »Vielleicht diese Maria«, flüsterte das Stimmchen, »vielleicht gibt es noch andere Menschen in Italien, die mehr Anrecht darauf haben als du.

»Aufhören«, flüsterte Marianne, »aufhören!« Ich will ja gar nichts von diesem ... diesem Blutgeld. Es ist mein Notgroschen, er gibt mir Sicherheit auf meinem Weg.

Sie faltete den Brief zusammen und steckte ihn in einen dickleibigen Band über die historische Laufverschiebung. Morgen wollte sie den Brief zerreißen, wie die anderen auch, und in den Neckar werfen. Keine Spuren hinterlassen, das musste sie Mutter und Sieglinde noch einmal einschärfen.

Später, als sie im Bett lag, betrachtete sie die fleckige Zimmerdecke. Sie war müde, aber es war ihr unmöglich einzuschlafen. Auf dem wackeligen Nachttisch lag das Buch mit den Gedichten von Sophie Mereau, aber sie konnte jetzt nicht darin lesen. Es schien ihr, als beflecke sie das

Buch, wenn sie es in die Hand nehmen würde. Zu viel Schmutz klebte daran, der Schmutz der Lüge und ... Blut. Sie erinnerte sich jäh an ihr Zimmer in Grunbach, wo die schrägen Wände mit einer alten Tapete bedeckt waren, auf denen Blumenmedaillons aufgedruckt waren. Die Blumen waren ausgebleicht und schienen zu verlaufen, als seien sie in Auflösung begriffen. Sieht aus wie tanzende Kobolde, hatte sie damals gedacht, wenn sie mit halbgeschlossenen Augen kurz vor dem Einschlafen plötzlich meinte, einen besonderen Zauber darin zu entdecken. Die Fantasie des Kindes hatte Wunderbares darin gesehen, hatte dem schäbigen Zimmer eine Schönheit zugesprochen, die nicht existierte. Das war schon immer in mir drin, dachte sie, der Glaube an die Kraft der Fantasie. Das hätte Gertrud bestimmt nicht verstanden und sie, Marianne, hielt sich selbst gelegentlich für überspannt. Muss aufpassen, dass ich nicht zu viel rede, muss in Zukunft meine Zunge hüten. Alles könnte jetzt gefährlich werden.

Endlich nahm sie doch das Buch in die Hand. Das Stimmchen war niedergerungen, der Gedanke an die Bilder ihrer Kindheit hatte sie getröstet. Bevor sie das erste Blatt aufschlug, fiel ihr noch einmal die Neuigkeit ein, die Gertrud vorher verkündet hatte, und die wegen des Briefes aus Grunbach ganz in den Hintergrund gedrängt worden war. Der alte Adenauer war tot! Großvater Gottfried hatte ihn ja nie leiden können. »Ein fürchterlicher Reaktionär«, hatte er immer wieder gesagt. »War zwar kein Anhänger von Hitler, immerhin, aber warum duldet er dann die alten Nazis? Sind so viele, die sich die Hände schmutzig gemacht haben, aber denen passiert nichts. Scheint alles vergessen zu sein. Die Leute wollen nicht daran erinnert werden. Volle Bäuche, Auto, Kühlschrank ... Wohlstand für alle, das ist viel wichtiger. Passend dazu haben sie sich einen gütigen Opa gewählt, der sich um alles kümmert und ihnen sogar das Denken abnimmt. ›Keine Experimente‹! Pfui Teufel.« So hatte Großvater Gottfried oft gesprochen und er hatte jedes Mal kräftig ausgespuckt, um seinen Worten Nachdruck zu verleihen.

Jetzt war er also tot, der gütige Opa. Und als solchen hatte ihn Marianne immer empfunden, trotz Gottfrieds Ablehnung. Es ging den Deutschen gut unter ihm, wie gut, hatte man gemerkt, als der andere ans Ruder kam, der Dicke mit der Zigarre, Ludwig Erhard, der »Vater des Wirtschaftswunders«. Und ausgerechnet in seiner Regierungszeit war dann der Einbruch gekommen, der nicht für möglich gehaltene Einbruch der stetig wachsenden Wirtschaft, an die man geglaubt hatte wie an die Sakramente. »Konjunktureinbruch«, hatte es geheißen und die Mutter war eines Abends ganz bleich vom »Tournier« gekommen, der größten Firma am Ort, wo sie arbeitete.

»Kurzarbeit«, hatte sie geflüstert, »manche sprechen schon von Entlassungen.« Dramatischer Rückgang der Aufträge, billigere Konkurrenz aus Fernost, das alles würde geredet, und dass man den Gürtel enger schnallen müsse. Den Gürtel enger schnallen um die wieder dick gewordenen Bäuche, dieses Bild hatte Marianne damals amüsiert. Aber es war nicht lustig gewesen, überhaupt nicht lustig. Die Sorge hatte sich wie ein grauer Ascheregen über das Dorf gelegt, alles schien grau in dieser Zeit, die Gesichter der Arbeiter, die morgens zum Tournier gingen, die

Gesichter der Metzger und Bäcker, die um ihren Umsatz fürchteten, die Gesichter der Frauen beim täglichen Einkauf. Die Mutter kaufte nur noch Schwartermagen und Blutwurst, aus denen die Alte mit Kartoffeln ein, wie sie meinte, nahrhaftes Mahl zubereitete. Diese sogenannten Wurstkartoffeln waren Marianne ein Graus, denn sie kam damals zwei- bis dreimal in der Woche zum Mittagessen nach Hause, Großvater Gottfried zuliebe, der sie heftig vermisste.

»Wie soll ich nur die Raten für den Fernsehapparat bezahlen?«, hatte die Mama gejammert. »Das Kurzarbeitsgeld reicht hinten und vorne nicht.«

Aber dann ging auch die graue Zeit vorbei, der Vater des Wirtschaftswunders musste zurücktreten, ein Ereignis, in dem Marianne geradezu einen symbolischen Akt sah, denn der Dicke, wie er genannt wurde, sah aus wie das fleischgewordene Wirtschaftswunder. Aber ein kleineres Wunder wiederholte sich, denn es ging rasch aufwärts. Die neue Regierung brachte die Wirtschaft wieder in Schwung und geradezu sensationell war der Umstand, dass zum ersten Mal die Sozialdemokraten an der Regierung beteiligt waren. »Vaterlandslose Gesellen« wurden sie von vielen im Dorf genannt, aber ernsthaft rechnete niemand mit einer Revolution und dem Niedergang der Bundesrepublik.

»Wahrscheinlich wundern die sich, dass die Sozis mit Messer und Gabel essen können und Anzüge tragen«, hatte Großvater Gottfried damals geknurrt, der im Übrigen erklärt hatte, er sei froh, dass die Sozis endlich an der Macht seien, obwohl er doch früher gemeint hatte, die Sozialdemokraten seien Arbeiterverräter. »Aber der

Brandt, der gefällt mir, Antifaschist, war im Exil, mutiger Mann.«

Diese Einschätzung teilten nicht viele, zumal dieser Willy Brandt unehelich geboren war, eine Tatsache, die ihn Marianne auf Anhieb sympathisch machte, vor allem weil sich viele Leute so furchtbar darüber aufregten. So einer war Vizekanzler und Außenminister der Bundesrepublik Deutschland! Marianne war es ganz schwindelig geworden, angesichts dieses neuen Koordinatensystems. Was war schlimmer, ein uneheliches Kind zu sein oder ein Nazi?

Jedenfalls hatten die Deutschen nun also ihren gütigen Großvater verloren, der für sie alles geregelt und gerichtet hatte und ihnen ein gutes Gewissen beschert hatte. Wer kam für diese Rolle jetzt infrage? Garantiert nicht dieser Brandt, der uneheliche Sohn und Emigrant. Blieb nur noch der jetzige Bundeskanzler, ein Mann namens Kiesinger, der immerhin silberweißes Haar hatte, aber mit dem wurde man nicht richtig warm, fand Marianne.

»Sieht aus wie ein Herrenreiter«, hatte Großvater Gottfried noch kurz vor seinem Tod gemeint, und ein Nazi war er auch gewesen. Was immer das heißen sollte, dachte sie. Es waren so viele gewesen, die genauso selbstbewusst auftraten wie heute dieser Kanzler.

Plötzlich empfand sie einen heftigen Schmerz. Es war nicht nur der Verlust von Großvater Gottfried, an den sie gerade wieder so intensiv denken musste, sie empfand auch schmerzlich den Verlust ihrer Kindheit, die mit dem Tod des alten Adenauer irgendwie endgültig besiegelt schien. Auch wenn sie als Kind nicht besonders glücklich war, sich ungeliebt und zurückgewiesen fühlte, so gab es doch auch die guten und unbefangenen Momente, beispielsweise wenn der Großvater ihr Geschichten erzählte, sie miteinander im Kaninchenstall saßen und sie ihm alles anvertrauen konnte, was sie bewegte. Es gab das Gefühl des Aufgehobenseins, wenn er mit seinen schwieligen Fingern ihre kleine Hand umfasste, und es gab die Hoffnung, ja, vor allem die Hoffnung, dass alles besser werden würde, dass sie am Ende doch aus dem »Wald und der Nacht« herauskommen würde, genauso wie der Taugenichts. Vordergründig war ihr das gelungen, aber frei war sie nicht.

Draußen heulte der Wind auf und rüttelte an den Fensterläden. Sie hörte, wie Sato im Zimmer auf der anderen Seite das gekippte Fenster mit einem lauten Knall schloss. Das ist ja ein richtiger Sturm, bemerkte sie erschrocken und tappte barfuß zum Fenster. Im Vorgarten wurden die Fliederbüsche hin und her geschüttelt und die Blütenblätter lagen auf der Straße wie frisch gefallener Schnee. Das passt, dachte Marianne, etwas ist zu Ende gegangen. Schwer zu sagen, was kommt, es liegt etwas in der Luft, wie man so schön sagt, aber ich weiß nicht, was. Vielleicht wird alles durchgerüttelt, so wie der Sturm jetzt durch die Straßen peitscht und die Dinge im fahlen Licht der Straßenlaternen veränderte. Sogar die großen mächtigen Bäume bogen sich. Und in Grunbach ist diese Maria aufgetaucht und Enzo lässt uns nicht los, es scheint vielmehr, als sei er wieder da. Unsinn, schalt sie sich im gleichen Moment, was spinne ich da für einen Unsinn zusammen? Sie fröstelte und tappte wieder zurück in ihr Bett. Vielleicht hilft ja doch das alte Zeugs, wie es Gertrud nennt, gegen die schlechten Gedanken, vielleicht helfen Fantasie und Träume und Schönheit und Glück.

Was hatte der Professor heute am Ende der Vorlesung gesagt? »Wenn Sie den Hörsaal nachher verlassen, meine Damen und Herren, dann lenken Sie Ihre Schritte zum Kornmarkt. Bleiben Sie dort stehen, wo Sie das Schloss gut erkennen können, Sie werden wahrscheinlich auf eine Menge Touristen treffen, die eifrig fotografieren und die im Heidelberger Schloss das Sinnbild der deutschen Romantik sehen, ja das Sinnbild unserer deutschen Geschichte überhaupt. Lächeln Sie dann nicht überheblich, weil hier ein reichlich abgenutztes Klischee benützt wird, denn wie alle Klischees enthält auch dieses ein Stück Wahrheit. Darüber werden wir in den nächsten Stunden sprechen. Schauen Sie trotzdem auf das Schloss, schauen Sie es an, als ob Sie es noch nie gesehen hätten, und denken Sie bitte an Sophie Mereau. Ich sehe es Ihnen an, dass die meisten mit diesem Namen nicht viel anfangen können. Nun, über diese Frau möchte ich mit Ihnen sprechen – in der nächsten Vorlesung. Nur so viel: Am Abend des 30. Oktober 1806 ging Sophie Mereau mit ihrem Mann Clemens von Brentano, dieser Name sagt Ihnen etwas, nicht wahr, sie ging also mit ihrem Mann im Garten des Heidelberger Schlosses spazieren. Dort müssen sie beobachten, wie die alten Linden gefällt werden, diese Linden hat Sophie besonders geliebt, übrigens war die Linde der Baum der Romantiker schlechthin.« Dann hatte er seinem gebannten Publikum erzählt, wie traurig Sophie gewesen sei. Marianne durchblätterte eifrig das Buch. Irgendwo hatte sie etwas von einer Kurzbiografie gelesen. Richtig, gleich am Anfang stand eine

Zusammenfassung über das kurze aber intensive Leben der Sophie Mereau. Am Schluss erwähnte der Autor auch den letzten Spaziergang mit Clemens und zitierte ihren letzten Eintrag ins Tagebuch, den der Professor gemeint hatte: »Sag, o! Heilige Linde, wer durfte es wagen, legen das mordende Beil an den geheiligten Stamm, dass dein ehrwürd'ges Haupt, dein grünes vollendetes Leben ...«

Die Zeilen waren hier abgebrochen, nie fertig geschrieben worden, so wie auch ihr Leben jählings abgebrochen war, denn am frühen Morgen des 31. Oktober 1806 war Sophie Mereau im Alter von 36 Jahren bei der Geburt zusammen mit ihrer Tochter gestorben.

»Wie traurig«, hatte der Professor noch gemeint, »der letzte bleibende Eindruck, den sie notiert hatte, galt der Zerstörung des Schönen, der Vernichtung der Natur. Denken Sie daran, wenn Sie hinaufschauen, und vielleicht werden Sie eine Ahnung davon bekommen, was Romantik bedeutet.«

Marianne war dann tatsächlich zum Kornmarkt gegangen und hatte das Schloss, das sie schon so häufig gesehen hatte, noch einmal genau angeschaut. Mit diesen alten, ehrwürdigen Mauern, so oft gemalt, fotografiert und besungen, verband sich jetzt ein Mensch, ein Schicksal. »Sehen Sie das Schloss mit neuen Augen«, hatte der Professor gesagt, »versuchen Sie immer wieder, alles neu und anders zu sehen. Der Mensch ist autonom, ein Schöpfer, jederzeit fähig und in der Lage, die Wirklichkeit für sich neu zu erschaffen. Ist das nicht wunderbar?«

Sie richtete sich im Bett auf und betrachtete noch einmal das Fenster, ein dunkles Viereck, das sich, erhellt vom Licht der Laterne, etwas heller von den Wänden abhob. Regen klatschte unaufhörlich gegen die Scheiben. Sie war jetzt 21 Jahre alt und wusste immer noch nicht, wie das Leben ging. Hoffnungsvoll und mit großer Zuversicht hatte sie am Morgen des 28. Oktober 1962, nach jener schrecklichen Nacht, in der auf dem Höhepunkt der Kuba-Krise die Atombombe nicht gezündet wurde, aber Enzo gestorben war, an der Tür des Kaninchenstalls gestanden. Trotzdem schienen die Sterne noch einmal für sie zu tanzen und ihr den Weg in eine bessere Zukunft zu weisen. Wie dumm und naiv sie damals gewesen war. Hatte geglaubt, ihr Leben meistern zu können, mit ihrem Mut, ihrer Kraft und Enzos Geld. Aber das alles reichte nicht aus, denn da war ihre Schuld, die sie fester denn je an die Familie und das Haus kettete. Aber man konnte doch Schuld abtragen, man konnte lernen, wie das Leben ging, das Leben aus einem Guss. Wie hatte der Professor heute am Schluss noch gesagt? Er wolle ihnen mehr über das Leben der Sophie Mereau erzählen, das, obwohl abgebrochen und unvollendet, als außergewöhnlich, ja als gelungen bezeichnet werden konnte. Ihr fielen wieder die Formulierungen ein, die sie so gefesselt hatten: »… Anders sein zu wollen … der Wille zur Veränderung … Widerspruch zur Welt … Mut und Autonomie …« Und dann war dieses merkwürdige Wort gefallen, das Sophie selbst geprägt hatte: »Selbstbestandheit.« Was hatte sie nur damit gemeint? Der Professor hatte gesagt, sie sollten über diese Wortschöpfung nachdenken. Selbstbestandheit – vielleicht vor sich selbst bestehen können … Stand haben … einen eigenen Standpunkt? Sie musste unbedingt mehr über diese Sophie erfahren und ihre Suche nach dem richtigen Leben. Selbstbestandheit, sie musste herausfinden, wie das ging.

Sie blätterte noch ein wenig im Buch, überflog einige Gedichte und es kam ihr so vor, als ob diese Sophie zu ihr sprechen würde, speziell zu ihr. Mit diesen tröstlichen Gedanken glitt sie in einen unruhigen Schlaf, aus dem sie immer wieder durch das Toben und Pfeifen des Sturms herausgerissen wurde. Unheimliche Träume quälten sie. Bald ächzten die alten Linden am Schloss unter den Beilen, dann tauchten Schattenbilder aus einem dunklen, unergründlichen Nichts – Enzo, der alte Adenauer und diese seltsame Frau aus Italien, diese Maria, obwohl sie doch nicht einmal wusste, wie sie aussah. Sie blieb ein Traumgebilde, das aber immer größer und bedrohlicher wurde, bis sie schweißgebadet erwachte. Weg … weg damit! Etwas Neues würde beginnen, sie spürte es genau. Die Schatten würden verschwinden. Sie tastete nach der Nachttischlampe und knipste das trübe Licht an. Dann holte sie noch einmal das Buch unter ihrem Kopfkissen hervor und es kam ihr so vor, als läge darin eine Verheißung, ein Stück Hoffnung auf eine bessere Zukunft. Was hatte Sophie über die Fantasie geschrieben, diese Kraft, auf die sie vor allen anderen baute?

»Beflügle mich! Schon bricht aus schwarzer Hülle
der Hoffnung lichtes Morgenrot hervor.
Die Welt ist schön, und schönre Lebenshülle
schäumt mir aus deinem Zauberkelch empor.«[1]

---

1 Alle Quellenhinweise finden sich am Ende des Buches.

David

Marianne blinzelte und kniff die Augen zusammen, als sie aus der Tür des Hexenturms trat. Die Maisonne fuhr ihr ins Gesicht, als habe sie feurige Finger, die gierig nach ihr greifen wollten. Nur für einen kurzen Augenblick empfand sie dieses Moment der Hitze als unangenehm, dann ließ sie sich von der Sonne streicheln und das Feuer wandelte sich in eine Flut von Helligkeit und Wärme. Was für ein Kontrast zu gerade eben, als sie mit zwanzig anderen Studenten zusammengepfercht im kleinen Seminarraum gehockt hatte, der, düster und staubig, in ihr stets ein Gefühl bedrückender Enge weckte. Professor Dr. Haller, der Ordinarius für neuere Geschichte, bevorzugte die kleinen, engen Räume im zweiten Stock des historischen Seminars, obwohl ihm als Institutsdirektor und unbestrittener Koryphäe der Heidelberger Historiker doch größere und repräsentative Räume zu Verfügung gestanden hätten. Jürgen mutmaßte, er wolle so den Eindruck erwecken, seine Veranstaltungen seien überlaufen. Behauptete auch düster, Hallers Stern sei im Sinken. Auch jetzt, als er neben sie getreten war und ebenfalls in die Sonne blinzelte, bemerkte er bissig: »Mann, war das langweilig! Der Alte ist wirklich nicht mehr ganz auf der Höhe.«

»Das lag aber auch am Thema.« Marianne empfand seine Kritik als überzogen. »›Die Verwaltung der preußischen Landkreise im 19. Jahrhundert‹ ist als Thema nun mal nicht so spannend und das Referat selber war miserabel.«

»Hast du gesehen, wie fahrig der Haller war?« Jürgen überging ihren Einwand ohne Kommentar. »Wenn das stimmt, was man so hört, hat er auch allen Grund dazu.«

Marianne musterte ihn von der Seite. Auf seinem Kinn blühte wieder einmal ein prächtiger Pickel und die neue Brille, randlos und rund, die ihm wohl ein besonders intellektuelles Aussehen verleihen sollte, trug nicht unbedingt zur Verbesserung seines Äußeren bei. In den wenigen Wochen ihrer Bekanntschaft hatte er sich seltsam verändert, wie Marianne fand. Es war nicht nur sein Aussehen, unter anderem trug er jetzt die Haare lang und hatte sie merkwürdig geschnitten. »Du siehst aus wie einer dieser Beatles«, hatte Marianne gemeint, aber das hatte er empört zurückgewiesen – die Rolling Stones seien mehr sein Fall – und hatte sehr unmelodisch die ersten Takte ihres neuen Hits *Let's spend the night together* gepfiffen und Marianne dabei angeschaut wie ein trauriger Hund. Sie wusste, dass er sich mehr erhoffte als nur Freundschaft, er hatte sie letzte Woche auf der Alten Brücke zu küssen versucht, ungeschickt und ungelenk, wie es seine Art war. Als sie schnell den Kopf weggedreht hatte und seinen feuchten, halb geöffneten Mund an ihrem Ohrläppchen spürte, hatte sie verlegen gemurmelt: »Bitte nicht, Jürgen. Lass uns Freunde sein, mehr will ich wirklich nicht, versteh das bitte.« Er hatte das widerwillig akzeptiert, aber sie spürte, dass er sich veränderte, allerdings hatte das nicht nur mit ihr zu tun. Es kam ihr so vor, als breche plötzlich etwas Unkontrolliertes, ja Wildes in ihm auf, und da war neuerdings dieser störrische, verdrossene Zug um seinen Mund. Irgendwie erinnerte er sie an einen fanatischen, jungen mittelalterlichen Mönch, getrieben von irgendwelchen wahnhaften Ideen. Aber trotzdem war er ein Freund, ihr einziger an der Uni, wenn man von Gertrud absah. Sie tat ihm jetzt auch den Gefallen nachzufragen: »Wieso? Was sagt man denn über Haller?«

Jürgen senkte die Stimme. »Soll in jungen Jahren ein überzeugter Nazi gewesen sein. Sind wohl irgendwelche Schriften aufgetaucht, die er damals verzapft hat. ›Rasse und geschichtliche Bestimmung‹ oder so ähnlich, irgend so ein Scheiß halt.«

»Und woher weiß man das auf einmal?«

»Behrens hat das wohl herausgefunden. Er schreibt doch an seiner Diss über die Uni zur Zeit des Nationalsozialismus. Ziemlich heißes Thema, wie er sagt. Du hast keine Ahnung, wer alles Dreck am Stecken hat, diese Typen, Haller und Konsorten, waren doch alle dabei. Ist dir schon einmal aufgefallen, dass in den Biografien große Löcher klaffen, was die Zeit zwischen 33 und 45 anbelangt? ›Teilnahme am Zweiten Weltkrieg‹ ist noch das Äußerste. Aber die haben ganz gut gelebt – und nach 1945 nahtlos an ihre Karriere angeknüpft. Und jetzt hocken sie im *Europäischen Hof*, die Herren Ordinarien samt Gattin und schlagen sich den Wanst voll mit Austern und Filet. Wie mich diese Typen ankotzen!«

Marianne starrte ihn an. Großvater Gottfried hatte wirklich recht gehabt. Er hatte über die alten Nazis geschimpft, die sich ungeniert wieder breitgemacht hatten. »Nicht nur hier in Grunbach, Marianne, nein, bis weit nach oben reicht ihr Einfluss, bis hinauf zum alten Adenauer. Der war zwar kein Nazi, aber er duldet sie. Alle dulden sie. War doch nicht so verkehrt, damals, denken viele. Und die meisten wollen nichts mehr wissen.«

Das große Geheimnis, so hatte sie es als Kind empfunden. Das große Geheimnis, die Hitlerzeit, der Krieg … aber es war noch nicht vorbei. Wer wohl zu diesen »Typen« gehörte, von denen Jürgen so wütend sprach? Ob Felsmann wohl auch einer von ihnen war? In seiner Biografie hatte ebenfalls etwas von einer Teilnahme als Soldat im Zweiten Weltkrieg gestanden, weiter nichts. Geboren war er in Königsberg, Sohn eines Buchhändlers, das passte, Abitur an einem renommierten Gymnasium, Studium der Germanistik unterbrochen wegen des Kriegs, dann nach 45 war es rasch aufwärtsgegangen, plötzlich wurden viele Zahlen, Namen und Fakten genannt. Hatte auch er etwas zu verbergen? Sie schob den Gedanken rasch beiseite und sagte zu Jürgen: »Also, wenn der Behrens dein Gewährsmann ist, wäre ich vorsichtig. Jeder weiß, dass er den Haller nicht leiden kann, weil er scharf auf die Assistentenstelle war, die dann der Fabricius bekommen hat.«

»Ja, das behaupten diese Schleimer vom RCDS. Der Behrens ist bloß deshalb nicht zum Zuge gekommen, weil er beim SDS aktiv ist. Das gefällt dem Haller natürlich überhaupt nicht. Aber Fakten kann man nicht leugnen oder wegdiskutieren. Der Behrens will nächstens seine Arbeit vorstellen und dann …« Jürgen verstummte, denn an den Fenstern des gegenüberliegenden Unigebäudes machten sich Leute zu schaffen, ein Transparent wurde befestigt und ausgerollt: »Gegen Faschismus und Polizeistaat! Zerschlagt die NATO!«, konnte man lesen.

»He, wo willst du denn hin«, rief Jürgen mürrisch, als Marianne sich anschickte, den Innenhof in Richtung Jesuitenkirche zu verlassen. »Gleich fängt die Demo an, bleib doch hier!«

Marianne bemerkte jetzt die größeren oder kleineren Grüppchen, die sich bildeten und den Hof füllten. Also eine Demo, wieder mal eine Demo, bloß weg hier, das war ein Reflex, der sich unweigerlich bei ihr einstellte. Immer mehr Leute strömten zusammen, von allen Seiten kamen sie, einige trugen rote Fahnen oder hielten Tafeln hoch, Aufrufe zum Streik, man solle zum Sternmarsch nach Bonn kommen, gegen die Notstandsgesetze demonstrieren und immer wieder die gleichen Parolen … »Gegen Faschismus … Amis raus aus Vietnam.«

Marianne fand sich plötzlich in der Menge eingekeilt. Sie erkannte einige Kommilitonen, aber die meisten waren fremd … Offene Münder, die gemeinsam etwas riefen, das sie zunächst nicht verstehen konnte. Und sie fühlte sich mitgezogen, mitgerissen von einem Willen, der nicht mehr der ihre war, Teil einer Masse, in der sie zu einem unbedeutenden Nichts zu schrumpfen schien. Sie schrien etwas vom Polizeistaat und »Nie wieder Faschismus« und dann ertönte der seltsam fremd anmutende Slogan »Ho Ho Ho Chi Minh«. Sie versuchte, sich umzudrehen, nach Jürgen Ausschau zu halten, aber es war sinnlos, sie konnte sich kaum bewegen und fühlte auf einmal Angst, panische Angst in sich aufsteigen. Ich bin hier so fehl am Platz, gehöre gar nicht her, dachte sie und schämte sich gleichzeitig. Was wusste sie denn von diesem Krieg in Vietnam? Was wusste sie von diesen Notstandsgesetzen, über die sich Jürgen ständig ereiferte? Sie hatte ihm nie richtig zugehört und das hatte er gemerkt und sich geärgert.

»Hockst nur in deinem Elfenbeinturm. Kriegst überhaupt nicht mit, was um dich herum passiert.«

Er hatte recht, sie hockte wirklich in ihrem Turm wie eine verwunschene Prinzessin, wartete auf die Erlösung … von was? Durch wen? Die deutschen Romantiker, dachte sie sarkastisch, die deutschen Romantiker und Professor Felsmann. Der Großvater wäre enttäuscht. »Du hast dich verändert, Marianne«, würde er sagen. »Weißt du noch, wie wir früher am Küchentisch gesessen und diskutiert haben? Über den Krieg, den Kommunismus und die Bombe.« Die Bombe, vor der sich Großvater Gottfried so sehr gefürchtet hatte. Sie war dann doch nicht explodiert, in jener Oktobernacht des Jahres 1962, als es um diese ferne Insel, dieses Kuba ging, von der kein Mensch in Grunbach genau wusste, wo es lag. Aber etwas anderes war in dieser Nacht zerstört worden.

Ihre Kehle wurde trocken, fast musste sie würgen und sie unternahm einen hilflosen Versuch, sich bis zum Hexenturm durchzukämpfen, um in das Innere des Seminargebäudes zu gelangen. Zum Hexenturm … zum Hexenturm … »Elfenbeinturm«, wisperte eine feine Stimme, als ob jemand neben ihr stünde, »gehst du wieder zurück zu deinem Elfenbeinturm?« Sie stemmte sich gegen die Menge, raus, nur raus hier. Von Jürgen keine Spur, wahrscheinlich stand er ganz vorne bei seinen neuen Freunden vom SDS. Vorne am Eingang zum Unigebäude hatte man eine kleine Bühne improvisiert, vor der einige vom SDS sich aufgestellt hatten. Marianne konnte aus der Entfernung nicht erkennen, ob Jürgen mit dabei war.

Dann schwang sich jemand auf einen der wackligen Tische, die als Bühne dienten, er hatte ein Megafon dabei, das zunächst nur knarzende Laute von sich gab, dann konnte man ein »Hallo, Kommilitoninnen und Kommilitonen«, hören. Das war Behrens, der Doktorand, der Hallers Nazivergangenheit aufdecken wollte, Behrens, eine ganz große Nummer beim SDS, wie Jürgen behauptete. Auf einem der Flugblätter, die in immer größerer Zahl jeden Tag verteilt wurden, hatte man ihn als »Dreikäsehoch« und »Möchtegern-Revolutionär«, bezeichnet. Wahrscheinlich war das Flugblatt vom RCDS gewesen, aber ganz genau wusste man das nicht mehr, hatte auch den Überblick verloren, angesichts der vielen Gruppen und Grüppchen, die sich ideologisch heftig bekriegten. Aber eines war klar, der SDS war jetzt tonangebend, und der Widerstand gegen diese Notstandsgesetze und den Vietnamkrieg einte die meisten. Und Behrens hatte in der Zwischenzeit seine Rede begonnen, wetterte erwartungsgemäß gegen »Faschismus« und »US-Imperialismus«, unterbrochen vom johlenden Zuspruch der Menge. Marianne kam es so vor, als sei dieser Behrens eine unaufhörlich Floskeln spuckende Sprechmaschine, alles hörte sich gleich an, las sich gleich.

Der Krieg in Vietnam war sicher furchtbar, und wahrscheinlich gab es einiges an diesen Notstandsgesetzen zu kritisieren, aber es schien ihr, als dienten diese Ereignisse vor allem auch dazu, diese immer gleichen gestanzten Worte abzusondern. Was würde Großvater Gottfried dazu sagen? Manchmal vermisste sie ihn so sehr, dass es ihr körperlich wehtat. Er hatte so vieles an diesem Staat kritisiert, aber ihn als »faschistisch« zu bezeichnen? Und er hatte die Hitlerzeit erlebt. Nein, sie wollte jetzt weg, Elfenbeinturm hin oder her, es gab hier nicht einmal richtige Informationen, nur Geschwätz. Sie wollte weg! Energisch rammte sie ihre linke Schulter gegen jemanden, der sie – wohl selbst bedrängt – wieder zurück in die Mitte schob. Er drehte sich trotz des Gewühles blitzschnell um, wobei er einen Packen Flugblätter gegen die Brust presste, als beschütze er ein kleines Kind.

»Nun mal sachte, und nicht so grob«, sagte eine heisere Stimme an ihrem Ohr, und sie blickte in zwei spöttisch funkelnde dunkelbraune Augen.

Später würde sie sich immer als Erstes an diese Augen erinnern, in denen ein Lachen, aber auch eine Müdigkeit gelegen hatte, die sie immer wieder irritierte. Wie passte das zusammen? Sie hatte es lange nicht verstanden. Jetzt bemerkte sie zu ihrem Ärger, dass sie rot wurde, sie brachte ein stammelndes »Entschuldigung« heraus und wurde im selben Moment so sehr gegen ihn gedrückt, dass sie an die Flugblätter auf seiner Brust gepresst wurde. Der seltsame Geruch aus Farbe und billigem Papier kitzelte sie in der Nase, sie nieste und hörte ein leises Lachen.

»Na komm«, flüsterte die heisere Stimme wieder, »jetzt wird's ungemütlich, wir suchen uns ein bequemeres Plätzchen.« Er packte mit seiner freien Linken ihren Arm und zog sie mit sich, arbeitete sich Zentimeter für Zentimeter vor.

»Hallo, David«, hörte sie jemanden rufen, »nun schubs nicht so, David« ... »Hallo, David, sprichst du nachher auch noch?« Es waren vor allem Mädchen, die ihm zuriefen. Na, das kommt nicht von ungefähr, dachte sie jetzt schon fast amüsiert. David, ein ungewöhnlicher Name. Dass ich da jemanden treffe, ausgerechnet einen von diesen Linken, das hätte ich auch nicht gedacht, überlegte sie. Plötzlich fühlte sie sich beschützt im Schlepptau dieses David, der irgendwie auch zu diesen SDS-Aktivisten zu gehören schien und offensichtlich bekannt war wie ein bunter Hund.

Endlich hatten sie sich bis ganz nach vorne durchgezwängt. In der ersten Reihe stand Jürgen neben Behrens, der als Redner abgelöst worden war. Neben ihnen stand ein Kommilitone namens Müllerschön, den Marianne aus der Romantik-Vorlesung kannte. Er hatte sich letzte Woche zu Wort gemeldet und Professor Felsmann aufgefordert, die Vorlesung zu einem »Teach-In« über die Notstandsgesetze »umzufunktionieren«, wie er es nannte, da die gesellschaftliche Relevanz dieses Themas ungleich größer sei, als das Kunstmärchen bei Ludwig Tieck. Es hatte Zustimmung gegeben, allerdings nur von einer Minderheit, die sich aber recht lautstark artikulierte. Dagegen kam das Gemurre der Mehrheit nicht an, das sich vor allem vorne, bei den Gänsen, erhob. Felsmann hatte das Problem großartig gelöst, wie Marianne fand. Er stimmte Müllerschön vollkommen zu, was die Bedeutung des Themas anbelangte, gab allerdings auch zu bedenken, dass ein Großteil der Hörer gekommen war, um etwas über Ludwig Tieck zu hören.

Deshalb wolle er über dieses Thema in einer Hälfte der Vorlesungszeit referieren, die andere Hälfte sollte Müllerschön und den Seinen gehören. Das Ganze endete, wie Marianne vorausgesehen hatte, in einem wüsten Geschrei von Gegnern und Befürwortern der Diskussion. Über allem thronte Felsmann mit einem milden Lächeln, der dann die verbale Rauferei souverän beendete und allen Beteiligten für die engagierte Diskussion dankte. Müllerschön, dem diese Ironie nicht entging, kochte vor Wut, er wagte aber in der nächsten Vorlesung keine Störung mehr.

»Toller Bursche, der Felsmann«, hörte Marianne daraufhin öfter, und es schien, als habe der Professor sich auch den Respekt der militanten Studenten erworben. Jetzt starrte Müllerschön mit düsterem Blick auf den neuen Redner, der wohl von der juristischen Fakultät kam, denn er redete über verfassungsrechtliche Bedenken gegen die Notstandsgesetzgebung. Kaum einer hörte mehr zu, und der junge Mann namens David bugsierte sie in das rückwärtige Hörsaalgebäude, wo an einem langen Tisch Flugblätter und Schriften ausgebreitet waren. Ein knabenhaft schlankes Mädchen mit kurzem Pagenkopf rekelte sich auf einem Stuhl, sie trug Jeans und offensichtlich keinen BH, denn unter ihrem dünnen T-Shirt zeichneten sich die Brustwarzen deutlich ab. Sie wirkte sehr selbstsicher, auf eine so selbstverständliche Weise am richtigen Platz, dass Marianne sie nur neidisch anstarren konnte. So möchte ich auch sein, dachte sie sehnsüchtig, so sicher, so ganz und gar selbstsicher.

»Hey, David«, sie warf einen neugierigen Blick auf Marianne, »hast du die Flugblätter?«

»Noch ganz frisch, nahezu warm.« David knallte den Packen mit Schwung auf den Tisch. »Ihr könnt sie gleich unter die Leute bringen.«

Marianne streckte den Kopf nach vorne und entzifferte: *Kommt zum Sternmarsch nach Bonn.*

»Und wer ist das?« Das Mädchen deutete mit einer Kopfbewegung auf Marianne, die etwas verloren vor dem Tisch stand.

»Dieses schöne Kind ist mir buchstäblich in die Arme getrieben worden. Ich habe sie als neue Genossin angeworben und sie wird uns jetzt beim Klassenkampf helfen.«

»Aber das stimmt nicht.« Wider Willen musste Marianne lachen. »Also ich …«

In diesem Moment drängten sich die Massen durch die offen stehenden Türen.

»Los geht's«, rief das Mädchen und drückte Marianne einen Stapel Flugblätter in die Hand.

»Anmeldung zum Sternmarsch, hierher!« schrie sie, und unmittelbar darauf geriet Marianne in den Mittelpunkt einer Gruppe, die ihr die Flugblätter aus der Hand riss und sie mit Fragen bombardierte. Sie hatte doch keine Ahnung. »Steht alles auf dem Blatt«, rief sie atemlos und: »Fragt David, der organisiert alles.«

David stand an den Tisch gelehnt, eine Zigarette lässig im Mundwinkel, und amüsierte sich.

Was grinst der so frech, dachte Marianne empört. Hat mich in eine unmögliche Situation gebracht. Ach, die sind alle so selbstsicher, nein, arrogant. Als wüssten sie Bescheid und hätten die richtigen Antworten. Antworten worauf? Sie taten jedenfalls so, glaubten es wohl selbst auch. Aber es gab, tief in ihr drin, noch ein anderes Gefühl. Sie konnte es nicht genau benennen, aber es war angenehm, tat ihr gut und war wohl auch der Grund dafür, dass sie ohne Widerstand mitging, als David sie ungefähr eine Stunde später an der Hand nahm und sie nach draußen zog.

»Komm mit, wir gehen in den Club.« Der Club war das Stammlokal der linken Studenten, so hatte es Marianne jedenfalls gehört, sie selbst war noch nie dort gewesen. Es lag unterhalb der Uni, nicht weit vom Neckarstrand entfernt. Auf dem Platz vor der neuen Uni standen noch Gruppen von Studenten, die miteinander diskutierten, der Boden war übersät mit Papieren und Flugblättern. Es lag eine flirrende Anspannung in der Luft, auch das war eine neue Empfindung für Marianne, die bisher jede Menschenansammlung gemieden hatte. Was war nur mit ihr los? Wo war ihre Angst geblieben, Abneigung, die Abneigung gegen die Menschenmengen, Furcht, dort aufgelöst zu werden, aufgerieben, zum Nichts in der Masse? Nun ging sie wie selbstverständlich neben diesem seltsamen Jungen her, diesem Jungen mit den spöttischen, müden Augen und dem spöttischen Mund. Sie musterte ihn verstohlen von der Seite. Da oben im Hörsaal, wo sie die Flugblätter verteilt hatte, hatte sie jeden Blickkontakt vermieden. Er irritierte sie, brachte sie aus der Fassung. Aber sie konnte nicht weggehen, stand da und verteilte Flugblätter, deren Inhalt sie gar nicht richtig kannte.

Jürgen hatte sie eine Weile misstrauisch beobachtet und war dann zu ihr hergekommen. »Was treibst du denn da? Ich dachte, du hast mit den Typen nichts am Hut? Hast mit Politik überhaupt nichts am Hut. Und jetzt …«

Der Satz stand unvollendet zwischen ihnen, zeigte aber seine Verletztheit. »Und woher kennst du den Terbruck überhaupt?«

»Wen?«, fragte sie.

»Den Terbruck. David und seine Freunde, zu denen du wohl auch gehörst. Pass bloß auf, das ist eine ganz seltsame Type.«

Sie setzen sich gegenseitig in ein schlechtes Licht, hatte sie gedacht. Dabei ist doch so viel von Solidarität die Rede. Aber die gilt wohl nicht untereinander. Trotzdem fragte sie zurück: »Warum seltsam?«

»Der ist irgendwie unheimlich. Sehr gescheit, keine Frage, aber irgendwie ist der … ich weiß nicht, wie ich sagen soll, komisch halt. Und die Weiber legt er reihenweise flach.«

»Wie du redest«, sagte sie, aber da war er schon fort, untergetaucht in der Menge, und sie hatte für kurze Zeit ein schlechtes Gewissen. Was wird er denken, dachte sie, dass ich ihn verarscht habe? Aber dann war David gekommen und hatte sie mitgezogen.

Der Club war so verraucht, dass sie zunächst nichts erkennen konnte. Obwohl es erst Nachmittag war, war er schon heillos überfüllt. David fand trotzdem eine freie Ecke neben der Bar, die roten Plastikbänke waren verklebt, genauso wie die fleckigen Tische. Überall gab es Brandlöcher, und wann der Boden zuletzt geputzt war, wollte sie gar nicht wissen. David bot ihr eine Zigarette an, Gauloises, sie lehnte ab, und er meinte brummend: »Bist ja eine ganz Brave, eine richtige Dorfprinzessin hab ich mir da angelacht.« Marianne wollte widersprechen, von »angelacht«

konnte keine Rede sein, sie war keine Dorfprinzessin, wenn sie auch vom Dorf käme. Aber da gesellten sich schon Leute an den Tisch, begrüßten David, drängten sich ungeniert auf die Bank, sodass Marianne ganz dicht an David rücken musste. Man sprach über die »Aktion«, den geplanten Sternmarsch, das Teach-In im historischen Seminar. Marianne schnappte Wortfetzen auf wie »revisionistische Position ... Rechtsimperialismus ... Schweinesystem ... konzentrierte Aktionen« und merkte mit Schrecken, dass sie nichts davon verstand. Vielleicht lag es an David, der so dicht neben ihr saß. Er sah gut aus, sehr gut sogar, sehr schlank und hochgewachsen, mit einem sensiblen, fein geschnittenen Gesicht und braunen, langen Locken, die eine Nuance heller als ihre waren. Und es ging etwas unbestreitbar Maskulines von ihm aus, ohne dass sie sagen konnte, was für eine Kraft in ihm war, die nach außen drängte und andere mitriss. Er genießt Autorität, und er hat Charme, er kann Leute für sich gewinnen, ohne dass sie es merken, dachte sie unwillkürlich. Mir geht es ja genauso. Ich will jetzt wissen, was ihn bewegt, was die anderen bewegt. Es fielen plötzlich die Worte von der »revolutionären Existenz« und ihrem Grundproblem, und da begriff sie, dass es um Gewalt ging. Die wollen die Welt verändern, schoss ihr durch den Kopf, nicht mehr und nicht weniger.

David bestellte Wein, irgend einen französischen Fusel, der einen wohlklingenden Namen trug. In der Zwischenzeit hatte sich eine ganze Menschentraube um ihren schmalen Tisch versammelt, Behrens war dabei, später kam auch Müllerschön dazu, der ankündigte, jetzt verstärkt im »braunen Dreck« der Vergangenheit wühlen zu wollen.

Er hatte augenscheinlich die Demütigung durch Professor Felsmann nicht verwunden.

»Lass den Felsmann in Ruhe, der ist in Ordnung«, sagte David gleichmütig, »im Unterschied zu den anderen Faschistenschweinen, die uns ständig mit neuen Repressalien kommen.«

Marianne atmete auf. Wenn David das auch so sah … Unerträglich, der Gedanke, Felsmann könnte ebenfalls ein Nazi gewesen sein. Nein, das passte nicht, außerdem war er damals zu jung gewesen. Sie musste unbedingt nachrechnen.

Sie schreckte auf, als eine hochgewachsene Blondine plötzlich vor ihnen auftauchte und sich auf Davids Schoß setzte. Sie begann, seine Haare zu streicheln und ihn zu küssen, wobei sie für alle sichtbar ihre Zunge in seinen Mund steckte. Halb fasziniert, halb angeekelt sah Marianne zu und registrierte dann mit einer ihr unerklärlichen Befriedigung, wie David die Blonde sanft, aber bestimmt von sich wegschob und dabei »Jetzt nicht, mein Schätzchen«, murmelte. Die Blondine zog einen Schmollmund, ging aber hinüber zur Bar, wo sie hastig 2 Gläser mit einer klaren Flüssigkeit runterkippte und sich dann von einem Typen mit Halbglatze und Hornbrille, der mindestens einen halben Kopf kleiner war als sie, den Nacken kraulen ließ.

»Blöde Fotze«, zischte David, und Marianne erstarrte. Wie redete er denn über das Mädchen? Warum drückte er sich so … so vulgär aus? Sie wollte protestieren, etwas dagegen sagen, wusste aber nicht, was, und in diesem Moment nahm er ihre Hand und begann, sie zu streicheln. Der

Schwerpunkt der Diskussion hatte sich zwischenzeitlich an die Bar verlegt, wo sich die meisten um einen Neuankömmling scharten.

»Große Nummer aus Frankfurt«, flüsterte David dicht an ihrem Ohr, »das ist der Pahl, von dem hast du sicher schon gehört?«

Benommen schüttelte Marianne den Kopf. Der ungewohnte Rotwein am Nachmittag, dazu diese sanfte Berührung ihrer Hand machten sie schwindelig. Ihr kam es so vor, als habe sie plötzlich keinen Willen mehr, als sei sie dazu bestimmt, hier sitzen zu bleiben, in dieser rauchigen Höhle, und dieser heiseren Stimme zuzuhören und die Berührung seiner Haut zu spüren.

Er lachte leise. »Hab mir gleich gedacht, dass du eine kleine Konterrevolutionärin bist, wie du da auf der Demo herumgeirrt bist, ein aufgescheuchtes Huhn. Nein, verzeih, das war nicht besonders charmant. Wie heißt du eigentlich?«

»Marianne«, flüsterte sie. Wahrscheinlich war das in seinen Augen ein fürchterlich spießbürgerlicher Name, aber er schien diesen Namen ganz in Ordnung zu finden.

»Gefällt mir. Nach der französischen Marianne?«

Sie verneinte, wollte sagen, dass ihr Vater Franzose war, wollte ihm so viel erzählen, aber die traurige Wahrheit, dass ihre Mutter sie nach der Heldin einer Filmschnulze benannt hatte, konnte sie ihm unmöglich sagen.

»Ich werde dich Marie Ann nennen, wie die Franzosen den Namen aussprechen. Das klingt schön, beinahe revolutionär, und hast ja heute dann doch brav mitgeholfen im Kampf gegen Imperialismus und Faschismus.«

Da begann sie doch zu erzählen, von Grunbach, dem Häuschen am Berg und Großvater Gottfried.

»Welch fette Beute«, spottete er, »ein Proletarierkind mit kommunistischem Großvater ist mir ins Netz gegangen. Jetzt musst du in jedem Falle mitmachen.«

Bin ich denn ein Proletarierkind, überlegte Marianne. Der Walter Holzer, den ich lange für meinen Vater gehalten habe, war Kaufmann beim Tournier, hatte immerhin das Gymnasium bis zur 10. Klasse besucht. Und mein leiblicher Vater, der französische Soldat? Von dem weiß ich gar nichts, nicht einmal seinen Namen. Aber Großvater Gottfried, der sich in einem Sägewerk zuschanden gearbeitet hat, der war ein Proletarier. Ein merkwürdig altmodischer Ausdruck. So redet doch heute kein Mensch mehr. Aber irgendwie schien es David zu freuen, dass sie aus bescheidenen Verhältnissen kam, wie man das wohl nannte. Von Jürgen wusste sie, dass sie den Kontakt zu Arbeitern und Lehrlingen suchten. Als hätte David ihre Gedanken erraten, sagte er: »Für dich muss es doch wichtig sein, dass die Verhältnisse geändert werden. Diesen Kampf um Gerechtigkeit können die Studenten nicht alleine führen, dafür brauchen wir die Arbeiter. Hast du darüber nicht mal nachgedacht? Dein Großvater spricht doch sicher darüber mit dir.«

Marianne schüttelte langsam den Kopf. »Er ist letztes Jahr gestorben. Wir haben viel politisiert, das schon, er war gegen Adenauer und hat sich über die alten Nazis aufgeregt, die wieder an wichtigen Stellen saßen. Und er hat sich vor einem neuen Krieg gefürchtet, vor der Atombombe.«

»Aber er hat nicht überlegt, woher alles kommt, die Kriege, die Bomben, die neuen und alten Nazis …?«

»Und ihr wisst es?«

David zündete sich eine neue Zigarette an und blies den Rauch langsam aus, dann nahm er sie aus dem Mund und schaute auf das rot glühende Ende. Drüben an der Bar wurden die Stimmen lauter. Es ging um ein Attentat, das in Berlin verübt worden war. Allerdings sei es mit Rauchbomben aus Puddingpulver ausgeführt worden, was einige der Diskutierenden zu amüsieren schien, andere hingegen empörte. Von »Kindergeburtstag« war die Rede, von »Pudding-Kommunarden«, und Marianne versuchte, sich daran zu erinnern, ob sie etwas darüber gelesen hatte. Von der Kommune 1 hatte sie gehört, bei ihrem letzten Besuch in Grunbach. Dort hatte ihre Mutter ihr eine Illustrierte unter die Nase gehalten, auf der die Kommunarden nackt, allerdings in Rückenansicht, abgebildet waren. Und eine reißerische Überschrift verkündete »Sex und Drogen – aus dem Innenleben der Kommune 1«.

»Das ist ein Gesindel«, hatte die Mutter geschimpft, »und solche Leute nennen sich Studenten, zukünftige Akademiker! Einsperren müsste man die!«

Sie bemerkte plötzlich, dass David sie von der Seite ansah und lächelte. Ob er sich über mich lustig macht, überlegte Marianne. Irgendwie habe ich das Gefühl, er nimmt mich nicht ernst.

»Ich denke schon«, antwortete David bedächtig. »Jedenfalls stellen wir die richtigen Fragen. Und wir suchen die richtigen Antworten.«

»Mit Flugblättern und Puddingattentaten«, erwiderte Marianne. Sie konnte auch sarkastisch sein. Ganz so unbedarft war sie doch nicht.

»Beispielsweise. Es gibt verschiedene Formen des Protests. Man muss die Menschen aufrütteln. Dieses Puddingattentat hat großes Aufsehen erregt und es hat die Verlogenheit unserer Gesellschaft deutlich gemacht.«

»Verlogenheit?« Marianne war verwirrt.

»Ja, Verlogenheit. In Vietnam schmeißen die Amis Napalmbomben auf die Zivilbevölkerung, auf Alte, Frauen und Kinder. Darüber regt sich niemand auf, aber wenn auf den US-Vizepräsidenten, diesen Humphrey, harmlose Rauchbomben geworfen werden sollen, dann steht plötzlich die Polizei massenhaft da, die Genossen werden gefesselt abgeführt, und die rechte Presse darf ungeniert hetzen, da ist von ›Gesinnungslumpen‹ und ›Terroristen‹ die Rede. Verstehst du? Du hast doch bestimmt davon gehört?«

Nein, das hatte sie nicht. Sie hatte nur die Berichte in den Zeitungen mehr oder weniger widerwillig zur Kenntnis genommen. Diese sogenannte Kommune 1, das waren eben Spinner, was gingen sie diese Leute an? Aber das war nicht richtig gewesen. Sie war den Vorurteilen der Leute aufgesessen. Hatte sich nicht die Mühe gemacht, sich zu informieren, sich ein eigenes Bild zu machen. So, wie David ihr das eben erklärt hatte. Und was wusste sie von Vietnam und den Napalmbomben? Sie sah auf und begegnete seinem Blick. Diese Augen, es war noch etwas anderes in ihnen … Spott, Traurigkeit und – Zorn, ja ein wilder Zorn glimmte jetzt in ihnen auf. »Wer bist du denn, David? Was treibt dich an?« Ihr fiel ein, was Felsmann in der letzten Vorlesung gesagt hatte, die, in der Müllerschön über die Notstandsgesetze diskutieren wollte. Der Professor hatte in der ersten Hälfte, die den Kunstmärchen der Romantik vorbehalten sein sollte, über Tiecks Märchen vom *Blonden Eckbert* gesprochen. Sie war mehr als üblich fasziniert gewesen, ohne richtig zu wissen, warum.

»Niemand ist der, der er vorgibt zu sein. Die Menschen werden mit ihren Geheimnissen konfrontiert, die sie völlig aus der Bahn werfen und sie zerstören. Aus dem Schutz der Einsamkeit herausgetreten, werden sie mit Dingen konfrontiert, die sie letztlich kaputt machen. Das Verwirrspiel über ihre Identität führt zum Tod, zur Auflösung des Ich, das sich am Ende in seiner Schreckensgestalt offenbart.«

Das hat mit mir zu tun, hatte sie spontan gedacht. Wer bin ich denn? Ich hab ja auch mein dunkles Geheimnis, bin herausgetreten aus meiner Grunbacher Einsamkeit, genauso wie diese Bertha aus dem Märchen, habe mit den Sünden gelebt, habe gestohlen wie sie, und jetzt schleppe ich das mit mir herum. Aber ich will nicht daran zugrunde gehen. Ich will nicht wie diese Bertha enden. Bloß, was soll ich tun? Wie finde ich den richtigen Weg, wie finde ich zu mir, zu dem, was ich wirklich bin?

»Ich möchte zu gerne wissen, was du denkst«, sagte die schon vertraute Stimme Davids neben ihr, diese spöttisch klingende, heisere Stimme. Und wer verbirgt sich hinter dir, dachte sie. Hinter diesem Spott und diesem Groll?

»Ich habe gerade über die letzte Vorlesung bei Felsmann nachgedacht. Deutsche Romantik – hat über ein Märchen gesprochen, das in dieser Zeit entstanden ist. Das hat mich sehr beschäftigt.«

»Du lieber Himmel!« Er warf in gespieltem Entsetzen die Arme hoch. »Märchen … die deutsche Romantik …

Wir reden über Vietnam und Bomben und du denkst an diesen reaktionären Scheiß. Dass ihr Proletarierkinder dermaßen auf diesen bourgeoisen Kram abfahrt ... das ist mir schon ein paarmal aufgefallen.«

Wie viele Proletarierkinder kennst du denn, wollte sie ihn fragen, und woher nimmst du das Recht, so überheblich zu urteilen? Aber sie biss sich auf die Unterlippe, als wollte sie sich so verbieten, ihre jäh aufflackernde Wut nach außen zu tragen. Stattdessen sagte sie ruhig: »So weit hergeholt ist das gar nicht. Die Romantiker haben eine Lebensform gepflegt, die gar nicht so verschieden von der Kommune 1 war.«

Er grinste plötzlich. »Freie Liebe und so? Aber sie haben sich nicht nackt abbilden lassen!«

»Sie haben vielfach gegen gesellschaftliche Normen verstoßen. Vor allem die Frauen haben sich aus ihrem Korsett befreit. Das Bild passt, nicht war? Ja, sie haben sich scheiden lassen, haben zusammengelebt, ohne verheiratet zu sein. Ihr wollt doch die Trennung zwischen Privatem und Politischem aufheben, wenn ich das richtig mitbekommen habe, auch die Romantik wollte die Trennung zwischen Leben und Kunst aufheben. Zusammengenommen zielt das auf eines, was nicht nur seit Karl Marx der Traum aller Linken ist: die Aufhebung der Entfremdung.«

In seinem Blick, mit dem er sie streifte, lag Anerkennung, ja Respekt, wie sie mit Genugtuung bemerkte.

»Schau an, du hast ja doch Ahnung. Kennst deinen Karl Marx. Und ich muss, scheint's, mein Bild der Romantik revidieren.«

»Ich hatte einen guten Lehrer«, erwiderte sie, und

fast wären ihr Tränen in die Augen geschossen, als sie an Dr. Schwerdtfeger dachte.

Er nahm ihre Hand und drückte sie. »Alles in Ordnung?«

»Ja, ja, es geht ihm nur sehr schlecht, und ich verdanke ihm so viel.« Bei ihrem letzten Besuch war er ihr sehr hinfällig erschienen. Das innere Feuer brannte nicht mehr. Der ganze Mensch war wie erloschen.

»Ich werde wohl bald den Dienst quittieren müssen«, hatte er gemeint. Ein Leben ohne seine geliebte Schule – unvorstellbar.

David löste sanft seinen Griff, und sie empfand Bedauern. Die Berührung war so schön gewesen. Wann hatte sie das letzte Mal jemand gestreichelt, in den Arm genommen? Enzo war das gewesen, und obwohl sie seine Berührung nicht gewollt hatte, hatte sie gutgetan. Aber es war schon so lange her, dass sie sich fast kaum mehr daran erinnerte, vielmehr, sich nicht daran erinnern wollte.

Aus dem rauchigen, dunstigen Hintergrund löste sich jäh eine Gestalt und trat an ihren Tisch. Es war der junge Mann, der Pahl hieß, der SDS-Funktionär, wie David vorhin erzählt hatte. Er nickte Marianne kurz zu und wandte sich an David. »Muss was mit dir besprechen«, und – noch einmal zu Marianne gewandt – »Sorry, aber kannst du uns kurz alleine lassen?«

»Ich muss sowieso gehen.« Marianne packte ihre Tasche. »Ich zahle dann vorne an der Bar.«

»Ach was, du bist eingeladen.« David zwinkerte ihr zu. »Hast dich heute um die Weltrevolution verdient gemacht, das muss belohnt werden. Und vergiss nicht: Die Revolution ist kein Gastmahl, kein Aufsatzschreiben, kein Bildermalen oder Deckchensticken ... die Revolution ist ein Aufstand, ein Gewaltakt, durch den eine Klasse die andere stürzt. Das hat der Große Vorsitzende Mao gesagt. So long, meine kleine Romantikerin.«

Der junge Mann namens Pahl lachte scheppernd.

Er sieht aus wie ein Vogel, dachte Marianne, ein zerrupfter, großer Vogel. Er sieht aus, als käme er geradewegs aus einem Tieck'schen Märchen, ein Zaubervogel, der sich aus der Waldeinsamkeit verirrt hat. Dieser Gedanke amüsierte sie so sehr, dass sie darüber sogar ihren Zorn vergaß, der sie kurz vorher angefallen hatte. Diese Überheblichkeit störte sie und sie wirkte auch nicht echt. Aber was verbarg sich dahinter? Lauter verirrte, schräge Vögel, dachte sie, und verabschiedete sich mit einem Kopfnicken von der Gruppe, die rauchend und laut diskutierend an der Bar hing. Er hat nichts von einem Wiedersehen gesagt, überhaupt nichts, überlegte sie noch im Hinausgehen. Und ich weiß rein gar nichts von ihm. Es wunderte sie, dass ihr diese Gedanken so wehtaten.

Als sie in der Goethestraße ankam, fiel ihr Blick zunächst einmal auf den großen Tisch. Gott sei Dank, kein Brief aus Grunbach. Es war schon zur fixen Idee geworden, dass jeder Brief eine neue Hiobsbotschaft enthielt. Aber diese Maria war zu einer ständig präsenten Bedrohung geworden.

Sie war am letzten Sonntag schon wieder da, hatte die Mutter in ihrem letzten Brief geschrieben. *Fragt uns Löcher in den Bauch, nach Enzo und nach dem Geld. Er habe geschrieben, dass er bald Geld schicken würde, viel Geld. Und jedes Mal sagen wir, dass wir davon nichts wissen und Enzo mitsamt seinem Geld einfach verschwunden ist. Irgendwie stimmt das ja auch. Aber sie bleibt dann einfach sitzen und starrt uns an. Sitzt da, und starrt uns an. Es ist so unheimlich. Ich habe Angst, und Sieglinde auch. Ich fürchte, dass sie bald die Nerven verliert. Was sollen wir nur tun?*

Das wusste Marianne auch nicht. Eines stand fest: Diese Maria war eine Bedrohung. Weniger, weil sie etwas wusste, aber sie schien eine Art Zermürbungstaktik zu verfolgen. Wahrscheinlich will sie uns erpressen, überlegte Marianne. Ahnt, dass etwas faul ist. Spürte die Nervosität der beiden. Vielleicht ist auch Eifersucht im Spiel. Wer Enzo kannte, weiß auch, dass er jedem Rock hinterherlief. Vielleicht hatte er in seinen Briefen etwas angedeutet. Viele Vielleicht, wenn man nur wüsste, was sie will.

Eines war klar: Sie musste in der nächsten Zeit nach Grunbach fahren und mit dieser Maria sprechen. Dann konnte sie auch Dr. Schwerdtfeger besuchen. Sie musste unbedingt wissen, wie es ihm ging.

Durch die Türspalten der Zimmer drang Licht. Aus Gertruds Zimmer kamen, zwar verhaltene, doch deutlich wahrnehmbare rhythmische Klänge. Wenn das Frau Winter hörte, dann gab es Ärger. Diese Art von Musik mochte sie überhaupt nicht. Gott sei Dank hatte Gertrud ihre Roy-Black-Phase hinter sich gelassen. Für den schwarzhaarigen Sänger mit dem schmachtenden Blick hatte sie nämlich heftig geschwärmt, genau wie ihre Schwester Sieglinde. Die allerdings hegte nach wie vor eine ausgesprochene Vorliebe für ihn, hatte sogar mehrere *Bravo*-Poster in ihrem Zimmer aufgehängt. Gertrud dagegen hatte sich der englischsprachigen Popmusik zugewandt. Die *Beatles* und *Rolling Stones* mochte sie nicht so besonders, ihre derzeitigen Favoriten waren die Musiker einer amerikanischen Gruppe namens *Monkeys*, trotz der langen Haare recht brav aussehende junge Männer, die jetzt gerade vom *Daydream Believer* sangen. Behutsam klopfte Marianne an die Tür, und sofort wurde die Musik leise gedreht. Vorsichtig streckte Gertrud ihren Kopf aus der Türöffnung und stieß einen erleichterten Seufzer aus, als sie Marianne sah.

»Bin ich froh. Ich dachte schon, Frau Winter ist es, und ich krieg Ärger, weil es zu laut ist. Sie ist nämlich vorhin mit Rolf ausgegangen und ich hab gedacht, ich hätte sie nicht gehört, als sie zurückgekommen ist. Aber die Luft scheint noch rein zu sein. Jetzt komm doch rein.« Sie zog Marianne in das Innere ihres Zimmers. Das zerwühlte Bett und eine geöffnete Pralinenschachtel legten Zeugnis davon ab, dass sie sich nicht ausschließlich mit den Geheimnissen der Molekularbiologie beschäftigt hatte. Die Lehrbücher lagen zwar aufgeschlagen, aber irgendwie verwaist auf dem Tisch. Sie registrierte Mariannes Blick und bemerkte mit einem Schulterzucken: »Stinklangweilig! Außerdem schreiben wir die Klausur erst nächste Woche. Ich musste mir etwas Gutes tun.« Sie reichte Marianne die Pralinenschachtel. Die lehnte ab und ließ sich aufs Bett plumpsen.

»Sag mal«, Gertrud kräuselte die Nase, »hast du etwas getrunken?«

»Ja, Rotwein im *Club*.«

»Du warst im *Club*? In dieser Kaschemme?«

»Ja, aber es ist noch schlimmer. Vorher habe ich Flugblätter vom SDS verteilt.«

Gertrud starrte sie an. »Du musst ja völlig betrunken sein. Oder gibt es eine andere Erklärung dafür?«

Marianne kicherte. Gertruds Gesichtsausdruck war zu komisch. »Ich bin nur ein wenig beschwipst. Und zuerst war ich völlig nüchtern. Weißt du, ich war auf der Demo an der Uni gegen die Notstandsgesetze. Das heißt, ich wollte eigentlich gar nicht hin. Ich bin mehr aus Versehen da hineingeraten.«

»Du warst aus Versehen auf einer Demo?«

Marianne schwieg. Es hörte sich wirklich blöd an. Sie starrte in Gertruds rundes, rosiges Gesicht. Wie sollte sie ihr das alles erklären ... David ... die Kommune ... Vietnam ... Sie verstand es ja selbst nicht. Ihr kam es so vor, als sei sie plötzlich aus ihrer Welt gefallen, aus ihrer Waldeinsamkeit, in der sie auch in Heidelberg gelebt hatte. Schwerfällig erhob sie sich. »Ich erzähl's dir morgen. Jetzt muss ich ins Bett. Mir wird ganz komisch.«

»Ja, schlaf deinen Rausch aus.« Gertrud schüttelte den Kopf. »Also, dass dir so etwas passiert, ausgerechnet dir ...« Sie brachte den Satz nicht zu Ende, aber Marianne verstand sie trotzdem. Aber merkwürdigerweise schämte sie sich nicht. Ausgerechnet dir ... ja, ausgerechnet mir. Höchste Zeit, dass ich herauskomme aus meiner Waldeinsamkeit. Auch wenn es gefährlich werden könnte.

»Wenn's dir schlecht geht, klopf einfach«, rief ihr Gertrud nach, als Marianne sanft die Tür schloss.

In ihrem Zimmer setzte sie sich aufs Bett und starrte die gegenüberliegende, stockfleckige Wand an. Vom Wiedersehen hat er nichts gesagt, überlegte sie. Aber ich sehe ihn bestimmt wieder. Und ich werde mich informieren, werde lesen ... heraus aus dem Elfenbeinturm, Romantik und Revolution, warum sollte das nicht zusammenpassen. Was Großvater Gottfried wohl zu allem sagen würde? Von Revolution hatte er nicht gesprochen, nur vom Frieden. Und dass die Faschisten verschwinden mussten. »Nie wieder Faschismus, Marianne, dafür müssen wir kämpfen.« Sie hätten sich bestimmt gut verstanden, der Großvater und David.

Der Gedanke an den Großvater brachte sie wieder auf Grunbach und das Problem mit dieser Maria. Sie tastete unter der Matratze nach dem Beutel mit dem aufgestickten Motiv der Madonna. Die Madonna hatte immer noch dicke Backen, wie Enzo sagen würde. Von dem Geld hatte sie noch nicht viel ausgegeben. »Es ist Sündengeld«, hatte das Stimmchen immer wieder geflüstert. »Enzo hätte gewollt, dass ich es bekomme«, hatte sie dem Stimmchen geantwortet. Aber woher willst du das wissen, fragte sie sich jetzt. Es ist jemand aufgetaucht, der ältere Rechte hat. Ob ich dieser Maria das Geld gebe? Vielleicht verschwindet sie dann. Aber sie wird wissen wollen, woher ich das Geld habe. Was soll ich dann antworten? Alles war so kompliziert. Sie streckte sich auf dem Bett aus und glitt hinein in einen tiefen, traumlosen Schlaf.

Der Sturm beginnt

Du solltest dir unbedingt die Haare schneiden lassen.«
Die Mutter schaute missbilligend auf Mariannes dunkelbraune, wirre Locken. »Und immer hast du diese Hosen und diese labbrigen Pullis an.«

»Das sind nur Jeans und T-Shirts. Viele junge Leute tragen das«, erklärte Marianne geduldig.

»Ist mir egal, wie das heißt. Ich spreche kein Englisch, bin nicht so gebildet wie du. Aber ich bin besser angezogen. Zieh doch mal ein Kleid an oder wenigstens eine hübsche Bluse. Überhaupt, was man so im Fernsehen sieht, wie diese Studenten herumlaufen! Und du …«

»Hast du etwas von Dr. Schwerdtfeger gehört?«, fiel ihr Marianne hastig ins Wort. Nicht schon wieder die gewohnte Tirade.

Ihr Ablenkungsmanöver hatte Erfolg.

»Es geht ihm wohl sehr schlecht. War jetzt lange im Krankenhaus. Seit Weihnachten arbeitet er nicht mehr. Er kann sich auch nicht mehr selbst versorgen. Diese alte Tante, bei der du gewohnt hast, kümmert sich um ihn.«

Marianne schaute die Wachstuchtischdecke an. Diesmal war sie blau und gelb, kleine gelbe und blaue Karos, die sie mit dem Zeigefinger nachzog. Nichts hatte sich geändert in der Küche des Häuschens. Nur das neben der Küche liegende Schlafzimmer der Großeltern war ausgeräumt worden. Die Mama hatte sich jetzt dort eingerichtet, hatte sich neue Schlafzimmermöbel gekauft, weißer Schleiflack mit goldfarbenen Knöpfen. Sieglinde hatte getobt, weil sie dafür das sorgsam gehütete Sparbuch der Alten geplündert hatte.

»Du hättest mir ruhig etwas davon abgeben können, schließlich bin ich die Erbin. Das hat die Oma immer gesagt.«

Von Marianne war nicht die Rede gewesen, aber das war in Ordnung so, sie war nicht die leibliche Enkelin und hatte ja auch den Beutel mit der gestickten Madonna bekommen.

»Du bekommst einmal das Haus und das Grundstück«, hatte die Mutter damals Sieglinde entgegengeschleudert, »also halt deinen Mund.«

Dann hatte sie Sieglinde schließlich 300 Mark gegeben, von denen sie sich umgehend in Pforzheim neue Kleider, Schmuck und Schminkzeug gekauft hatte. Ein solches Kleid nach »dem neuesten Schrei«, wie sie es nannte, trug sie jetzt, als sie mit verdrossener Miene die Küche betrat. Es war sehr kurz, ein Minikleid, wie es jetzt modern war, weiß, mit geometrischem Muster, die Haare waren nicht mehr toupiert. Sie trug nun einen modischen Pagenschnitt und irgend ein Friseur oder eine Friseurin, die meinten, etwas von ihrem Fach zu verstehen, hatten sie überredet, die Farbe zu wechseln, denn statt des unvorteilhaften Weißblond glänzten die Haare jetzt in einem satten Goldblond. Dennoch war die Ähnlichkeit mit der Mutter immer noch frappierend. Vielleicht lag es auch an dem missmutigen, stets unzufriedenen Zug um den Mund, vielleicht auch an dem viel zu dunklen und zu dick aufgetragenen Make-up, das ihre Gesichtszüge hart und maskenhaft erscheinen ließ.

»Viel zu kurz, der Rock«, murrte die Mutter jetzt, »das ist einfach unanständig, wie du herumläufst. Da sind mir Mariannes labbrige Hosen und Pullis noch lieber, und die Haare ...« Sie betastete ihre sorgfältig toupierte Frisur. Was Sieglinde antwortete, interessierte Marianne nicht. Diese Art Streit war sie gewohnt. Sie ließ ihren Blick durch die vertraute Küche schweifen. Auch ein neuer Fernsehapparat stand jetzt auf einer Kommode neben dem Sofa, wo früher der alte, knarzende Radioapparat von Großvater Gottfried gestanden hatte. Sie sah ihn noch immer vor sich, wie er ein Ohr dagegenpresste, um ja alles verstehen zu können. Ansonsten war alles beim Alten. Über dem Spülstein hing das Regal mit den kleinen weißen Steinguttöpfen, Soda stand auf einem, Salz auf dem anderen. Die enthielten den alten, vielfach abgebrochenen Kamm der Großeltern und den alten, fransigen Rasierpinsel von Großvater Gottfried. Marianne musste die Tränen hinunterschlucken, als sie die vertrauten Gegenstände sah. Vor allem, weil sie wusste, dass sie nicht aus Pietät, sondern aus Faulheit nicht weggeräumt worden waren. Trotzdem kam jetzt etwas wie Mitleid in Marianne auf. Dass sie weder Geld noch Sorgfalt auf den einzigen Raum verschwendeten, in dem man zusammenlebte und Besuch empfangen konnte, zeigte ihre Resignation und ihre Abgestumpftheit. Sie erinnerte sich noch gut daran, wie anlässlich des Besuchs des jungen Klenk, dem Sohn des ehemaligen Hausmeisters der Schule, die Mutter neue Vorhänge aufgesteckt hatte, mit bunten, seltsam ineinanderlaufenden Farben, die – jetzt verblasst und verwaschen – dennoch in einem grotesken Gegensatz standen zur Schäbigkeit der Küche. Der junge Klenk hatte sie dann doch nicht geheiratet, wie alle die anderen. »Dein Ruf ist zu schlecht«, hatte die Alte immer wieder giftig gemeint. So waren alle Hoffnungen auf eine Existenz als ehrbare Ehefrau zerstoben, ein Ziel, das ihr Leben lange bestimmt hatte. Vielleicht hoffte sie ja noch auf das neue Schlafzimmer, wo die Mutter auch ein Waschbecken und einen großen Spiegel hatte einbauen lassen. Dort wuschen sich Mutter und Tochter. Der Traum vom Badezimmer hatte begraben werden müssen, dafür hatte das Geld nicht gereicht. Sieglinde war in das ehemalige Zimmer der Mutter gezogen, dort stand jetzt die allerneueste Anschaffung, die die Mutter noch getätigt hatte, ein ausziehbares braunes Sofa, ansonsten hatte sich auch dort nichts verändert, sogar der rosafarbene Sessel »mit Ausschlag« wie sie ihn früher immer genannt hatten, war noch da. Auch in Mariannes Zimmer hatte sich nichts verändert, nur die dunklen Flecken auf der Tapete mit den Blumenmedaillons waren mehr geworden.

»Und was sollen wir jetzt machen?« Sieglindes schrille Stimme schreckte Marianne aus ihren Gedanken. Die Fenster waren weit geöffnet, der blühende Zwetschgenbaum streckte seine Zweige wie immer gegen das Küchenfenster, und wie immer hörte man eine Amsel. Alles war wie früher, gleich würde der Großvater hereinkommen mit einem Krüglein Most und sorgfältig Brot schneiden. »Iss, Marianne«, würde er sagen, das Brot mit Margarine bestreichen und dann einen Klecks der verhassten Stachelbeermarmelade draufgeben. Nur wenig, er wusste, dass sie keine Stachelbeermarmelade mochte, aber er bildete sich ein, dass Kinder Zucker brauchten. Zucker gab Energie.

Wach auf, Marianne, ermahnte sie sich, der Großvater wird nicht mehr hereinkommen. Es gibt auch keine Stachelbeermarmelade mehr, denn Sieglinde und die Mutter pflückten keine Beeren und kochten auch keine Marmelade mehr. Und drüben, im roten Stall, dessen linke vordere Ecke neben dem Spülstein zu sehen war, gab es auch keine Kaninchen mehr. Die Ställe waren leer, in denen sie gewohnt hatten, mit den stumpfen, leeren Augen, durch die nichts gedrungen war, oder doch? Was hatten sie gesehen in jener Nacht, in der Enzo getötet worden war, und zwar getötet von diesen beiden Frauen, die ihr jetzt gegenübersaßen. Warum, hatte sie in all den Jahren fragen wollen, aber darauf hätten sie wohl selbst keine Antwort gewusst. Hass, Liebe. Wie kann man töten, was man liebt, hatte sie sich immer gefragt, wenn der Großvater wieder eines der Kaninchen geschlachtet hatte. Er liebte sie doch, redete mit ihnen, aber es war wohl möglich, ging leichter, als Marianne gedacht hatte, wenngleich sie es nie verstehen konnte. Liebe und Hass waren wie Geschwister, unzertrennlich und zusammengehörig.

Und jetzt saßen sie hier, an diesem Freitagnachmittag, gefangen in dieser Tat, in dieser Schuld, die nie aufhören konnte.

Sieglinde und die Mutter hatten sie vom Bahnhof abgeholt. Sie hatte sich vor dieser Fahrt nach Grunbach gefürchtet, wie sie sich jedes Mal fürchtete, weil sie den Anblick des rot gestrichenen Stalles beinahe nicht ertrug. Enzos Tod und sein Geld waren nicht die erhoffte Befreiung gewesen, es war der Beginn einer neuen Gefangenschaft, zwar nicht mehr im Häuschen in Grunbach, aber dennoch viel schlimmer und härter. Auf dem Weg hatten sich die Mutter und Sieglinde beinahe überschlagen in ihrer dramatischen Schilderung des Treffens mit dieser Maria, die ihnen unheimlich war, wie Sieglinde es nannte.

Jetzt schaute sie Marianne erwartungsvoll an. »Also, was meinst du, was sollen wir machen?«, wiederholte Sieglinde ihre Frage von vorhin.

»Wenn ich das wüsste«, antwortete Marianne in gedehntem Ton. Das Vertrauen der beiden, die sie hoffnungsvoll ansahen, verwirrte sie, aber sie hatte wirklich keine Ahnung, und das sagte sie auch.

»Aber ich halte das nicht mehr aus!« Sieglindes Stimme hatte einen hysterischen Unterton. »Jedes Mal wenn es an der Haustür klopft, denke ich, sie ist es, und in der Kantine benimmt sie sich so, so … so komisch, als ob wir uns schon lange kennen würden. Sie ist richtig unverschämt. Gott sei Dank spricht sie noch nicht so gut Deutsch, aber die Kollegen wundern sich schon. ›Woher kennst du die?‹, fragen sie ständig. Ich hab solche Angst, Marianne. Wie sie einen anstarrt, mit diesen schwarzen Augen. Einfach gruselig ist das. Wenn sie jetzt morgen oder übermorgen wieder kommt, dann sagen wir ihr, dass wir zur Polizei gehen und sie anzeigen werden. Ich habe ihr beim letzten Mal gesagt, dass du kommst, und dass du studierst und dich auskennst. Ich weiß nicht genau, ob sie alles verstanden hat, aber … «

»Ich kenne mich überhaupt nicht aus, schließlich studiere ich nicht Jura. Aber eines weiß ich, wenn du ihr drohst, kann das gefährlich werden. Dann wird sie noch misstrauischer. Was willst du der Polizei sagen? Sie besucht euch doch nur. Wirklich die Polizei mit hineinziehen, die Polizei?«

Beide schwiegen.

»Wir sollten versuchen, vernünftig mit ihr zu reden. Vielleicht hat sie euch nicht richtig verstanden. Wir werden ihr nochmals erklären, langsam und geduldig, dass er fortgegangen ist und wir keine Ahnung haben, wo er sich aufhält.« Ihr Blick glitt hinüber zum Fenster, wo die dunkelrote Silhouette des Stalls zu sehen war.

»Aber das haben wir ihr schon x-mal gesagt.« Die Stimme der Mutter klang verzagt. »Wenn du ihr vielleicht Geld anbietest …«

Also daher wehte der Wind. »Das habe ich mir auch schon überlegt. Nur, das ist gefährlich. Sie wird denken, dass wir sie zum Schweigen bringen wollen, weil wir etwas zu verbergen haben.«

»Ich mache ihr klar, dass ich sie windelweich schlage, wenn sie nicht aufhört, uns zu belästigen«, schrie Sieglinde.

»Ach, hör doch auf, das ist doch keine Lösung.«

Die nun folgende Diskussion wurde immer lautstarker. Letztlich einigten sie sich darauf, es noch einmal mit einem Gespräch zu versuchen, so wie Marianne es vorgeschlagen hatte.

Am nächsten Morgen fuhr Marianne mit dem Bus nach Wildbad, um Dr. Schwerdtfeger zu besuchen. Sie hatte hoch und heilig versprechen müssen, rechtzeitig zum Mittagessen zurück zu sein.

»Sie kommt immer am frühen Nachmittag«, hatte ihr die Mutter zugeflüstert, »dann will sie einen Kaffee, obwohl sie unseren gar nicht mag. Sie verzieht immer das Gesicht, wenn sie ihn trinkt. Also, sei pünktlich wieder da.«

In der Wohnung von Dr. Schwerdtfeger, die oberhalb des Kurparks lag, öffnete Tante Käthe die Tür. Sie nahm Marianne gleich in den Arm.

»Er wartet schon ungeduldig«, flüsterte sie ihr ins Ohr. »Seit gestern Abend redet er von nichts anderem als deinem Besuch.«

Sie zog Marianne in ein großes Zimmer, mit einem kleinen Erker, das Marianne vertraut war. Hier hatte sie oft neugierig die Bücher inspiziert, die an drei Wänden in hohen Bücherregalen standen, oder im Plüschsofa gesessen, um ihm zu lauschen, wenn er in seinem hohen Lehnstuhl hockte und ihr vorlas oder rezitierte. Er saß, in sich zusammengesunken, in einem Rollstuhl, der schräg zum Fenster stand.

Als Marianne ihm ihre Hand entgegenstreckte, erschrak sie zutiefst. Fast hätte sie ihn nicht wiedererkannt. Dass er so dünn geworden war, war nicht das Schlimmste. Das Gesicht, dieses Gesicht, das war zum Fürchten. Als ob man gelbes Pergament über eine Apparatur gespannt hätte, die dem menschlichen Schädel nachempfunden war. Und die Augen, die wie ausgebleicht schienen, lagen in tiefen Höhlen.

»Erschrick nicht, Marianne«, flüsterte er leise, als koste ihn das Sprechen zu viel Kraft. »Erschrick nicht, ich weiß, ich sehe aus wie ein Gespenst. Werde ja wohl auch bald eines sein.«

Marianne ergriff behutsam die blau geäderte Hand und bemerkte gar nicht, das sie selbst flüsterte: »Grüß Gott, mein lieber Doktor, Sie sind halt ein bisschen krank. In den Semesterferien komme ich öfter wieder her und dann päppeln Tante Käthe und ich Sie wieder auf.« Was rede ich für einen Quatsch, dachte sie im selben Moment erschrocken. So, wie er aussieht, ist ihm nicht mehr zu helfen. Und er weiß es genau. Der Doktor hat sich in seinem Leben nur ein Mal belügen lassen, das war allerdings eine große, verhängnisvolle Lüge gewesen, als er dem Nazipack geglaubt hatte. Hatte ihren Lügen von einer besseren Gesellschaft, ja einer besseren Welt geglaubt. Jetzt belog ihn keiner mehr, und das würde auch so bleiben bis zum Ende, davon war Marianne überzeugt. Sein Hass auf die Faschisten, sein Kampf darum, die Menschen ein bisschen klüger zu machen, wie er es nannte, das würde David bestimmt gefallen, und die beiden würden sich gut verstehen. Komisch, dass sie immer wieder an David denken musste.

Als würde Dr. Schwerdtfeger ihre Gedanken erraten, sagte er, ohne auf ihre Begrüßung einzugehen: »Wie schön, dass du da bist. Ich denke sehr oft an dich. Erzähl von der Uni. Da tut sich ja gerade viel. Was man so liest und hört …« Er machte eine vage Handbewegung. »Mich interessiert, was du davon hältst.«

Wie gewohnt nahm Marianne auf dem Sofa Platz, der Doktor fuhr mit seinem Rollstuhl an den kleinen Tisch, ihr direkt gegenüber. Instinktiv bot sie ihm keine Hilfe an. Tante Käthe war in der Zwischenzeit lautlos hereingekommen und brachte Tee und selbst gebackene Kekse, ihre berühmten Gutsle.

Marianne nahm einen und knabberte nachdenklich daran. »Ich fürchte, ich kann gar nicht viel dazu sagen. Es ist klar, es wird jetzt viel politisiert an der Uni. Es ist wie, wie … wie die Luft vor einem Orkan. Zuerst wird es still, dann wird es unruhiger, eine Unruhe, die sich steigert, die Welt scheint in große Bewegung zu geraten, und dann kommt der Sturm, der vieles verändert.« Einen kleinen Moment bemerkte sie, dass sie etwas aussprach, was ihr noch gar nicht richtig bewusst gewesen war. Auf dieser Demo und bei dem Gespräch im *Club* hatte sie erstmals etwas von dieser merkwürdigen Atmosphäre empfunden. Es lag etwas in der Luft! »Nun ja«, fuhr sie fort, »das klingt vielleicht etwas übertrieben, melodramatisch, aber es herrscht schon Unruhe. Der Vietnamkrieg, die Notstandsgesetze, dann noch die alten Nazis, die sich als hoch angesehene Professoren an der Uni tummeln … und dass die Studenten mehr Selbstverwaltung fordern …«

»Und, findest du das gut?« Der Doktor hatte seine wasserblauen Augen forschend auf sie gerichtet.

Marianne nahm noch einen Keks, um ihre Verlegenheit zu überbrücken. Was sollte sie darauf antworten? Sie wusste ja selbst nicht viel von all diesen Dingen, hatte bis jetzt schafsdumm und naiv in ihrem Elfenbeinturm gehockt. Und so ähnlich sagte sie ihm das auch. Erzählte ihm von dem, was sie beschäftigte und ausfüllte, die Nibelungensage, historische Laut- und Formenlehre, Geschichte der Habsburger Kaiser, die preußischen Reformen und … und vor allem von Professor Felsmann und seiner wunderbaren Vorlesung über die Romantik, und dass ihr großes Ziel war, im nächsten Semester ein Hauptseminar bei ihm besuchen zu können, und dann vielleicht, fast wagte sie es nicht auszusprechen, vielleicht war es vermessen – eine Dissertation bei Felsmann, eine akademische Karriere!

»Das ist so typisch Marianne!« Jetzt lächelte der Doktor fein. »Hast schon als Schülerin das sogenannte bürgerliche Bildungsgut förmlich in dich hineingefressen, hattest ja auch großen Nachholbedarf. Aber Vorsicht, Marianne, ich selber habe es erlebt. Bildung schützt nicht vor der Gewalt. Zum Beispiel deine so heiß geliebten Romantiker. Gefühl, Schönheit, Fantasie, Befreiung – das waren wunderbare Ideale, aber Befreiung, das ist der kritische Punkt. Befreiung des Menschen, seine Erlösung, Veränderung der Welt um jeden Preis, ein Leben aus einem Guss … Welche Verwüstung hat diese Vorstellung schon angerichtet, denn sie ist die Mutter der Gewalt und der Zerstörung. Wie schnell können die Ideale kippen, deshalb Vorsicht, Marianne. Der Elfenbeinturm der Bildung der vermeintlichen Ideale ist ein schöner Ort, aber er kann jederzeit gestürmt werden.«

Als sie in das Häuschen zurückkehrte, erwartete sie Sieglinde missmutig an der Tür. »Wo bleibst du denn? Ich habe schon Ausschau nach dir gehalten, und ob etwa diese italienische Hexe schon im Anmarsch ist.«

Marianne schob sich an ihr vorbei und trat in die Küche. Die Mutter stand am Herd und rührte in einem Topf. Es roch durchdringend nach Zwiebeln.

»Was gibt das?«

»Ich mache uns einen Gaisburger Marsch. Den isst du doch so gerne.«

Ja, aber nicht so, wie du ihn kochst, dachte Marianne missmutig. Eines musste man der Alten lassen, sie hatte ihn hervorragend zubereitet. Die Mama hingegen, die keinerlei Talent zum Kochen hatte, mantschte lieblos halbgare Kartoffeln, fertig gekaufte Spätzle und grob geschnittene Saitenwürstchen zusammen, garniert mit einem Berg Zwiebeln. Immerhin war es bemerkenswert, dass sie eines von Mariannes Lieblingsgerichten kochte. Irgendwie setzte man wohl Hoffnungen in sie. Sie rührte in ihrem Teller und zwang sich, ein paar Bissen zu essen. Der Abschied vom Doktor hatte ihr zugesetzt. Er hatte so müde, so sterbensmüde gewirkt am Schluss. Und beim Abschied hatte er lange ihre Hand gehalten. »Leb wohl, Marianne, ich wäre gerne noch ein wenig Zaungast gewesen, denn die Zeiten versprechen, interessant zu werden. Aber ich fürchte, die Kräfte reichen nicht mehr aus. Hätte auch noch gerne in deine Zukunft gesehen. Ich sehe dich schon in der Aula stehen, die Promotionsurkunde in den Händen … Welch schöne Vorstellung. Du wirst es richtig machen. Also geh deinen Weg weiter, Marianne.«

Wenn sie nur selbst wüsste, wohin dieser Weg führen sollte. Sie hatte, so dachte sie, schon verstanden, was er ihr sagen wollte, aber letztlich hatte sie keine Ahnung, was das konkret für sie hieß. Jetzt wusste sie noch weniger, wie das Leben ging, wie es möglich war, ein gutes, passendes Leben zu finden. Ein Leben aus einem Guss … war das vermessen? Sie musste plötzlich an Sophie Mereau denken, die so jung sterben musste und deren letzte Gedanken den gefällten Linden am Heidelberger Schloss galten. Wie hatte sie das Schöne geliebt, die Fantasie. Welche Antwort hätte sie ihr gegeben?

Ein energisches Klopfen an der Tür schreckte sie auf. Ohne auf eine Antwort zu warten, riss der Besucher die Türe auf und kam herein.

»Das ist sie«, flüsterte Sieglinde Marianne zu. »Rücksichtslos, beim Essen zu stören.«

Marianne musterte die Frau, die rasch an den Tisch getreten war. Das war also diese geheimnisvolle Maria, Enzos Braut. Sie hatte spontan ein seltsames, unbestimmtes Gefühl, aber dann wurde ihr schlagartig klar: Diese Frau sah ihr, Marianne, ähnlich. Gut, sie war kräftiger gebaut, mit vollerem Busen und breiteren Hüften, aber die kurzen, gelockten dunkelblonden Haare und der Schnitt des Gesichts erinnerten an sie. Um dem Mund trug sie den deutlich sichtbaren Anflug eines Schnurrbarts, der ihr einen strengen, maskulinen Anstrich gab, genauso wie der zusammengekniffene Mund, den sie mürrisch nach unten gezogen hatte. Und die Augen ... um Himmels willen, was hat die denn für Augen, dachte Marianne, das sind ja richtige Kohleaugen. Vor der muss man sich wirklich fürchten.

Mit diesen Augen musterte sie jetzt durchdringend Marianne, die sich unwillkürlich langsam erhob. Die Mama sprang auf, und es sah für einen Moment so aus, als wolle sie sich verbeugen.

»Oh, Grüß Gott, Maria, das ist meine Tochter Marianne. Sie ist gestern angekommen.«

Wie ergeben sie klingt, dachte Marianne zornig, fast unterwürfig.

Der Händedruck dieser Maria war erstaunlicherweise schlaff, als hätte sie Spinnenfinger. Unaufgefordert setzte sich Maria an den Tisch, sah die Mama erwartungsvoll an, die ihr sofort einen Teller brachte.

»Sie essen doch mit uns, Maria, nicht wahr? Es ist genug da.«

Sie musste schreckliche Angst vor dieser Frau haben. So kannte Marianne ihre Mutter gar nicht. Maria starrte auf den Teller, der vor sie hingestellt wurde, und nahm vorsichtig einen Löffel, den sie nach dem ersten Bissen aber gleich angewidert fallen ließ. Dann herrschte Schweigen, ein langes, qualvolles Schweigen, das Marianne endlos vorkam.

»Wo Enzo?« Eine heisere, tiefe Stimme unterbrach dieses Schweigen.

Ein paar Brocken Deutsch muss sie verstehen und auch sprechen, dachte Marianne. Es war ein Schock für sie, aus ihrem Mund diesen Namen zu hören und sie konnte die Mama und Sieglinde verstehen. Das Ganze wirkte bedrohlich, ohne dass man genau sagen konnte, warum.

»Ich habe Ihnen schon hundertmal gesagt, dass wir nicht wissen, wo er ist. Eines Tages war er plötzlich weg. Enzo fort, nix Enzo.« Die Stimme der Mutter klang zittrig, die Besucherin schüttelte den Kopf, sehr bestimmt und sicher.

»Wo Geld?«, war die nächste Frage, auch das schien zum Ritual zu gehören, denn als Sieglinde antwortete, klang es sehr resigniert. »Wir wissen nichts von Geld.«

Wieder trat Stille ein, in die das Ticken der Kuckucksuhr

unwirklich laut drang. Dann schien etwas Neues, Unerwartetes, zu geschehen.

Maria fixierte Marianne mit einem starren Blick ihrer Kohleaugen und forderte herrisch: »Wo Zimmer, Enzos Zimmer?!«

Dem entsetzten Blick, den die Mutter und Sieglinde tauschten, entnahm Marianne, dass eine solche Bitte noch nie geäußert worden war. Einen Moment lang zögerte sie. Sollte sie diese Maria einfach hinauswerfen? Und wenn sie sich weigerte, einfach sitzen blieb? Sie konnten doch keine körperliche Gewalt anwenden. Die Situation konnte eskalieren. Also erhob sie sich langsam, bedeutete Maria mit einer Kopfbewegung, ihr zu folgen, und betrat zum ersten Mal seit langer Zeit das ehemalige Wohnzimmer. Was für ein gottverlassener, trister Ort, schoss es Marianne durch den Kopf. Oh ja, sie hatten gründlich aufgeräumt. Alles noch einmal geputzt, schließlich sollte keine Spur von Enzo zurück bleiben. Sogar die Türen des altersschwachen Schranks hatte man geöffnet, vielleicht, um zu zeigen, dass nichts, aber auch gar nichts mehr da war. Vielleicht wollte man auch den Geruch tilgen, Enzos Geruch, nach seinem süßlichen Rasierwasser und seiner Pomade. Trotzdem meinte Marianne, noch ganz schwach, wie eine Ahnung, diesen typischen Geruch wahrzunehmen. So, als hätte er diesem Raum für immer seinen Stempel aufgedrückt. Aber das war sicher nur Ausdruck ihrer Fantasie, ihres schlechten Gewissens.

Maria ließ den Blick über das Bett mit den aufgestellten Matratzen, den wackligen Tisch mit den zwei Stühlen und die altertümliche Kommode schweifen.

»Gut«, sagte sie, »gut.«

Die Mama atmete tief durch. »Also, Sie sehen, nix Enzo. Hat alles mitgenommen.«

Maria reagierte nicht. Sie stand immer noch da und blickte sich um. »Gut«, sagte sie wieder, »ist gut. Ich nehme.«

Marianne glaubte, nicht recht zu hören.

»Was ... wie ... ich meine ...«, stotterte die Mutter.

»Ich bleibe, nehme Zimmer.«

Sieglinde und Mama glotzten sie ungläubig an. Schließlich ließ sich die Mutter auf einen der Stühle sinken. »Wir vermieten nicht mehr, verstehen? Nix Zimmer.«

Diesen Einwand schien Maria überhaupt nicht gehört zu haben. Sie drehte sich um und sagte im Hinausgehen: »Komme morgen, gleich früh«, und dann war sie weg.

Die zurückgebliebenen Frauen starrten ihr nach.

Eine Rachegöttin, schoss es Marianne durch den Kopf. Eine mythologische Erscheinung, die schwarzen Kleider sind wie eine Drohung.

»Was soll das denn?«, ächzte Sieglinde. »Ist sie jetzt komplett übergeschnappt?«

Plötzlich begann die Mutter zu weinen, es war ein merkwürdiges Weinen. Sie stieß hohe, winselnde Töne aus, wie ein gequältes Tier.

»Hör auf, Mama«, flüsterte Marianne, »bitte, hör auf.«

»Aber was machen wir denn jetzt?«, schrie Sieglinde hysterisch. »Die nistet sich hier ein, schnüffelt hier alles aus, und dann ...«

»Quatsch!«, rief Marianne. »Wir sind drei erwachsene Menschen, wir werden uns doch zu wehren wissen. Sie kann doch nicht einfach hier hereinspazieren.« Im gleichen Augenblick merkte sie, dass sie sich selbst gar nicht so sicher war. Die Schuld holt uns ein, fuhr es ihr durch den Kopf. Er holt uns ein, Enzo ... Wir können nichts dagegen tun.

Das schrille Heulen der Mutter schwoll an, bis Marianne zu ihr hinüberging und ihr eine Ohrfeige gab.

Schlagartig hörte sie auf und starrte Marianne an. »Jetzt kommt es«, flüsterte sie heiser, »ich hab's immer gewusst ...«

»Was soll denn kommen, Mama? Es kann nichts passieren. Wir dürfen nur keine Angst haben, nichts Unüberlegtes tun«, sagte Marianne gegen ihre eigene Überzeugung. Aber wir haben Angst, dachte sie, weil wir schuldig sind. Wir haben zerstört, so wie Menschen zerstören, die ihre Vorstellung vom guten Leben durchsetzen wollen. Einem Leben aus einem Guss, ein Leben auch mit der Liebe. Vielleicht hat das der Doktor gemeint ... und jetzt holt uns die Schuld ein.

»Wisst ihr was«, sagte sie nach einem kurzen Moment des Überlegens und versuchte, zuversichtlich zu klingen. »Wir sind morgen einfach nicht da. Wir gehen nach Wildbad und machen uns einen schönen Tag ... Essen irgendwo zu Mittag, bummeln durch den Kurpark, trinken Kaffee. Und wenn wir am Nachmittag zurückkommen, ist sie weg. Ihr werdet sehen.«

Am nächsten Morgen, nach einer fast schlaflosen Nacht, standen alle drei früh auf, sogar Sieglinde, die eine notorische Langschläferin war. Marianne ließ noch einmal den Blick über das Zimmer gleiten, in dem sie zum ersten Mal nach Enzos Tod wieder geschlafen hatte. Die Blumenmedaillons schienen jetzt völlig vergilbt. Sie waren fast nicht mehr zu sehen, und die Schimmelflecken waren womöglich noch zahlreicher geworden. Keine tanzenden Kobolde mehr ... Vielleicht hatte Gertrud doch recht, und die Sache mit der Fantasie war Spinnerei. Tut mir leid, Sophie Mereau, die Wirklichkeit ist stärker und greift mit harten Fingern nach uns.

»Der schöne Tag« wurde naturgemäß nicht schön. Zu gedrückt war die Stimmung.

»Ihr schließt in nächster Zeit die Haustür ab und schaut durchs Küchenfenster, wer vor der Tür steht«, beschwor Marianne Schwester und Mutter, als sie am Nachmittag im Café im Kurpark saßen und lustlos in ihrer Schwarzwälder Kirschtorte stocherten. »Wir lassen sie einfach nicht mehr rein.«

»Meinst du?« Sieglinde wirkte auf einmal etwas zuversichtlicher.

»Ihr dürft nicht zeigen, dass ihr Angst habt, sondern stark und sicher wirken. Irgendwann hat sie genug.« Marianne biss sich auf die Lippen. Fast hätte sie gelacht, trotz der schwierigen Lage. Etwas weniger Starkes und Sicheres als die beiden ihr gegenübersitzenden Frauen hatte sie selten erlebt.

Aber es schien ihr gelungen zu sein, ihnen Mut zu machen, denn als sie am späten Nachmittag die Anhöhe hinaufstiegen, die zum Häuschen führte, konnten sie sogar wieder lachen.

Sieglinde erzählte eine mäßig komische Geschichte, die vom jungen Klenk, wie man ihn immer noch nannte, und einem aufsässigen Lehrling handelte, als wie aus dem Boden gestampft der neue Nachbar Theuerkauf vor ihnen stand, der kürzlich das Häuschen, das ihnen schräg gegenüberlag, gekauft hatte. »Also, ich weiß nicht, ob das alles seine Ordnung hat. Will euch auch keine Angst machen. Aber vor eurer Haustür sitzt schon den ganzen Nachmittag eine Frau. Hat einen Koffer dabei. Wollt's euch nur sagen.«

»Danke, Herr Theuerkauf«, stotterte Marianne. Plötzlich war da Panik, blankes Entsetzen. Das Gefühl, jemand drücke ihr die Luft ab.

»Ich geh keinen Schritt weiter«, kreischte die Mutter, und presste ihre Handtasche vor die Brust, als böte sie ihr Schutz.

»Wenn ihr Hilfe braucht …«, rief Theuerkauf, aber Marianne achtete nicht auf ihn, sondern auf die Mutter und Sieglinde, die ebenfalls stocksteif stehen geblieben war.

Dann stürmte sie vorwärts, das Entsetzen war heller Wut gewichen. Tatsächlich, unmittelbar vor der Haustür saß diese Maria mit einem großen, abgeschabten Pappkoffer. Weiß der Himmel, wie sie den hierhergeschleppt hatte.

Als sie Marianne erblickte, erhob sie sich langsam. Sie war wieder schwarz gekleidet, mit Rock, Bluse und einer schäbigen Jacke, diesmal aber hatte sie sich geschminkt, der Mund war brennend rot, wie eine klaffende Wunde, so empfand es Marianne, und dann öffnete sich dieser Mund, und die roten Ränder verzogen sich. Sie lacht, dachte Marianne verblüfft und empört zugleich. Sie lacht uns aus!

»Maria, was wollen Sie hier?«, stieß sie mühsam hervor. Sie durfte die Wut nicht zeigen, auch nicht die neu aufsteigende Panik. Maria sah sie einen Moment an – geringschätzig, wie Marianne fand, und sagte dann gleichgültig: »Hierbleiben, in Zimmer von Enzo.« Wieder wirkte der Name wie ein Schlag. Das war ihre Berechtigung, hierzubleiben und es schien, als wisse sie das ganz genau.

»Nein, nein, das geht nicht. Das müssen Sie doch einsehen.«

Statt einer Antwort blieb die Frau stocksteif stehen. Was soll ich machen, überlegte Marianne verzweifelt. Ich kann doch nicht handgreiflich werden. Außerdem sieht sie kräftig aus, viel kräftiger als ich.

Jetzt waren auch endlich die Mama und Sieglinde gekommen.

»Aber Sie müssen doch einsehen, dass ...«

»Lass, Marianne«, sagte die Mutter leise. »Es ist schon gut.«

Langsam, wie in Trance, schloss sie die Haustür auf und ließ Maria eintreten. Marianne und Sieglinde schauten sich stumm an. Letztere griff sich an die Stirn, als könne sie das Geschehene nicht begreifen.

Ohne zu zögern, betrat Maria das Zimmer, Enzos Zimmer, zog umständlich ihre Jacke aus und legte sie auf den Tisch, als sei dies ein symbolischer Akt der endgültigen Inbesitznahme.

»Die spinnt doch«, stieß Sieglinde hervor, wobei unklar war, ob sie Maria meinte oder die Mutter.

Marianne trat in die Küche. Die Mama saß am Küchentisch, die Hand lag reglos auf der Wachstuchtischdecke.

Am liebsten würde ich mich wieder unter dem Tisch verstecken, wie damals, als ich ein Kind war. Aber das ging nun nicht mehr. Man konnte nicht mehr davonlaufen. Jetzt nicht mehr. Sie sah ihre Mutter an und erschrak. Als ob im Zeitraffer Jahre vergangen waren, so sah sie aus. Eine alte Frau mit einem alten Gesicht, schlaff und faltig, tiefe Kerben zogen sich an den Mundwinkeln entlang, und die Augen waren matt und lagen glanzlos in ihren Höhlen.

»Mama, warum hast du das gemacht? Wie soll das weitergehen?«

Die Mutter sah sie nicht an. Ihr Blick glitt hinüber zum Fenster, auf die rot gestrichene Wand des Kaninchenstalls.

»Dort«, sagte sie tonlos, »dort ist er, und er hat sie geschickt. Wir können ihm nicht entkommen.«

Einige Stunden später öffnete Marianne behutsam die schwere Eingangstür zur Wohnung in der Goethestraße. Die weiträumige Diele war dunkel, und die Silhouette der großen Möbel war nur schemenhaft auszumachen. Ein schmaler Lichtschein drang durch die Wohnungstür von Frau Winter. Man konnte Musik hören, eine Stimme schnulzte etwas von einer Nacht, die »spanisch« war. Das musste dieser Peter Alexander sein, für den ihre Grunbacher Freundin Karin einmal kurz, aber heftig geschwärmt hatte. Auch durch Gertruds Tür drang Licht, und als sie näher trat, hörte sie ebenfalls Musik, einen sanften, aber eingängigen Rhythmus, und obwohl die Musik recht leise war, konnte sie die Refrainzeile deutlich hören: *Come on, baby, light my fire …*

Das ist schön, richtig schön. Ich muss Gertrud fragen, wie der Song heißt, und die Band. Sie überlegte kurz, ob sie klopfen sollte, aber dann ging sie so leise wie möglich in ihr Zimmer. Sie konnte jetzt mit niemandem reden – schon gar nichts Belangloses. Was geschehen war, hielt sie noch immer fest, lähmte und beherrschte sie.

»Du kannst doch jetzt nicht gehen«, hatte Sieglinde geschrien, als sie am Abend ihre Tasche packte. »Du kannst uns doch jetzt nicht im Stich lassen.«

Marianne hatte auf die Mutter gedeutet, die noch immer fast unbeweglich am Küchentisch saß.

»Mama hat sie hereingelassen. Soll sie sehen, wie sie damit fertigwird. Seit zwei Stunden sitzt sie da und redet kein Wort. Also, was soll ich noch hier?«

»Das ist ungerecht. Du hast ja auch nicht so richtig gewusst, was wir tun sollen. Und ich bin ja auch noch da, du kannst uns jetzt nicht alleinlassen.«

»Ich hab morgen Vorlesung. Schließlich muss ich an mein Studium denken, und ich weiß, ehrlich gesagt, auch nicht mehr weiter.«

So war es noch eine Weile hin und her gegangen. Dann hatte sich Marianne verabschiedet. Sieglinde war Türen knallend in ihr Zimmer gestürmt und die Mama saß immer noch teilnahmslos da. Ob sie überhaupt merkt, dass ich gehe, hatte Marianne überlegt. Eigentlich müsste ich dableiben, es scheint ihr sehr schlecht zu gehen. So habe ich sie noch nie erlebt. Aber was soll ich denn tun?

Feige bin ich, dachte Marianne jetzt wieder. Ich geb's zu, ich bin feige, ich wollte weg, nur weg. Weg vom Häuschen, von der Mutter und der hysterischen Sieglinde, und vor allem weg von dem riesigen Schatten, den der Stall jetzt in der Abenddämmerung warf, und weg von dieser unheimlichen Frau, dieser Rachegöttin.

Als sie beim Hinausgehen noch einmal einen Blick zurückgeworfen hatte, war der Schatten von der einbrechenden Dämmerung verschluckt worden, aber es war ihr so vorgekommen, als züngele Feuer aus dem Stall. Unfug, hatte sie sich selbst gescholten, das sind die letzten Streifen des Tageslichts. Alles ganz normal, kein Enzo, der mit Feuer und Furor wiederkehrte … und doch!

Morgen, am helllichten Tag, sieht alles wieder anders aus, beruhigte sie sich auch jetzt. Ihr Blick ging hinüber zum improvisierten Wandregal aus Obstkisten. Die Bücher, ihr Schatz, es gab sogar noch ein paar Überreste des alten Schatzes, den die Alte damals im Herdfeuer verbrannt hatte, weil sie nicht wollte, dass der Kuckuck diese Bücher, diese Erinnerungen an ihren Sohn, besaß. Wie hatte das wehgetan damals. Unfug, dachte sie im gleichen Moment, was für ein Unfug. Es sind Bücher, weiter nichts. Bildung schützt nicht, hat der Doktor gesagt. Das weiß ich nun.

Sie hörte ein leises Klopfen, dann streckte Gertrud ihren Kopf herein.

»Hab ich doch recht gehört, du bist ja da. Warum hockst du denn im Dunkeln?« Sie knipste das Licht an, und die Helligkeit fuhr schmerzhaft in Mariannes Augen. »Du siehst aber nicht besonders gut aus, wenn ich das mal sagen darf.« Sie fühlte Gertruds kritischen Blick auf sich ruhen und murmelte etwas von »anstrengend« und »nervig«.

Gertrud gab sich damit zufrieden. »Verwandte können ganz schön anstrengend sein. Wenn ich da an meine Tante Hedwig denke …« Dann begann sie, von einer Party zu erzählen, die sie am Samstagabend besucht hatte. Marianne hörte nur mit halbem Ohr hin, nickte pflichtschuldig mit dem Kopf und flüsterte nichtssagende Kommentare.

»Und ständig dieses Gequatsche über Politik, ich kann's nicht mehr hören. Und prompt gab's Krach. Als der Paul gemeint hat, man solle nicht immer auf die Amerikaner eindreschen, wegen Vietnam und so, schließlich hätten sie uns nach dem Zweiten Weltkrieg geholfen und überhaupt, dieses ›Ho-Ho-Ho-Chi-Minh‹-Geschrei ginge ihm dermaßen auf den Wecker, das seien schließlich auch keine Engel, im Gegenteil, also da war vielleicht was los …«

Mariannes Gedanken schweiften ab. Vielleicht würde sie nächste Woche David wiedersehen. Seit dem Abend im *Club* war er wie vom Erdboden verschwunden und sie hatte sich vor ein paar Tagen ein Herz gefasst und am SDS-Stand nach ihm gefragt. Behrens war dort gewesen, ausgerechnet, hatte ironisch gelächelt und sie von oben herab angesehen. »David! Alle möglichen Weiber fragen nach ihm. Bist nicht die Einzige. Nach dem Sternmarsch ist er nach Berlin gefahren. Trifft dort Genossen. Keine Ahnung, wann er wiederkommt.«

Berlin – wie ein Messer fuhr eine Bemerkung Gertruds in ihre Gedanken. Hatte sie nicht gerade was über Berlin gesagt?

»Hörst du mir überhaupt zu?«, fragte Gertrud gekränkt. »Ja, ich habe gerade von dem Flugblatt erzählt, das die Spinner von der Kommune 1 an der Uni verteilt haben. Deshalb haben wir doch diesen schrecklichen Streit bekommen am Samstag.«

»Und was steht da drin?«

»Also …« Gertrud schnaubte empört. »Gerade sag ich's doch, man soll die Berliner Kaufhäuser anzünden, als Protest gegen den Vietnamkrieg. Damit's bei uns auch mal brennt und die Leute sehen können, wie es ist, denn in Vietnam brennt's jeden Tag, dort verbrennen Menschen, Kinder … So habe ich es jedenfalls verstanden. Ach ja, und aus Protest gegen den Kapitalismus … das Übliche. Wir haben alle gemeint, das gehe zu weit, aber Uschi und Bene fanden das echt stark, eine gelungene Form des Protests, so ein Gelaber …«

Marianne merkte, wie ihr Herz unrhythmische Schläge tat, also das hatte er in Berlin gemacht. Er war dabei gewesen, hundertprozentig, das war seine Handschrift. Sie konnte ihn noch hören, an jenem Abend im *Club*. Ach David, zerstören, um die Zerstörung zu bekämpfen!

»Also, ich glaube, ich lasse dich jetzt in Ruhe. Aber du gehst sofort ins Bett. Du siehst gar nicht gut aus. Wir können uns morgen in der Mensa treffen, ich muss was auf dem Sekretariat erledigen, dann essen wir miteinander, bis ich wieder ins Neunheimer Feld zurückfahre.« Gertrud erhob sich energisch. »Also um 12 in der Mensa.«

Marianne schlüpfte rasch aus der Kleidung und legte sich ins Bett, ohne sich zu waschen. Sie war todmüde, trotzdem schien es ihr unmöglich, Schlaf zu finden. Bilder, so viele Bilder, die sich übereinanderschoben. Dr. Schwerdtfeger, der Totenschädel, Tod überall, Enzos brechende Augen, dieser letzte Blick … den würde sie nie vergessen.

Sie hatte ihm einmal ein Gedicht von Ingeborg Bachmann vorgetragen, hatte ihm gesagt, er sei der »große

Bär mit den Sternenaugen und den Sternenkrallen«, der Verführer, der gefährliche Verführer, aber er hatte nicht verstanden, hatte nur gemeint, sie sei »verruckt«, eines seiner Lieblingswörter. Wenn sie nur noch einmal dieses »Verruckt« hören könnte. Es fiel ihr ein anderes Gedicht ein, natürlich von Sophie Mereau, in dem vom »armen, unversöhnten Schatten«, die Rede war, den die Erinnerung beschwört. Und jetzt war diese Maria gekommen, kein Schatten, sondern ein realer Mensch aus Fleisch und Blut. Und dennoch, es kam ihr so vor, als hätte diese Maria ein Geheimnis, eine verborgene Macht. Ach, die Fantasie, die Sophie so gern beschwor, als Gegenmittel zur oft bitteren Realität, bot in diesem Fall keinen Trost, im Gegenteil. Was hatte ihr Held aus einem ihrer Lieblingsromane, dem *Fänger im Roggen,* gesagt?

Holden Caulfield, dieser verrückte Kerl, hatte gemeint, man solle ihm kein Glück wünschen! Sie hatte lange darüber nachgedacht, was er damit meinte. Und sie wusste immer noch nicht, wie das Leben ging, und warum die Menschen liebten und töteten, und manchmal sogar das töteten, was sie liebten. So wie David, dachte sie, ehe sie dann doch hinüberglitt in einen unruhigen Schlaf. Ich glaube, er ist so einer, der das kann. Ich muss es herausfinden, vielleicht sehe ich ihn morgen. Dann sah sie nur noch die Augen von David vor sich. Auch das waren Sternenaugen, und ein bis dahin nie gekanntes Gefühl der Erregung durchflutete ihren Körper. *Come on, baby, light my fire.*

Am nächsten Tag schlenderte sie mit Gertrud hinunter in das Marstallgebäude, wo sich die Mensa befand.

»Bin gespannt, was es heute gibt«, murmelte Gertrud. »Hoffentlich nicht diese ekligen Hähnchenkeulen, die nie ganz durch sind. In diesem Fall gehen wir gleich nach links und stellen uns für einen Wurstsalat an.«

Marianne antwortete nicht. Sie ließ ihre Blicke verstohlen über den Innenhof gleiten, wo verschiedene Stände aufgebaut waren, dort drüben kündigte der SDS ein Teach-in über Vietnam an, es wurde wieder einmal zum Vorlesungsstreik aufgerufen … Sie kannte jetzt schon ein paar Gesichter, aber David war nicht darunter. Doch weiter unten, ihr Herz klopfte plötzlich unregelmäßig und viel zu laut, sie meinte, Gertrud müsste es hören können, dort stand er. Er war es. Unverkennbar. Eine Gauloise hing im Mundwinkel, lässig stand er da und schaute belustigt auf eine vor ihm stehende, wild gestikulierende Frau, die ihre üppigen Formen unter einem weiten, bestickten Kleid zu verbergen versuchte.

»Du, Gertrud, dort drüben steht ein Bekannter, dem würde ich gerne Hallo sagen. Geh schon voraus und reserviere mir einen Platz.« Aber Gertrud tat ihr diesen Gefallen nicht.

»Ich komme mit!«, erklärte sie energisch. »Sonst verlieren wir uns aus den Augen. Schau dir mal den Andrang an.« Sie deutete auf die lange Schlange, die sich in kurzer Zeit vor dem Eingang gebildet hatte. »Bestimmt gibt's was Gutes«, fügte sie hoffnungsvoll hinzu.

Marianne zögerte. Wie sollte sie ihr diese Bekanntschaft erklären? Aber dann war die Versuchung doch übermächtig. Betont langsam ging sie auf David zu. Sie meinte, ein kurzes Aufblitzen seiner Augen zu erkennen, gleichzeitig aber ärgerte sie das Lächeln, das sich in seinen Mundwinkeln vertiefte und das überheblich wirkte.

Eingebildeter Pinsel, dachte sie erbost, was laufe ich ihm eigentlich hinterher?

»Hallo, meine kleine Proletarierin, lange nicht gesehen. Warum warst du nicht auf dem Sternmarsch? Ich habe dich jedenfalls nicht gesehen.«

»Auch hallo«, schnappte sie bissig zurück. »Hatte keine Zeit. Muss schließlich studieren.«

Er verdrehte in gespielter Verzweiflung die Augen. »Da haben wir's. Unausrottbare Relikte einer bourgeoisen Erziehung. Und das bei deinem proletarischen Hintergrund ... Aber das sind ja meistens die schlimmsten Spießer. A propros: Kommst du heute Abend zum Teach-in – oder musst du noch studieren?«

Unwillkürlich musste Marianne lachen, es hörte sich so komisch an, wenn er sie imitierte, wie er das in seinen letzten Worten getan hatte.

»Mal sehen. Vielleicht. Muss mich doch über den Verlauf der revolutionären Bestrebungen auf dem neuesten Stand halten. Bist jedenfalls sehr beschäftigt.«

Sie deutete auf das Papiertransparent, das zwischen den Füßen des Standes gespannt war. »Aktionskomitee Notstandsgesetze, machst du da etwa auch mit?«

»Klar doch. An allen Fronten kämpfen. Bis heute Abend. Und bring deine Freundin mit, die guckt so böse. Eine kleine Revanchistin, was?«

Marianne zog Gertrud hastig mit sich, die empört aufgeschnaubt hatte und sich anschickte, etwas zu sagen.

»Woher kennst du denn den?«, fragte sie, noch in Hörweite von David. Seine Gesprächspartnerin im dunkelroten Kleid hatte geduldig gewartet und begann nun wieder, auf ihn einzureden, als hätte es keine Unterbrechung gegeben.

»Ich kenne ihn nur flüchtig, habe ihn auf einer Demo kennengelernt.«

»Du auf einer Demo – ich kann's immer noch nicht glauben, und dann noch mit diesem Typen!« Gertrud schien richtiggehend schockiert zu sein. »Und du willst den nur flüchtig kennen? Und dann noch dieses Geschwätz: ›Hallo, meine kleine Proletarierin‹«, äffte sie David nach. »Und wie er dich angeschaut hat, wenn du mich fragst …«

»Ich frag dich aber nicht …«

Sie reihte sich mit ihr in die Schlange ein, die sich langsam in Richtung Eingang schob. »Ich finde ihn interessant und witzig …«

»Pass bloß auf bei dem«, sagte Gertrud verkniffen. »Er hat einen schweren Schlag bei den Weibern. Außerdem ist er ein arroganter Sack.«

»Und woher weißt du das?«

»Er war mal mit einer Gruppe vom SDS bei uns in der Vorlesung. Wollten uns zum Streik aufrufen. Kampf für demokratische Strukturen an der Uni, gegen die Ordinarienuniversität … So ein Zeugs eben. Hat sich dann einen verbalen Schlagabtausch mit unserem Professor geliefert. Er ist nicht dumm, der Junge. Ganz und gar nicht. Das macht ihn so gefährlich. Der redet dich in Grund und Boden, pass auf, Mädchen.«

2. Juni 1967

Marianne streckte die Beine weit von sich und dehnte sich laut gähnend auf dem harten Stuhl. Sie schaute auf die Uhr. Gleich fünf. Es war Freitagnachmittag. Sie war die Einzige in der Bibliothek des germanistischen Seminars. Entschlossen klappte sie die Bücher zu und sammelte Schreibzeug und die losen Blätter ein, auf denen sie die Exzerpte für ihr Referat notiert hatte. Für heute reichte es. *Historische Orte des Nibelungenliedes* klang nicht besonders aufregend oder inspirierend, und die Sekundärliteratur war ziemlich dröge und langweilig, aber Marianne hatte sich ganz bewusst für dieses Thema entschieden. Sie hatte schon seit der Schulzeit eine etwas versponnene Vorliebe für mittelalterliche Literatur entwickelt. Vor allem auch, weil die Romantiker diese Literatur neu entdeckt und sehr geschätzt hatten. Deshalb hatte sie auch das Proseminar bei Frau Professor Elfriede Seelig belegt, die von den meisten Studenten belächelte »graue Maus« der Heidelberger Germanisten. Grau war die Farbe ihrer Kostüme, die stets den gleichen Schnitt aufwiesen, und wie eine Maus huschte sie durch die Gänge und Seminarräume. Mäuschenhaft klein und zurückhaltend saß sie auch auf ihrem Platz, aber wenn dann das Seminar begann und sie über ihre geliebte mittelalterliche Literatur dozieren konnte, begannen urplötzlich ihre Wangen zu glühen, die graue Erscheinung bekam Farbe, und ihre eisgrauen Locken lösten sich von dem Kamm, der sie sorgfältig bändigte, und der ganze Mensch schien im Feuer der Begeisterung zu brennen. Marianne mochte sie deswegen, so wie sie die Menschen mochte, die von einem solchen inneren Feuer beseelt waren. Doktor Schwerdtfeger war so einer, Felsmann, und sie selbst gehörte ja auch dazu. Und David? Auch David war so einer, wenngleich sein Feuer von etwas anderem als der Wissenschaft genährt wurde, von etwas, das ihr nach wie vor fremd war. Ach David, seufzte sie unwillkürlich auf. Jetzt war er wieder in Berlin, wollte aber am Sonntag wiederkommen.

»Was machst du denn immer in Berlin?«, hatte sie ihn gefragt, als sie gestern Abend vor dem *Club* gestanden hatten. Sie wollte noch nicht gehen, wollte mit ihm zusammen sein.

»In Berlin sind gute Leute, du solltest mal einen von ihnen kennenlernen oder erleben. Der Rudi Dutschke zum Beispiel. Messerscharfe Analysen und ein messerscharfer Verstand. Und reden kann der …«

Verblüfft hatte sie registriert, dass er begeistert, ja hingerissen klang. Der überkritische David, der so empfindlich auf alle Autoritäten und vermeintliche Wahrheiten reagierte. Wie passte das zusammen?

»Komm mit, wir laufen noch ein bisschen«, hatte er gesagt und sie hatte sich gefreut. Er suchte ihre Gesellschaft, ausgerechnet David, der so beliebt und umschwärmt war.

Sie waren hinüber zur *Alten Brücke* geschlendert und blieben an der Mitte der Mauer gelehnt stehen. Das Schloss war beleuchtet und die Fensterhöhlen gähnten nicht nur leer, sondern wirkten wie geheimnisvolle Öffnungen, hinter denen sich eine magische andere Welt auftat. Kein Wunder, dass die Romantiker so fasziniert von dieser Ruine waren.

»Ist es nicht erstaunlich, meine Damen und Herren, dass der zerstörte Bau mehr betört als das noch intakte Schloss, das auf seine Weise auch eine Art Wunderwerk war? Überlegen Sie einmal warum«, hatte sie Professor Felsmann in seiner letzten Vorlesung gefragt, ohne eine Antwort zu geben. Marianne hatte dafür noch keine schlüssige Erklärung gefunden. Vielleicht reizte das Unfertige, die Fantasie, vielleicht barg es auch ein Geheimnis, forderte heraus … warum auch immer.

David, der neben ihr auf der Brücke gestanden hatte, barg auch ein Geheimnis, er wirkte irgendwie unfertig und dann wieder bestimmt und selbstbewusst. Wer bist du denn, David? Sie wusste inzwischen, dass er aus Bayern kam, aus einer kleinen Stadt in der Nähe von München. Der Vater sei ein »hohes Tier«, wie er es nannte, irgendwas am Gericht, und einmal war ihm sogar ein Titel entschlüpft, Landgerichtsdirektor, oder so ähnlich, also war er wirklich ein hohes Tier.

Die »Mutti«, wie er sie ironisch nannte, war auch ein graues verhuschtes Mäuschen, zuständig für Kirche, Kinder und Küche. Marianne war spontan die Dr.-Oetker-

Werbung eingefallen, die sie einmal mit Sieglinde gesehen hatte. Ob die Frau des Gerichtsdirektors ihrem Mann auch Pudding kochte? Denn es gehörte ja zu den elementarsten Lebensfragen einer Frau, was sie ihrem Mann kochen sollte. Dann gebe es noch eine Schwester, hatte er erzählt, eine gut frisierte »Trulla«, die nächstes Jahr Abitur machte und ständig auf dem Tennisplatz hockte, in der Hoffnung, einen passenden Ehemann zu finden, der die nächsten 40 Jahre für sie sorgen würde. Marianne war gerührt und geschmeichelt gewesen, dass er ihr das alles anvertraut hatte, aber sie war auch erschrocken. Seine Worte offenbarten eine abgrundtiefe Ablehnung seiner Familie gegenüber, die doch so perfekt nach außen wirkte. »Alles Hochglanz«, hatte er böse gemeint, »alles blitzt und glitzert, die Abgründe sieht man nicht.«

Abgründe, hatte sie erschrocken gedacht, welche Abgründe? Barg auch diese Familie ein Geheimnis, oder ging es ihm einfach nur wie Holden Caulfield, der die Welt grundsätzlich verabscheute? Aber sie hatte sich dort auf der Brücke diese Fragen nicht weiter gestellt, hatte sich nur dem Zauber des Augenblicks hingegeben, seinen Körper gespürt und ihren Kopf gegen seine Schulter gelehnt. Wenn er mich jetzt küssen würde, hatte sie sehnsüchtig gedacht, ach, wenn er mich jetzt küssen würde … Aber er hatte sie nicht geküsst, sie hatte nicht verstanden, warum, er hatte dann wieder den Zauber dieses Moments zerstört, als er nüchtern sagte: »Also, wie gesagt, ich fahre morgen nach Berlin.«

Sie war unwillkürlich von ihm abgerückt. »Was machst du denn da eigentlich?«

»Für morgen Abend ist eine große Demo angesagt, das musst du doch mitbekommen haben.«

Richtig, sie hatte Transparente gelesen, ohne richtig wahrzunehmen, wogegen sie sich richteten. Es gab jetzt so viele Transparente ...

»Hockst mal wieder in deinem Elfenbeinturm, meine Mondscheinprinzessin ...« Der ungeduldige Unterton in seiner Stimme war nicht zu überhören. »Der Schah ist in Deutschland. Dieser orientalische Potentat, der Leute wegsperrt und foltern lässt, nur weil sie für eine Demokratisierung ihres Landes kämpfen. Und die deutschen Politiker kriechen ihm in den Arsch, diesem Mörder. Heute Abend geht er mit seiner Farah Diba in die Oper, begleitet von unserem peinlichen Bundespräsidenten. Der Lübke hat ja auch artig bei den Nazis mitgemacht, wie wir inzwischen wissen. Insofern passt das ja. Und weißt du, was sie in der Oper geben? *Die Zauberflöte* ausgerechnet.«

Er begann leise zu singen: »In diesen heil'gen Hallen, kennt man die Rache nicht, und ist ein Mensch gefallen, führt Liebe ihn zur Pflicht ...«

Es klang gar nicht schlecht. David hatte eine schöne Stimme. Die letzten Takte allerdings hatte er gepresst herausgestoßen und hatte bewusst übertrieben, als wolle er so auf die Ironie des Ganzen hinweisen. Der Schah und Farah Diba ... sie sah ihre Mutter in diesen bunten Blättern lesen: »Farah Diba, die persische Kaiserin im Pariser Modellkleid. Mit einem blitzenden Diadem auf dem Kopf ... Endlich hat der Schah einen Thronfolger, obwohl mir seine erste Frau, die arme Soraya, schon leidtut.« Ach ja, diese Soraya war auch so ein Leitstern gewesen, sogar die Alte hatte an ihrem Schicksal Anteil genommen. »Keine Kinder kriegen, kein Erbe, das ist schon tragisch. Und manche werfen wie die Karnickel, Leute, die diese Kinder gar nicht brauchen können und auch nicht wollen.« Dabei hatte sie stets herausfordernd ihre verhasste Schwiegertochter angestarrt.

Wahrscheinlich geht es den meisten Leuten so, hatte Marianne gedacht. Für die ist der Schah so etwas wie ein Operettenheld, und die Frauen könnten aus einem Kostümfilm stammen. Wer weiß schon etwas über Unterdrückung, Folter und Mord? Wer will überhaupt etwas davon wissen? Großvater Gottfried, denn plötzlich war ihr eingefallen, dass er einmal erzählt hatte, im Iran sei eine demokratische Regierung gestürzt worden, mithilfe des amerikanischen Geheimdienstes. »Die wollen nicht, dass das Öl verstaatlicht wird, soll weiterhin billig an die Amis geliefert werden«, hatte er grimmig gemeint. Dies hatte sie David erzählt, auch weil dieses verhasste Wort vom Elfenbeinturm sie verletzt hatte.

»Bist ja doch nicht so ahnungslos«, hatte David gemeint und anerkennend gegrinst. »Dann geh doch mit. Wird sicher sehr interessant und aufregend. Der Schah hat Leute von seinem eigenen Geheimdienst dabei, die Demonstranten verprügeln. Der darf das, in unserem schönen Land, der Bundesrepublik Deutschland, das musst du dir einmal vorstellen.«

Sie hatte kurz gezögert. Die Versuchung, mit ihm irgendwohin zu gehen, egal wohin, war für einen Moment übermächtig gewesen. Aber eine Demo war wohl kaum der Ort, um sich näherzukommen. Es würden Freunde von ihm dabei sein, und wenn die vom gleichen Kaliber waren, wie seine Heidelberger Genossen, würde sie sich fehl am Platze fühlen.

»Gebrauch deinen Verstand«, hatte Gertrud sie gebeten, die David zutiefst misstraute.

Mitgehen, nur um ihm zu gefallen …? Nein, das würde sie nicht tun. Sie war dort falsch, Elfenbeinturm hin oder her.

So saß sie also am Freitagnachmittag im germanistischen Seminar und beschäftigte sich mit den historischen Schauplätzen des Nibelungenliedes. Sie schämte sich ein bisschen. Eigentlich war sie doch feige, das musste sie zugeben. Es war wichtiger, gegen einen Diktator und Mörder zu demonstrieren. Aber würde es etwas nützen? Diese Handvoll Studenten gegen diese Macht … Ach, es war alles sehr kompliziert und schwierig. Sie hatte gemerkt, wie enttäuscht er gestern Abend war. Und wenn er sie jetzt sähe, würde er sie auslachen und dann wütend werden.

In diesem Augenblick ging die Tür auf, und Professor Felsmann betrat die Bibliothek. Er trug einige Bücher unter dem Arm, die er sorgfältig und akkurat an ihren Platz zurückstellte. Beim Hinausgehen fiel sein Blick auf Marianne, die sich wieder aufrecht und kerzengerade auf ihren Stuhl gesetzt hatte.

Er zögerte einen Moment, dann kam er herüber. Marianne registrierte halb unbewusst, dass er einen sehr eleganten grauen Anzug trug. Wahrscheinlich maßgeschneidert. Er sei eben ein Ästhet, durch und durch, sagte man über ihn. Jürgen und ein paar andere drückten es drastischer aus: »Lackaffe.« Das alles schoss ihr in Sekundenbruchteilen durch den Kopf, bis sich die entscheidende Frage in ihr Bewusstsein drängte: Was, um Himmels willen, will er bloß von mir?

Er blieb direkt vor ihrem Platz stehen und lächelte sie plötzlich an. Der kann sein Lächeln anknipsen wie andere Leute das Licht, und wie er lächelt, so gewinnend, herzlich, charmant. Als habe er auf jemanden gewartet und freue sich nun, dass derjenige kommt. »Wickelt die Leute um den Finger«, hatte Jürgen noch neulich gemeint. »Sogar die Genossen vom SDS. Ich traue ihm nicht.«

Aber das war jetzt egal. Jürgen und seine ewige Meckerei. Was zählte das schon angesichts der Tatsache, dass Professor Felsmann vor ihr stand und sie anlächelte.

»Entschuldigen Sie, dass ich Sie so einfach anspreche, aber ich sehe, Sie packen zusammen und sind wohl fertig mit Ihrer Lektüre. Sie nehmen an meiner Romantik-Vorlesung teil?«

Marianne spürte zu ihrem Ärger, wie sie knallrot wurde. Woher wusste er denn das? Sie saß meistens sehr weit hinten, inmitten von 150, 200 dicht gedrängt sitzenden oder sogar stehenden anderen Studenten. Er schien eine Frage in ihrem Blick zu bemerken, denn unvermittelt sagte er: »Sie sind mir aufgefallen. Wissen Sie, ich registriere die Gesichter sehr genau. Manche kenne ich ja, Seminarteilnehmer, Examenskandidaten, Doktoranden. Gerade bei diesen Leuten lege ich Wert darauf, dass sie meine Vorlesungen besuchen, das gebe ich zu, und das weiß man auch. Aber dann sehe ich auch neue Gesichter, und ich sehe Interesse, Langeweile und Verdruss. Und manchmal sehe ich auch Begeisterung, fast möchte ich sagen, Hingabe, so wie bei Ihnen.«

Marianne starrte ihn an. Sie wusste nicht, was sie sagen sollte.

»Ich hoffe, Sie verstehen mich richtig.« Sein Lächeln vertiefte sich. »Ich mag junge Leute mit einer Begeisterungsfähigkeit für ein Thema, das mir selbst am Herzen liegt, noch mehr, das im Zentrum meiner wissenschaftlichen Arbeit steht. Ich bilde mir ein, das relativ schnell zu bemerken. Wollen Sie nicht im Wintersemester in mein Hauptseminar kommen? Es geht um die Schriftstellerinnen der Romantik.«

»Sophie Mereau«, flüstere Marianne unwillkürlich.

»Die hat Sie wohl besonders beeindruckt? Sophie und die Linden vom Heidelberger Schloss, dass war das Letzte, was sie bewusst wahrgenommen hat, Zerstörung, Zerstörung der Natur, des Schönen, der Tradition … Sogar ihre letzten Zeilen hat sie dieser Beobachtung gewidmet. Das macht einen traurig, nicht wahr? Und auch, dass man sie kaum kennt, sie und die anderen Frauen, vielleicht noch Bettina von Arnim. Aber schon die Günderode …« Er brach den Satz ab und starrte hinaus aus dem Fenster, als könne er dort die Schattenrisse der vergessenen Dichterinnen erkennen. Aber man sah nur die grauen Mauern des gegenüberliegenden Gebäudes.

In Marianne hallten diese Namen nach, wie Versprechen, wie Verheißungen. »Ich würde sehr gerne in Ihr Hauptseminar kommen, das hatte ich sowieso vor. Am Ende dieses Semesters mache ich nämlich meine Zwischenprüfung, ich meine, und dann darf ich ja auch das Thema …« Jetzt hatte sie sich endgültig verhaspelt. Ungeduldig winkte er ab. »Geschenkt. Ob mit oder ohne

Zwischenprüfung, Sie kommen! Melden Sie sich in meinem Sekretariat und sagen Sie, dass Ihr Name auf die Liste kommt. Ich hätte das angeordnet. Es gibt meistens ein ziemliches Gerangel um die Aufnahme. Woran arbeiten Sie da eigentlich?« Er deutete auf ihre Notizen. Sie stotterte etwas von Nibelungen und Frau Professor Seelig, aber er machte eine abfällige Handbewegung und war schon verschwunden. Das Thema und die Kollegen interessierten ihn wohl nicht besonders. Langsam erhob sich Marianne.

Ganz weiche Knie, ich hab ganz weiche Knie, dachte sie, aber das ist ja auch kein Wunder, das hab ich doch nicht geträumt? Er hat mich bemerkt ... Begeisterungsfähigkeit, hat er gesagt, ich soll in sein Seminar kommen, bin sogar schon vorgemerkt. Die anderen prügeln sich fast um einen Platz. Das ist ja ... das ist ein gutes Zeichen, alles wird gut. Ich weiß zwar nicht wie, aber alles wird gut.

Gertrud reagierte mäßig begeistert auf diese Mitteilung. »Schön und gut, ich find's ja auch ganz toll, dass er dich bemerkt hat. Also renn halt in sein Seminar, wahrscheinlich wird er dich irgendwann als Hilfskraft engagieren und dann kannst du übers Stöckchen springen. Der nutzt dich gnadenlos aus, dich und deine Begeisterungsfähigkeit. Also, pass bloß auf.«

Schon die zweite Warnung, die Gertrud aussprach, und die sie nicht hören wollte. Keinen Essig in meinen Freudenbecher, dachte sie. Sie winkte auch ohne großes Bedauern ab, als Gertrud ihr vorschlug, gemeinsam mit ein paar Freunden einen Zug durch die Altstadt zu machen. »Wir klappern die Untere Straße ab und glühen kräftig vor, und dann …«

»Du, es geht nicht. Ich muss heute Abend arbeiten. Hab doch den Job als Kellnerin im *Ochsen.*«

Gertrud schien ehrlich enttäuscht. »Schade. Aber ein anderes Mal kommst du mit, versprich's mir. Übrigens, in Berlin scheint heute einiges los zu sein.«

»In Berlin?« Marianne erschrak. Die Freude, die sie gerade so heftig empfunden hatte, war plötzlich verschwunden, wurde überlagert von Angst. David … Mach bloß keinen Quatsch, David. Im gleichen Moment wusste sie, dass das ein frommer Wunsch bleiben würde.

»Und was genau ist da los?« Sie bemühte sich, möglichst neutral und unbeteiligt zu klingen.

»Eine Riesendemo. Gegen den Schah von Persien. Der besucht heute die Oper, mit seiner Farah Diba.«

»*Die Zauberflöte.*« Sie hörte Davids Stimme: ›In diesen heil'gen Hallen …‹

»Ja, deshalb gibt es ja die Riesendemo. Ich hör schon den ganzen Mittag Radio. Vor allem Studenten, wie du dir denken kannst … Der Schah sei ein Diktator und Mörder, rufen sie. Es gibt wohl wüste Prügeleien. Leute vom Schah mischen da auch mit. Sie schlagen mit Holzlatten auf die Demonstranten ein. Wasserwerfer werden eingesetzt. Also, ich weiß nicht …« Gertrud ließ offen, worauf sich diese letzte Bemerkung bezog.

»Leute vom Schah schlagen auf deutsche Demonstranten ein?« Marianne merkte, dass sie wütend wurde, richtig wütend. »Schließlich haben wir ein Demonstrationsrecht. Das sind wohl die Leute vom persischen Geheimdienst.«

Sie erinnerte sich daran, was David ihr erzählt hatte. »Und was macht die deutsche Polizei?«

»Sieht wohl seelenruhig zu. Jetzt reg dich nicht auf, hast ja recht, ich find's auch ätzend. Der Schah ist mir eigentlich egal. Ich finde das Getue um ihn bloß nervig. Aber das geht zu weit. Wenn das stimmt, was du sagst ...«

»Es stimmt. Der hat seine Leute vom Geheimdienst dabei.«

»Komm mit rüber, wir hören miteinander rein in die Reportage.« Sie packte Marianne am Arm und zog sie in ihr Zimmer.

Gerade interviewte ein Reporter Passanten, biedere Berliner Bürger, die lautstark ihre Meinung kundtaten. Von »Politgammlern« war die Rede, »arbeitsscheuem Gesindel«, das man am besten »nach drüben«, in die DDR zu den Kommunisten, schicken sollte. Einer meinte sogar, unter Hitler hätte es das nicht gegeben.

Marianne hatte genug von Volkes Stimme. »Du, sei mir nicht böse. Ich muss gleich los. Erzähl mir morgen, was los war.«

»Schade. Mach's gut.« Gertrud wandte ihre ungeteilte Aufmerksamkeit wieder ihrem Kofferradio zu.

Als Marianne im *Ochsen* eintraf, waren alle Tische besetzt. Dicke Rauchschwaden hingen unter der niedrigen Decke.

»Gott sei Dank, dass du kommst«, begrüßte sie Conny, die wie Marianne als Aushilfe arbeitete. Sie war ebenfalls Studentin, studierte Jura, zielstrebig und fleißig, wie Marianne fand, denn ihr Traum war es, Richterin zu werden.

»Warum gerade Richterin?«, hatte Marianne einmal

gefragt. »Warum nicht Rechtsanwältin mit einer eigenen Kanzlei, oder du gehst in die Wirtschaft oder in die Politik.«

»Das ist nichts für mich. Richterin will ich werden. Du verkörperst das Recht, und du hast das letzte Wort. Schafft vielleicht ein Stück Gerechtigkeit. Das ist mein Ding.«

Vielleicht war diese Einstellung der Tatsache geschuldet, dass ihrem Vater die Gerechtigkeit verweigert worden war. Er war 1955 mit anderen Soldaten, die sich noch in russischer Gefangenschaft befunden hatten, und die der deutsche Bundeskanzler Adenauer nach zähen Verhandlungen bei seinem Moskau-Besuch freibekommen hatte, wieder nach Hause zurückgekehrt. Als ihr Conny diese Geschichte erzählt hatte, musste Marianne unwillkürlich an Karins Vater denken, der ebenfalls zu diesen Gefangenen gehört hatte. Karin war damals ihre beste Freundin gewesen. Ihr Vater war nie angekommen in seinem neuen Leben in der Heimat, hatte nicht vergessen können, und hatte wohl auch gespürt, dass er nicht willkommen war in seiner Familie, in der es bereits einen neuen Mann und Vater gab. Er hatte sich schließlich umgebracht. Im Gegensatz dazu war Herr Melzer, Connys Vater, mit Liebe und Freude empfangen worden, auch von der Tochter, die gar keine Erinnerung an ihn hatte. Aber seine Rückkehr war trotzdem überschattet, er kämpfte gegen die bundesrepublikanische Bürokratie, die ihm seine Pension verweigerte, mit fadenscheinigen Begründungen, wie nicht nur Herr Haller meinte. Er war ein hoher Beamter in der Kommunalverwaltung seiner Heimatstadt im Südschwarzwald gewesen. Irgendetwas musste am Beginn der Naziherrschaft geschehen sein, auch Conny wusste nichts Genaueres, der Vater schwieg sich beharrlich aus.

»Er hat sich widersetzt«, hatte sie lakonisch bemerkt. »Irgendwelche Anweisungen nicht ausgeführt, Leute gewarnt und ihnen sogar zur Flucht verholfen. Daraufhin haben die Nazis verfügt, dass er entlassen wurde. Sie steckten ihn für ein halbes Jahr ins KZ und dann kam er, als Bewährung, wie es so schön heißt, an die russische Front. Jetzt sitzt er daheim, schwer krank, und kämpft um seine Altersversorgung. Er war ja schließlich kein Beamter mehr, unehrenhaft entlassen worden, oder so etwas. Deshalb stehe ihm auch keine Pension zu. Tolle Logik, was? Ich möchte nicht wissen, wie viele Richter, Lehrer und andere Beamte, die den Nazis treu gedient haben oder sogar selber stramme Parteigenossen waren, bestens versorgt werden. Sogar die Witwe von Blutrichter Freisler bekommt ihre Witwenpension.«

Marianne nahm mit Schwung das voll beladene Tablett, das Conny ihr reichte, und ging hinüber zum runden Stammtisch neben dem Klavier, wo bereits Herr Schuster Platz genommen hatte. Am Wochenende gab es Musik, vor allem der Touristen willen, die heute Abend zahlreich vertreten waren. Da drüben saßen Japaner, fast alle hatten ein großes Glas Bier vor sich, das einige misstrauisch betrachteten. Am Stammtisch hockten Studenten aus den Verbindungen, vor allem Alemannen, Teutonen, erkennbar an den Mützen und den Bändern mit den Verbindungsfarben. Marianne wappnete sich innerlich gegen anzügliche Bemerkungen und Versuche, sie in den Po zu kneifen, aber die heftig diskutierenden jungen Männer schenkten ihr kaum Beachtung. Es ging um die Demonstration in Berlin. Einige waren hinübergegangen in das kleine Nebenzimmer, wo ein Fernsehapparat stand. Der Ochsenwirt hatte ihn anlässlich der Fußball-Weltmeisterschaft in England im letzten Jahr gekauft. Fast hätte dem guten Stück, dem ganzen Stolz des Ochsenwirts, ein frühes Ende gedroht, denn nach dem Endspiel im Wembley, das die Engländer gegen die Deutschen in einem sehr umstrittenen Spiel gewonnen hatten, wollte ein erzürnter Gast den Apparat zum Fenster hinauswerfen. Nur das beherzte Eingreifen der anderen Gäste verhinderte diese Tat. Marianne war damals nicht im Lokal gewesen, sie musste nicht arbeiten, aber Conny hatte ihr alles genauestens erzählt, auch dass der Ochsenwirt kurz vor dem Herzinfarkt gestanden hätte. Einerseits wegen des umstrittenen Tors, andererseits wegen der Angst um seine kostbare Neuanschaffung. Jetzt lief gerade die *Tagesschau*, wie Marianne feststellte, die, das leere Tablett unter den Arm geklemmt, auf Zehenspitzen stand, um über die Schultern der vor ihr Stehenden einen Blick auf den Bildschirm zu erhaschen. Man konnte den Schah in Galauniform sehen, neben ihm seine Gattin mit einem eingefrorenen Dauerlächeln, den silberhaarigen Bundespräsidenten, der nicht richtig zu begreifen schien, was um ihn herum vor sich ging. Neben ihm stand der regierende Bürgermeister von Berlin, grimmig und entschlossen die Staatsmacht repräsentierend. Der Sprecher verkündete mit bedeutungsschwerer Stimme, für die Polizei gelte nun die Anweisung »Knüppel frei«, angesichts der militanten Übermacht der linken Studenten. Dann schwenkte die Kamera hinüber zu der Menge, junge Leute, die sich unterhakten, die sich der Wucht der Wasserwerfer entgegenstemmten. Überall Transparente, Parolen, die Bilder der linken Idole, Rosa Luxemburg, Mao, Che Guevara und andere, und dazwischen schwarz gekleidete, dunkel aussehende Männer, die mit Holzlatten und Brettern auf die Demonstranten einprügelten. Die Jubelperser, dachte Marianne, wo um Himmels willen ist David? Hoffentlich passiert ihm nichts, ihm und den anderen. Dann schreckte sie ein ungehaltener Ruf auf. »Bier her, Bier her!« Herr Schuster begann zu spielen: *Ich hab mein Herz in Heidelberg verloren.* Und drüben konnte man immer noch die Bilder aus Berlin sehen, dazwischen konnte man auch Volkes Stimme hören. »Dieses Gesindel, dieses Pack ... ab nach drüben, kurzen Prozess machen ...« Herr Schuster spielte *Lippen schweigen, s' flüstern Geigen ...*

Unwirklich, das ist alles irgendwie unwirklich, dachte Marianne, und Conny flüsterte ihr in einer kurzen Pause zu: »In Berlin prügeln sie die Kommilitonen zusammen. Das ist doch ein Fascho-Staat.«

»Ja«, antwortete Marianne leise. »Mein Großvater hatte recht und David hat auch recht. Das ist ein Freund, der gerade in Berlin ist. Ich mache mir große Sorgen um ihn.« Es war seltsam, diese graue Masse der Demonstranten hatte nun ein Gesicht, Davids Gesicht, und sie war auf eine ganz eigene Art in diese Geschichte verwickelt.

Kurz vor Mitternacht und viele Biere später gab's Bewegung am Stammtisch, einige brüllten förmlich. Marianne hörte nur »Sie haben einen erschossen« und ließ beinahe das Tablett fallen. Ein dicklicher, feister Medizinstudent mit rotem Gesicht war kurz vorher hereingekommen und hatte ziemlich lautstark irgendwelche Neuigkeiten verbreitet. Marianne, die gerade einer Gruppe amerikanischer Touristen Sauerbraten mit Knödeln servierte, hatte zuerst nicht hören können, was er zu berichten hatte, bemerkte aber dann die Unruhe und reimte sich aus dem wenigen, das sie hören konnte, das Wichtigste zusammen. Es war nicht beim Prügeln geblieben, man hatte tatsächlich einen Studenten erschossen. Wer war dieser »man«, wer war dieser Student? Was war passiert? Sie sah plötzlich Davids Gesicht vor sich, wachsbleich, Blut tropfte von einer klaffenden Wunde an der Stirn auf den grauen Asphalt. Unsinn, schalt sie sich, Tausende sind dort. Es muss doch nicht David sein.

»Hast du's gehört«, zischte Conny ihr zu, »habe ich nicht vorhin vom Fascho-Staat geredet? Jetzt schießt dieser Staat sogar seine akademische Jugend tot. Es soll ein Polizist gewesen sein, der geschossen hat. Hat jedenfalls Sander erzählt.«

Sander war der Medizinstudent.

Marianne antwortete nicht. Sie spürte nur, dass sie weiche Knie hatte und dass sie zitterte. Das Bier schwappte über, so sehr zitterte ihre Hand, als sie es vor Sander hinstellen wollte. Der führte immer noch das große Wort. »Vor der Uni und auf der Hauptstraße rotten sie sich zusammen. Die Polizei will scheinbar Tränengas einsetzen. Soll es doch machen wie die Berliner Kollegen. Eine linke Bazille weniger. Je weniger, desto besser.«

Die anderen lachten, bis auf wenige Ausnahmen. Da packte Marianne eine heftige Wut, die sie so sehr ausfüllte, dass für nichts anderes mehr Raum war. Sie nahm den Bierkrug und kippte ihn Sander über den Kopf. Das Bier floss über seinen fast kahlen Schädel und über sein dickes, rotes, schweißglänzendes Gesicht. Er gab einen brüllenden Laut von sich und sprang auf, die neben ihm Sitzenden taten es ihm gleich. Einige Stühle fielen polternd um, und an den umliegenden Tischen wurde es plötzlich ganz still. Für einen Moment fürchtete Marianne, Sander würde sie ins Gesicht schlagen, er hatte die Hand erhoben und trat einen Schritt auf sie zu. Aber dann schien er sich zu besinnen und wischte das Bier aus dem Gesicht. »Schlage keine Frau«, sagte er knurrend, »obwohl du es verdient hättest, du, du …« Offensichtlich fiel ihm keine passende Beleidigung ein. Währenddessen war der Ochsenwirt hereingekommen und reichte ihm ein Handtuch. »Du kommst mit nach hinten«, fuhr er Marianne an und zog sie unsanft in den kleinen Raum neben der Theke, wo er seine Abrechnungen und anderen Papiere aufbewahrte.

Eine Stunde später stand Marianne auf der Alten Brücke und starrte hinunter in den träge fließenden Neckar, in dessen schwarzen Fluten sich die Lichter der Stadt spiegelten. Ein ganz leichter Wind kam auf, der das Wasser kräuselte. Es war ein warmer Wind, schon ein richtiger Sommerwind, dachte Marianne. Passt eigentlich nicht, noch zu früh, aber es wird Sommer. Dieser Frühling ist vorbei, dieser verrückte Frühling. So viel ist passiert, ich habe David kennengelernt, und diese Maria ist aufgetaucht, und mein Doktor liegt, glaube ich, im Sterben. So viele Gewissheiten sind zerbrochen, und ich weiß nicht mehr, was richtig und was falsch ist. Ich weiß nur, dass ich heraus muss aus meinem Elfenbeinturm, auch wenn ich mich davor fürchte, was mich draußen erwartet. Aber David hat recht und Großvater Gottfried auch. Ein Staat, der prügelt und schießt ... Hoffentlich ist David nichts passiert.

Der Wind frischte auf und Marianne fröstelte. Es liegt etwas in der Luft, dachte sie, diese brütende, drückende Atmosphäre vor dem Sturm ist wie weggeblasen, jetzt kommt der Sturm! Abrupt drehte sie sich um und ging schnell Richtung Hauptstraße, um die letzte Straßenbahn noch zu erwischen. Morgen muss ich mir eine neue Stelle suchen. Ich will nichts von Enzos Geld nehmen. Jetzt weniger denn je. Und ich muss in Erfahrung bringen, was mit David ist, unbedingt!

Die Entscheidung

Als sie am nächsten Morgen die Uni betrat, bemerkte sie sofort die ungewohnte Atmosphäre. Sicher, in letzter Zeit war immer wieder eine vibrierende Unruhe zu spüren gewesen, vor allem, wenn außergewöhnliche Ereignisse oder Aktionen bevorstanden. Aber heute war es anders, und sie konnte nicht einmal sagen, warum. Menschentrauben standen beieinander und diskutierten. Sie erkannte einige der SDS-Aktivisten, deren laute und empörte Stimmen die der anderen übertönten. Auch Jürgen war darunter, der inzwischen aussah wie der Kommunarde Fritz Teufel. Sie kämpfte sich zu ihm durch und fragte ihn nach David.

»Er ist noch in Berlin, soviel ich weiß. Habt ihr Weiber denn nichts anderes im Sinn, als diesen Typen, der es euch besorgen soll?«

Warum reden sie immer so abfällig über die Frauen, dachte Marianne zornig. Es geht doch auch um deren Befreiung, so behaupten sie jedenfalls. Aber sie sagte nichts, ließ ihren Blick noch einmal suchend umherschweifen und ging dann wieder hinaus. Überall Transparente! *Polizei-staat ... Faschismus ... Widerstand ...* Immer die gleichen Parolen, es klang so formelhaft, aber anders ging es wohl nicht, überlegte sie, eine Veränderung konnte nicht durch ausführliche Diskussionen herbeigeführt werden.

Um sich abzulenken und etwas Sinnvolles zu tun, stellte sie sich in einigen Gasthäusern als Aushilfe vor. Und sie hatte Glück. In einem Café bei der Heilig-Geist-Kirche sagte man ihr zu, dass sie nächste Woche auf Probe arbeiten dürfte. Sie sollte an drei Nachmittagen bedienen und in der Küche ab und an aushelfen. Erleichtert aber auch sehr müde schleppte sie sich nach Hause. Die Suche hatte lange gedauert und die Dämmerung warf schon erste Schatten zwischen die Häuser. Hoffentlich war Gertrud da, sie hatte sie den ganzen Tag noch nicht gesehen. Sie musste jetzt unbedingt mit jemandem reden.

Als sie das schmiedeeiserne Gartentor aufmachte, sah sie ihn! Er saß auf der steinernen Treppe, die zur Eingangstüre führte. Die unvermeidliche Gauloise hing im Mundwinkel, aber es sah nicht so aus, als ob er rauchte.

»David!«, rief sie überrascht. Er hob den Kopf und sie erschrak. Sein Gesicht wirkte grau und eingefallen und die Augen schienen merkwürdig geschwollen. Die Jacke, die er trug, war schmutzig und zerrissen. Das Schlimmste aber war, dass quer über seiner Stirn ein Pflaster klebte. »David«, rief sie noch einmal und ging langsam auf ihn zu, sehr langsam, als sei er eine Erscheinung, ein Geist, den sie nicht verscheuchen wollte. Er nahm die Gauloise aus dem Mund und schnippte sie in die Fliederbüsche, dann erhob er sich, nein, er schnellte hoch, als seien Fäden in ihm gespannt, war mit wenigen Schritten bei ihr und riss sie in seine Arme. Sie standen eng umschlungen da, regungslos, aber sie merkte, dass er zitterte. Mit der ganzen Kraft ihres Körpers versuchte sie, sich diesem Zittern entgegenzustemmen. Schließlich ließ er sie los, trat einen Schritt von ihr weg und schaute sie mit einem seltsamen Blick an. »Prinzessin, meine Prinzessin aus dem Elfenbeinturm ... ich brauche dich so sehr! Erzähl mir etwas, erzähl mir etwas von Zaubergärten und Mondschein und von der ewigen Liebe ... das brauche ich jetzt. Komm mit mir und halte mich im Arm, halte mich die ganze Nacht fest. Komm!« Er nahm ihre Hand und sie ging mit ihm, ohne zu fragen.

Schweigend, Hand in Hand, liefen sie durch die Stadt. Er bog in die Mandelgasse ein und öffnete eine Tür, deren ursprüngliche Farbe nicht mehr zu erkennen war. Sie knarrte und ächzte, wie auch die ausgetretene Treppe, die sich über mehrere Stockwerke nach oben zog. Es roch durchdringend nach Zwiebeln und Urin und darüber lag ein intensiver, süßlicher Duft, den Marianne nicht zuordnen konnte. Im letzten Stockwerk öffnete David wieder eine Tür, diesmal eine schwarz bemalte, auf die jemand in grellroter Farbe das Wort *Fuck* gepinselt hatte. Die grellrote Farbe der Buchstaben tat weh und sie fühlte plötzlich eine unbestimmte Angst. Sie traten in einen schmalen Flur, der vollgestellt war mit Schuhen, zusammengerollten Transparenten, Kartons und Bücherstapeln. Dann betraten sie ein kleines Zimmer, in dem man kaum etwas erkennen konnte, denn es war voller Qualm. Der süßliche Duft war jetzt noch deutlicher wahrnehmbar und schemenhaft erkannte Marianne einige bekannte Gesichter, SDS-Aktivisten, Freunde von David.

Einer rief gerade: »Gewalt, Gewalt ist der einzige Weg! Widerstand durch Gewalt.« Dann brach er jäh ab, alle drehten sich zu David, der müde die Hand hob und müde »Hey, bin wieder da«, flüsterte. Dann zog er Marianne aus dem Raum.

»Warte doch«, rief eine üppige Rothaarige, »du musst doch erzählen ...«

»Ach lass ihn, er hat Besseres zu tun«, schrie jemand, und alle lachten.

Später, eine Ewigkeit später, so kam es Marianne jedenfalls vor, war David eingeschlafen. Er hatte ihr von Berlin erzählt, von der Demo, von all den schrecklichen Ereignissen, die er immer noch nicht recht begreifen konnte.

»Stell dir vor, diese Jubelperser haben auf uns eingeprügelt, mit Brettern und allem Möglichen, und die Polizei hat tatenlos zugesehen. Hat zugesehen, wie auf deutsche Staatsbürger eingeprügelt wurde, die von ihrem Grundrecht auf Meinungsfreiheit, dem Demonstrationsrecht, Gebrauch machten. Mehr noch, sie haben dann selber geprügelt. *Knüppel frei*, lautete der Befehl, den unsere Obrigkeit ausgegeben hat. Und die Wasserwerfer – mich hat's umgehauen, so etwas habe ich noch nicht erlebt. Wie hilflos, wie ausgeliefert ich mich gefühlt habe, aber das war ja nicht das Schlimmste, noch lange nicht. Sie haben einen erschossen, hast du es gehört? Wir konnten es zunächst nicht glauben. Benno Ohnesorg heißt der Typ. Der war ganz in Ordnung, hat man uns jedenfalls erzählt, wollte nur zusehen, sich informieren. Sah wohl auch ganz normal aus, kein Langhaariger mit Zottelbart, er hatte keine Waffe. Wie soll man sich von so einem bedroht fühlen? In einem dunklen Hinterhof. Hat aber der Polizist behauptet, der es getan hat. Die Polizei erschießt wehrlose Bürger, hat wohl auch ein Kind gehabt, dieser Benno.« Seine Stimme war gebrochen. Er hatte ihr noch von der fassungslosen Wut der anderen erzählt, vom ungläubigen Entsetzen, vom Schock. Dann hatten sie nichts mehr gesprochen, er hatte sich an ihr festgehalten, und schließlich hatten sie sich geliebt, nicht ungestüm und heftig, sondern eher bedächtig und langsam, als müsste sich einer des anderen bewusst werden, voller Staunen und auch Dankbarkeit.

»Das war ja das erste Mal für dich«, sagte er erstaunt, als sie auf dem Rücken nebeneinanderlagen und er nach der unvermeidlichen Zigarette griff. Es war eine selbst gedrehte und als er sie anzündete, stieg derselbe süßliche Geruch auf, den sie vorhin schon bemerkt hatte. Es war Gras, was er rauchte. Alle rauchten Gras, das war so üblich, geradezu schick. Marianne hatte es einmal probiert, ihr war schrecklich übel geworden, deshalb drehte sie den Kopf zur Seite, als er ihr den Joint anbot.

Sie hatte das Gefühl, sich dafür entschuldigen zu müssen, dass jemand mit 21 Jahren noch Jungfrau war. »Ich hatte einfach noch nicht den Richtigen getroffen«, flüsterte sie. »Und einfach so, das wollte ich nicht.«

»Bist eben doch meine Prinzessin«, murmelte er. »Elfenbeinturmprinzessin.«

Jetzt war er eingeschlafen, und im Schein der flackernden Kerze, die auf dem kleinen Tischchen vor dem Bett stand, betrachtete sie ihn aufmerksam.

Es war schön gewesen, wenn es auch wehgetan hatte, denn er war der Richtige, da war sie sich sicher. Aber warum, fragte sie sich im selben Augenblick, was weiß ich denn von ihm? Sie studierte sein Gesicht, die langen schwarzen Wimpern, die die Wangen beschatteten, den trotzig aufgeworfenen Mund und die hohe Stirn, in die die dunklen Locken fielen. Ein kluges Gesicht, dachte sie, und auf eine sehr verletzliche Art weich und trotzdem stark. »Wer bist du, David?« Ein bisschen ist es so wie beim *Blonden Eckbert*. Keiner ist der, der er zu sein vorgibt. Die Personen sind zerbrochen, mehr noch, hinter allem lauert der Dämon, der die Menschen beherrschen kann. Wie er heute Abend dagestanden hatte und wollte, dass sie ihm von dem »Romantikscheiß« erzählte, den er doch hasste. Von Brunnen und Zaubergärten … und vorhin hat er mir gesagt, dass jetzt die Revolution kommen muss, die diesen Faschistenstaat wegfegen würde. Warum ist er überhaupt zu mir gekommen? Er hat sicher viele Adressen, zu denen er gehen könnte. Was bedeute ich ihm? Das ist mir nicht klar. Wegen dem »Romantikscheiß« allein kann es ja nicht gewesen sein. Vielleicht steckt in ihm doch die Sehnsucht, die Sehnsucht nach dem Schönen, nach dem unzerstörbaren Kern, dem verlorenen Paradies, und das soll mit Gewalt zurückgeholt, neu erschaffen werden. Durch Zerstörung zum Guten! Ist das nicht ein unauflösbarer Widerspruch? Mit diesen Gedanken schlief sie endlich ein.

Als sie am nächsten Tag in die Goethestraße zurückkam, stand wenige Augenblicke später Gertrud an der Tür.

»Hör mal, ich bin nicht deine Mutter, und eigentlich

geht es mich auch nichts an. Aber es ist später Vormittag, und du warst die ganze Nacht nicht da, ich habe mir Sorgen gemacht!«

»Tut mir leid«, fiel ihr Marianne hastig ins Wort. »Aber ... ich weiß nicht, wie ich es sagen soll ... es ist alles ...«

»Also raus mit der Sprache! Hat es mit diesem David zu tun?«

Stumm nickte Marianne und berichtete in dürren, aber deutlichen Worten von den Ereignissen der letzten Nacht.

»Ach du liebe Güte!« Gertrud ließ sich auf das Bett sinken und nagte an ihrer Unterlippe. »Weißt du, worauf du dich da einlässt?«

»Was meinst du?«

»›Was meinst du?‹«, äffte Gertrud sie nach. »Du weißt genau, was ich meine. Mal abgesehen von diesem David, der ein absoluter Obergockel ist, sind die Kreise, in denen er sich bewegt, nicht das Richtige für dich.«

»Was soll das heißen?« Marianne fühlte, wie eine heiße Woge des Zorns in ihr emporstieg. »Sicher, es sind einige Leute dabei, die ich auch nicht besonders mag, und manches in diesen Kreisen ist mir fremd.« Sie musste unwillkürlich an die schmutzstarrende Wohnung denken, die Wäsche auf dem Boden, das Geschirr mit den alten Speiseresten. Aber war das denn so wichtig? »Aber diese *Kreise,* wie du es nennst, haben in vielen Dingen recht, oder willst du diesen Staat jetzt noch verteidigen, ein Staat, der prügeln lässt und letztlich sogar schießen?«

»Ich finde das auch schlimm, was da in Berlin passiert ist, und trotzdem ...«

»Was trotzdem?«

Gertrud schwieg für einen Moment. Sie wirkte unentschlossen. »Ich weiß nicht, wie ich es sagen soll. Die Gewissheit dieser Leute gefällt mir nicht.«

»Gewissheit?«

»Ja, dieser David beispielsweise und seine Kumpanen, die sind sich so gewiss in ihren Urteilen und in ihren Strategien. Kein Raum für Zweifel. Das gefällt mit nicht. Und ich habe ein bisschen Bammel davor, wohin das führen kann.«

Marianne starrte die gegenüberliegende Wand an. Sie mied Gertruds Blick, denn wider Willen musste sie ihr recht geben.

»Das kannst du halten, wie du willst«, sagte sie schroffer, als sie eigentlich wollte. Sie wollte die Zweifel unterdrücken, die sich als leise Stimme wieder einmal bemerkbar machten. »Es muss sich doch etwas ändern in diesem Land, und ich möchte dazu beitragen. Unbedingt.«

Die Angst und die Gewalt

Der graue Novembernebel fraß sich durch die Altstadtgassen. Marianne fröstelte und ballte die Hände zu Fäusten, um sich gegen die beißende Kälte zu schützen. Sie musste unbedingt noch einen heißen Kaffee trinken, bevor der Schweigemarsch begann. Sonst holte sie sich womöglich eine Erkältung, und das konnte sie sich im Moment überhaupt nicht leisten. Sie musste ihr Referat über Sophie Mereau vorbereiten und es auch bald halten. Dieses Referat musste gut werden, sehr gut sogar! Sie wusste selbst nicht, warum, aber sie hatte die Empfindung, als ob Professor Felsmann etwas Besonderes von ihr erwartete. Seit Beginn ihrer Teilnahme am Hauptseminar *Dichterinnen der Romantik* kam es ihr so vor, als beobachtete er sie sehr aufmerksam. Registrierte ihre Wortmeldungen, nickte unmerklich, wenn sie etwas Kluges gesagt hatte, hob eine Augenbraue, wenn er nicht ganz einverstanden war. Bestimmt bilde ich mir das nur ein, wahrscheinlich spinne ich komplett, beschwichtigte sie sich immer wieder selbst, und trotzdem blieb da dieses Gefühl, das sie antrieb und beflügelte. Sie zwängte sich durch die dicht gedrängte Menge, die das Stehcafé bevölkerte, und setzte sich schließlich an einen der runden voll besetzten Tische, wo sie ihre Tasse Kaffee abstellte. Mit einem Kopfnicken begrüßte sie die anderen, Kommilitonen, die meisten vom SDS. Sie diskutierten über die gleich stattfindende Demo, den Schweigemarsch für Benno Ohnesorg.

»Dass sie dieses Bullenschwein, den Kurras, freigesprochen haben, zeigt, wie korrupt und durch und durch faschistisch dieser Staat ist«, sagte gerade ein Rastalockenträger mit Nickelbrille, von dem Marianne wusste, dass er Bernd hieß und Politik und Geschichte studierte. Er nahm mit ihr am Seminar *Soziale Bewegungen im neunzehnten Jahrhundert* teil, das Marianne vor allem deshalb besuchte, weil die ausführliche Lektüre von Marx und Engels angekündigt worden war und David sie ständig bedrängte, endlich die »revolutionären Grundlagen« zu studieren. »Hör doch auf mit diesem Romantikscheiß, die Zeiten sind nicht danach.« Nein, er wollte nichts mehr wissen von Mondenschein und Brunnenrauschen, das war wohl ein kleiner Ausrutscher gewesen, damals, als er aus Berlin zurückgekommen war und Trost in ihren Armen gesucht hatte. Jetzt brauchte er keinen Trost mehr, er war voller Elan und Tatendrang, seit er im September vom SDS-Kongress in Frankfurt zurückgekehrt war.

»Rudi hat uns gezeigt, wie's geht.« Nächtelang hatte er wach gelegen und ihr vom sogenannten Organisationsreferat Rudi Dutschkes erzählt, das mittlerweile den Status einer religiösen Offenbarung erreicht hatte. Sie hörte ihm aufmerksam zu, sein Eifer und seine Begeisterung rührten sie, auch wenn sie sich unter dieser Idee des »städtischen Guerilla« nicht so richtig etwas vorstellen konnte. Irgendwie erinnerte sie das Ganze an ein Räuber- und Gendarmspiel, auch wenn sie sich hütete, das auszusprechen.

»Klasse, das Flugblatt von David«, rief Bernd ihr zu und klatschte mit der flachen Hand auf ein vor ihm liegendes, abgegriffenes Blatt. Marianne kannte das Flugblatt, sie kannte es nur zu gut. Eine ganze Nacht hatte sich David damit um die Ohren gehauen. Wenn sie miteinander schliefen, empfand sie ein nie zuvor empfundenes Gefühl, es war Lust, Leidenschaft – Empfindungen, die im Dunkel der Nacht alles auslöschten, alle Zweifel, alles Unbehagen, die sich aber im Licht des Tages wieder einstellen würden. Das war wohl typisch für sie, dass ihr immer wieder bestimmte Zeilen einfielen, die dieses Lebensgefühl am besten trafen:

>»Du verstehst in Lust die Tränen
und der Liebe ewig Sehnen
eins in zwei zu sein,
eins im andern sich zu finden,
dass der Zweiheit Grenzen schwinden
und des Daseins Pein.«

»Romantikscheiß«, hatte er gemurmelt, als sie ihm diesen Vers eines Nachts zugeflüstert hatte, »Romantikscheiß, lies lieber Marx und Engels.«

Er hatte es wohl nicht so ganz ernst gemeint, war sogar vielleicht berührt gewesen, sie hatte jedenfalls gemeint, das zu spüren, aber er hätte es nie zugegeben. Im grellen Licht das Tages waren sie wieder da, die Zweiheit und die Pein.

Bernd hatte in der Zwischenzeit angefangen, über diesen revolutionären Krieg zu schwadronieren und zitierte großspurig Mao Tse Tung. »Man kann den Krieg nur durch den Krieg abschaffen, und wer das Gewehr nicht will, der muss zum Gewehr greifen«, hatte der große Vorsitzende schon vor dreißig Jahren gesagt. Marianne konnte ihn nur anstarren – wusste er, wovon er redete? Was würde Großvater Gottfried zu all dem sagen? Würde er diese Leute überhaupt verstehen? Würde er sie verstehen, er, der sich so sehr nach Frieden gesehnt hatte?

»Hör mal, ich hab gehört, dass du jetzt bei David in der WG wohnst.« Marianne hatte gar nicht bemerkt, dass sich ein Mädchen zu ihr gezwängt hatte. Es war groß gewachsen und sehr schlank, die dunkelblonden Haare hatte es raspelkurz geschnitten.

Sieht ein bisschen aus wie eine moderne Jeanne d'Arc, eine Jeanne d'Arc in Jeans und grünem Parka, dachte Marianne flüchtig. Woher kennt die mich?

Als hätte sie ihre Gedanken erraten, sagte die Jeanne-Kopie: »Ich hab dich schon ein paarmal mit David gesehen und Manne hat mir erzählt, dass du seit Juli bei ihm in der WG wohnst.«

Manne war einer der Mitbewohner der WG, ein zottelbärtiger, langhaariger Mensch, der alle Kriterien eines Bürgerschrecks erfüllte. Angeblich studierte er Jura wie David, aber Marianne hatte noch nie ein Lehrbuch oder eine der rot eingebundenen Gesetzessammlungen bei ihm gesehen. Stattdessen verfügte er über eine stattliche Sammlung revolutionärer Literatur, wie er es nannte. Darunter auch Trotzki, Veröffentlichungen von Autoren aus der Dritten

Welt, vor allem von Che Guevara und Franz Fanon, die Marianne ganz interessant fand, denn das Elend in Südafrika und Südamerika war bislang nicht richtig in ihr Bewusstsein gedrungen und hatte ihr Vorstellungsvermögen überstiegen und war lediglich als blasses Klischee präsent gewesen. Den kämpferischen Elan dieser Berufsrevolutionäre konnte sie verstehen, hatte sich deshalb auch das bekannte Poster von Che Guevara in ihr Zimmer gehängt. Das Zimmer war eigentlich nur eine kleine Kammer mit einem Fenster in der Dachschräge, gerade mal eine Matratze, ihre Obstkisten, eine alte Kommode und ein kleiner Tisch passten hinein, der Tisch diente als Schreibtisch. Diese Möbel hatte sie von einer gewissen Dörte übernommen, ihrer Vorgängerin, die am Ende des Sommersemesters nach Frankfurt gezogen war, »weil da einfach mehr los sei«. Ohne zu zögern, war sie auf Davids Vorschlag eingegangen, und der Abschied aus der Goethestraße war ihr leichter gefallen, als sie zunächst gedacht hatte. Sie wollte doch bei David sein, mit ihm zusammenleben, nicht nur die Nächte teilen, sondern auch die Tage. In der Goethestraße war das nicht möglich gewesen. Frau Winter duldete keine Herrenbesuche nach 22 Uhr und dann noch die papierdünnen Wände … Und mit Gertrud war leider das Band gerissen, unwiderruflich, da gab es nichts zu beschönigen. Sie hatten sich fast nur noch gestritten. »Was willst du mit diesem Typen und seinen obskuren Freunden?« war die stets wiederkehrende, stereotype Formulierung Gertruds gewesen, die gewöhnlich ein Streitgespräch einleitete. Es war keine Verständigung mehr möglich, wie beide nach einiger Zeit resigniert feststellten, es war, als ob sie in verschiedenen Welten lebten. »Lass uns wenigstens ab und zu einen Kaffee trinken, und melde dich, wenn es dir schlecht geht«, hatte Gertrud in ihr Ohr gemurmelt, als sie sich mit einer Umarmung verabschiedet hatte. Mariannes Zusage hatte nicht sehr überzeugend geklungen, das wusste sie selber, aber sie hatte diese letzte Bemerkung geärgert. Warum sollte es ihr bei David schlecht gehen, dem Mann, den sie liebte und bewunderte. Und doch war da plötzlich Angst gewesen, eine leise, deutlich wahrnehmbare Angst. Es ist gerade so, als ob ich alle Brücken abgebrochen hätte, hatte sie damals gedacht, mit Gertrud verliere ich mein letztes Bindeglied zu meinem bisherigen Leben. Zugegeben, es war nicht berauschend gewesen, sie hatte sich ja förmlich verkrochen in ihrem Zimmer in der Goethestraße, und immer war die Angst ihre Begleiterin gewesen, Angst vor den anderen, Angst vor dem, was im Stall in Grunbach lag, Angst, dass sie die Schuld einholen würde. Aber sie hatte begonnen, sich freizuschwimmen, und Gertrud hatte ihr geholfen, die herrlich normale, bodenständige Gertrud. »Reaktionäre Spießerin«, hatte David sie verächtlich genannt. »Sei froh, dass du sie los bist.«

Aber sie war nicht froh, etwas fehlte ihr, auch wenn sie sich immer wieder sagte, dass sie nun alles hatte, was sie sich gewünscht hatte. Sie gehörte jetzt dazu, selbst wenn manche, sogar die meisten von Davids Freunden und Genossen, ihr immer noch fremd waren. Aber endlich gehörte sie irgendwo dazu, wurde akzeptiert, auch wenn sie das zu einem erheblichen Teil David verdankte.

Der kam eben zur Tür herein, brachte einen Schwall feuchter, kühler Luft mit und steuerte auf den Tisch zu, an dem Marianne stand. Sie freute sich, als sie seine Augen aufleuchten sah, freute sich über den innigen und langen Kuss und die Genugtuung, die scheelen und eifersüchtigen Blicke zu bemerken, mit denen die anwesenden Frauen sie bedachten.

»Das ist … wie heißt du eigentlich«, fragte Marianne die Jeanne d'Arc-Kopie, die immer noch neben ihr stand.

»Hey, ich bin die Irene.« Sie hielt David die Hand hin und warf ihm einen schmachtenden Blick zu. »Ich habe deine Freundin gefragt, ob in eurer WG noch was frei ist oder vielleicht bald wird. Ich bin seit Beginn des Wintersemesters in Heidelberg, komme aus Tübingen, aber das ist mir zu spießig. Zurzeit wohne ich im Studentenwohnheim, aber ich würde gerne mit politisch aktiven Leuten zusammenarbeiten und zusammenwohnen. Ich finde dein Organisationspapier ganz toll und …«

So ging es endlos weiter. Was schmeißt du dich denn so an ihn ran, dachte Marianne wütend. Du kleines Luder. Was willst du eigentlich? Und David guckt wie ein Gockel. Gegen diese Schmeichelei ist er nicht gefeit. Sie sah ihn von der Seite an. Zum ersten Mal überlegte sie sich nicht mehr, was sie ihm bedeutete, sondern was er für sie war.

Später, als sie wieder zu Hause waren, hörte sie die Glocken der Heilig-Geist-Kirche zwölf schlagen. Marianne richtete sich auf und betrachtete den neben ihr liegenden David. Er war eingeschlafen, gleich nachdem sie sich heftig und intensiv geliebt hatten. Er hatte ihr wehgetan. Sie spürte immer noch den Druck seiner Hände auf ihren Oberarmen, ihren Schultern. Das war nicht nur Lust, dachte sie, das war auch eine Explosion des Schmerzes. Diese Demo hatte ihn bewegt, die Trauer um das sinnlos geopferte Leben eines jungen Studenten, der doch nichts getan hatte, und auch die Wut über den Freispruch dieses Polizisten, diesen Kurras.

»Ein Schweinestaat ist das«, hatte er immer wieder geflüstert, »alles Faschistenschweine, die zusammenhalten. Und nun bringen sie uns um.«

Arm in Arm waren sie ganz vorne mitgelaufen, hatten die Parolen mitgebrüllt: »Polizeistaat« und »Mörderpack«, und dann war alles aus dem Ruder gelaufen, denn die Polizei war plötzlich da, massenhaft und bedrohlich, und die Rufe waren in »Bullenschweine« übergegangen. Und dann kamen das Tränengas und die Wasserwerfer. Sie war mit David in eine der Seitengassen gerannt ... fort, nur fort. Das Gas brannte und Tränen liefen über ihre Wangen. Sie hatten sich in den Eingang einer kleinen Bäckerei geflüchtet, aber da war dann der Ladenbesitzer gekommen und hatte sie verjagt. Hatte »Lumpengesindel« und »rotes Gesocks« gebrüllt, und so waren sie weitergerannt, verfolgt von Lärm, Gebrüll und Sirenen. Ihr fiel ein, dass sie für einen Moment unmittelbar und ganz dicht vor einem der Polizisten gestanden hatte, gerade als sie wegrennen wollten. Sie hatten sich angeblickt, und ihr war aufgefallen, dass er noch ganz jung war. Er hatte ein rundes, glattes Gesicht und helle blaue Augen. Auch die »Bullenschweine« hatten Gesichter. Und dieses Gesicht zeigte, dass er Angst hatte. Diese weit aufgerissenen, eisblauen Augen spiegelten diese Angst wider. Der weiß gar nicht, warum er hier ist, der hat keine Ahnung, was wir wollen. Was hat man ihm wohl erzählt? Wir müssten mit ihnen reden ... wir müssten anerkennen, dass hinter jedem dieser Bullenschweine ein Mensch steckt, jeder mit seinen eigenen Ideen, Wünschen und Hoffnungen, so wie wir. Aber das geht ja nicht. Ob das wirklich nur ein Übergang war, eine Durchgangsstation, wie David es nannte? »Wir müssen grausam sein, das lässt sich nicht ändern, grausam zu diesem Staat und seinen Repräsentanten. Sonst ändert sich nichts. Sonst werden wir gefressen.«

Wie oft hatte sie das schon gehört. Und sie wollte es ja glauben, aber die Zweifel blieben. Zerstören, um zu verändern, zum Guten zu verändern. David hatte dann nur lapidar gesagt: »Rudi hat von einer ›Propaganda der Tat‹ gesprochen. Genug gequasselt! Jetzt müssen wir etwas tun. Es gab Überlegungen, die Sendemasten der *American Forces Network* zu sprengen. Den Kriegsverbrechern eins auszuwischen, damit sie ihre Lügen nicht weiter verbreiten können.«

Ging diese Rechnung wirklich auf? Im September war David beim SDS-Kongress in Frankfurt gewesen. Dieser Pahl, der zerrupfte Vogel, hatte dort ein Referat gehalten, das David begeistert hatte. »Diese Idee vom städtischen Guerilla ist genial. Das müssen wir umsetzen, mit allen Konsequenzen.«

»Und wie soll das aussehen?«, hatte sie gefragt. »Ganz konkret. Wie sieht so etwas aus?«

Er hatte mit den Schultern gezuckt und gelächelt. Das sei das Problem einer revolutionären Existenz. »Natürlich wird Gewalt angewendet, Gewalt gegen Sachen. Man kann aber nicht ausschließen ...« Dann hatte er geschwiegen und seltsam entrückt in die Ferne geblickt.

»Was kann man nicht ausschließen, David?«, hatte sie gefragt. Drängend und angstvoll.

»Eine Revolution ist kein Kindergeburtstag«, hatte er gesagt.

»Das heißt also, dass die Gewalt sich auch gegen Menschen richten kann?«

»Die anderen schrecken doch auch nicht davor zurück.«

»Die anderen?«

»Wie ich schon gesagt habe, der Polizeistaat und seine Repräsentanten. Glaubst du, die beeindrucken wir, indem wir in die Hände klatschen und *We shall overcome* singen?«

Wie diese Gewalt denn aussehen würde, hatte sie ihn noch gefragt. »Schießt ihr, werft ihr Bomben?« Eine konkrete Antwort war er schuldig geblieben. Sie war entsetzt gewesen! Mit Sprengstoff hantieren. Das war doch so gefährlich.

Rudi, Rudi Dutschke, hatte sie kennengelernt, als sie David einmal auf eine seiner Reisen nach Berlin begleitet hatte. Was er sagte mit seiner hohen, fast überkippenden Stimme, klang sehr analytisch und sehr abstrakt. Er gebrauchte Wörter, die wie Fallbeile niedersausten. Privat schien er nett, ein liebevoller Ehemann und Vater, der eher eine bürgerliche Existenz führte, die gar nicht zu dem passte, was er sagte. Sie konnte zuerst gar nicht glauben, was David ihr da erzählte. Aber vielleicht gehörte zu einer revolutionären Existenz auch, die Widersprüche, in denen man lebte, auszuhalten. Rudi, der viel bewunderte Rudi ...

»Jeder hat sein Leben ganz zu leben«, das war auch ein Satz, den David immer wieder zitierte. Aber was heißt das,

David, das wollte sie ihn immer wieder fragen. Sie beugte sich über ihn, dass sein Atem sie kitzelte. Er atmete schwer, als laste die Erinnerung an die vergangenen Stunden noch immer auf ihm. Deshalb hat er mir auch wehgetan, vorhin. In ihm ist so viel Wut, sogar die Liebe wird von dieser Wut vergiftet. Woher kommt diese Wut? Das war auch so eine Frage.

Im August war sie mit ihm nach Rosenheim gefahren, in sein Elternhaus. Seine Mutter hatte ihn gebeten, während ihres Ferienaufenthaltes »mal ein Auge« auf das Haus zu werfen. »Damit nervt sie mich jedes Mal, wenn sie verreisen. Als ob das etwas brächte. Sie weiß, wie ich zu Vater stehe. Aber sie denkt, wenn er nicht da ist, komme ich. Dann besteht trotzdem eine Bindung an das Elternhaus. So hat sie sich jedenfalls einmal ausgedrückt. Meine Mutter und ihre heile Welt, an die sie sich klammert, und die schon lange nicht mehr besteht. Es ist zum Kotzen!«

»Warum fährst du dann überhaupt hin?«

Er hatte gegrinst. »Muss dir doch einmal unsere bürgerliche Hütte zeigen, damit du besser verstehst.«

Der Tag war sehr heiß gewesen, es roch nach Teer und verbranntem Gras. David hatte sich den alten, klapprigen Citroën von Behrens geliehen. Sie fuhren durch eine Siedlung am Rande der Stadt, weiß gekalkte Wände und geschnitzte Holzbalkone, sehr bieder, sehr bayerisch, sehr ordentlich. Sein Elternhaus sah aus wie alle anderen, der Garten wirkte sehr gepflegt, kurz geschnittener Rasen, akkurat angelegte Blumenbeete mit bunten Spätsommerblumen.

Eigentlich ganz freundlich, hatte Marianne gedacht, wenngleich ich diese Symmetrie hasse.

Auch im Innern des Hauses war sie angenehm überrascht gewesen. Die Einrichtung war keineswegs steif oder spießig, die Möbel wirkten angenehm verwohnt, abgewetzte grüne Sessel, in denen man förmlich versank, ein großer Tisch mit einer wunderschönen blauen Majolika-Vase. Am schönsten war das riesige Bücherregal, das eine ganze Wand bedeckte. Vor allem Klassiker, stellte sie fest, und Literaten der Zwanzigerjahre. Thomas Mann, Lion Feuchtwanger, Franz Werfel, die verfemten Dichter. Aber kein Brecht und auch keine zeitgenössischen Autoren.

»Na, was sagst du?«, hatte David gefragt. »Die jüdischen Autoren stehen nämlich als Alibi da. Hat ja nie etwas gegen Juden gehabt, mein Alter. Hat nur geholfen, sie umzubringen.«

»Woher weißt du das?«, hatte sie gefragt.

»Hab ich herausgefunden. Hab mit einem alten Kumpel von ihm gesprochen, der gesprächiger war als mein Alter. War bei der Waffen-SS. Hat auch als Militärrichter gearbeitet, drüben im Osten, zuerst in Polen, dann in Litauen. Bluturteile hat er gefällt, der Sauhund, und war irgendwie auch beteiligt bei der Erfassung der Juden im Baltikum, wie es so schön heißt. Nach dem Krieg wurde es erst ein bisschen ungemütlich für ihn, aber irgendwie hat er sich rausgewunden. Alte Seilschaften, du verstehst? Und jetzt ist er ein hoch angesehenes Mitglied unserer Gesellschaft. Einer mit so einer Biografie kann in diesem Staat sogar Landgerichtsdirektor werden. Toll, nicht? Ja, der Herr Terbruck, so ein freundlicher Mann, und hochgebildet. Nicht einen Tag hat er bezahlt, der Schweinehund schläft einen guten Schlaf. Nachts hab ich ihn schnarchen gehört. Und jetzt stolziert er im Lodenanzug durch Kärnten, jedes Jahr, der Herr Landgerichtsdirektor. Aber weißt du, was ich ihm mit am meisten ankreide?«

Sie schüttelte den Kopf.

»Diese Heuchelei, dieses Verschweigen, dieses sich nicht dem stellen, was man getan hat. Und weißt du, worin sich seine Heuchelei besonders zeigt?«

Wieder schüttelte Marianne den Kopf.

»Dass er mich David genannt hat. Ein jüdischer Name. Warum hat er das wohl gemacht? Ist dir noch nicht aufgefallen, dass Antisemiten sich gerne mit einem äußerst aufgesetzten Philosemitismus tarnen? Das ist bei meinem alten Herrn auch so. Deshalb habe ich als Sohn herhalten müssen und deshalb stehen hier auch die Bücher. Nicht aus innerer Überzeugung, nein, es ist reine Heuchelei.«

Die Wut hatte sich förmlich in seinen Augen festgebrannt. Er spuckte die Worte aus, als verursachten sie ihm Schmerzen. Da hatte sie gemeint, ihn zu verstehen, meinte zu erkennen, was ihn antrieb. Er hatte noch ein Bündel Geldscheine aus einer Kaffeekanne geholt. »Lass uns abhauen, mir ist schon ganz schlecht.«

Leg das Geld wieder zurück, hatte sie sagen wollen. Es ist trotz alledem nicht richtig, seine Eltern zu bestehlen. Als ob er spürte, was in ihr vorging, sagte er im Hinausgehen grimassierend: »Es ist Mutters Kaffeekasse, keine Angst. Sie rechnet damit, dass ich das Geld nehme. Legt es ja extra für mich hin.«

Und trotzdem, hatte sie gedacht, da passt etwas nicht

zusammen. Und warum wollte er mir das Haus zeigen? Sie hatte sich eingestanden, dass sie sich wohlfühlte, dass sie sich gar nicht vorstellen konnte, dass jemand wie Davids Vater darin wohnte, jemand, der solche Verbrechen begangen hatte. So zu wohnen, in dieser behaglichen Bürgerlichkeit, das war stets ihr Traum in der Grunbacher Ödnis gewesen. Aber das konnte sie David nicht sagen.

»Kleinbürgerliches Seelchen«, würde er sie nennen, »meine kleine Reaktionärin.«

Warum hat er mir das Haus gezeigt, überlegte sie wieder und wieder und fuhr mit ihrem Zeigefinger zärtlich die Konturen seiner trotzig aufgeworfenen Lippen nach. Damit ich verstehe, dich verstehe. Ja, das tue ich. Großvater Gottfried hätte es auch verstanden. Aber so viel Wut. Und jetzt als Guerilla in den Metropolen, beschäftigt mit dem Aufbau einer revolutionären Existenz. Damit tue ich mich schwer. An dieser verrückten Idee ist wahrscheinlich auch dieser Andreas schuld, sein neuer Freund. Auch einer, den er bewundert. Wie kritiklos er manche Leute anhimmelt, das gefällt mir gar nicht.

Und dieser Andreas schien ihr recht dubios zu sein. Sie kannte ihn nicht, David hatte ihn bei einem Besuch in Berlin kennengelernt. Was er so erzählte, was dieser Andreas so alles sagte und machte, zusammen mit seiner Freundin Gudrun, die David ein »tolles Weib« nannte, berührte sie merkwürdig. Den Turm der Berliner Gedächtniskirche mit Rauchbomben einzunebeln, schien ihr nicht gerade eine revolutionäre Tat zu sein.

»Andreas ist sicher theoretisch nicht so versiert wie

Rudi, aber was er sagt, bringt's auf den Punkt. Und er ist ein Mann der Tat«, hatte David schwärmerisch gemeint. »Weißt du, er hat unsere Generation als ›hastig zusammengefickte Gerümpelgeneration‹ bezeichnet, und da hat er verdammt recht.«

Sie hatte ihn noch fragen wollen, was dieser Andreas damit meinte, hatte es aber dann doch gelassen. Vielleicht war es so, dass keine Liebe hinter dem Zeugungsakt gesteckt hatte, vielleicht nur der Wunsch zu überleben, und sei es in einem Kind. Das war ja auch etwas, das sie mit David verband. Er fühlte sich nicht geliebt von seinem Vater, und wollte von so einem nicht geliebt werden.

Sie legte sich wieder hin und wühlte den Kopf in die Kissen. Kurz vor dem Einschlafen dachte sie an Grunbach. Diese Maria hatte sich in der Zwischenzeit eingenistet. *Sie schwingt das Zepter*, hatte Sieglinde letzthin geschrieben. Was immer das auch heißen mochte. Sie musste wieder einmal hinfahren, unbedingt. In diesem wunderbaren, leidenschaftlichen Sommer mit David hatte sie alles andere vernachlässigt. Am schlimmsten aber war, dass sie Dr. Schwerdtfeger nicht mehr besucht hatte. Er war im Juli gestorben, nur wenige Tage nach seinem Geburtstag. »Wie Kinder im Juli geboren …« Oft hatte er Hesse zitiert. Und jetzt war er im Juli gestorben und würde nie mehr den Duft des weißen Jasmins riechen, wie es im Gedicht hieß. Sie hatte ihn im Stich gelassen, hatte ihn wegen David, der Liebe und der Lust wegen im Stich gelassen. Und wegen dieses neuen Lebens, das sie an Davids Seite begonnen hatte, davon war sie überzeugt. Sie war nun Teil einer Gemeinschaft geworden, die eine Veränderung dieser Gesellschaft wollte. Auch wenn ihr nicht alles gefiel, was diese Gemeinschaft sagte und tat, die Ziele waren gut, wenngleich auch noch etwas diffus. Die Altfaschisten mussten weg, die Gesellschaft musste gerechter werden und die Menschen sollten viel mehr Rechte bekommen, sollten über sich selbst bestimmen. Und sie war Marianne Holzer, kein uneheliches Proletarierkind, das sich immer noch symbolisch unter dem Tisch versteckte, sondern ein selbstbestimmtes Individuum, eine Frau, die ihr Leben selbst gestaltete. Wie Sophie Mereau, schoss es ihr durch den Kopf. Sie hätte mich verstanden. Auch wenn es bedeutete, dass sie die Brücken zu ihrem früheren Leben abgebrochen hatte. Aber was hatte sie schon verloren. Gut, die Freundschaft mit Gertrud, das tat weh. Aber sonst …? Sophie wurde ebenfalls gesellschaftlich geächtet und war trotzdem unbeirrt ihren Weg gegangen. Dennoch, dass sie einen wesentlichen Teil ihres Lebens, ihren Doktor Schwerdtfeger, im Stich gelassen hatte, das war unverzeihlich. Und sie musste unbedingt nach der Mutter und Sieglinde schauen. Und was diese Maria so trieb. Dieser unheimliche Schatten, der ihre Familie bedrohte. Ja, sie musste nach Grunbach.

Am nächsten Morgen schlich sie leise die Treppe hinunter, um niemanden zu wecken, denn im Haus schliefen noch alle. Frühes Aufstehen galt als bourgeois und reaktionär, vor allem, wenn man zur Vorlesung ging wie Marianne. *Bismarcks Politik und ihre Bedeutung für die deutsche Geschichte*, lautete das Thema, und der Dozent war ausgerechnet Professor Ewald Haller, der Mann mit der unrühmlichen Nazivergangenheit. David hatte es zunächst nicht glauben können. »Zu diesem Drecksack rennst du hin und hörst dir den Stuss über einen alten Reaktionär an?«

»Der alte Reaktionär war immerhin einer der wichtigsten Politiker des neunzehnten Jahrhunderts, und Haller kennt sich aus«, hatte sich Marianne verteidigt. Das Thema interessierte sie eben.

»Und dann noch in aller Herrgottsfrühe.« David schien ehrlich erschüttert. Plötzlich hatte er gegrinst. »Ich weiß schon, warum der Haller seine Vorlesung so früh ansetzt. Er spekuliert darauf, dass wir alle noch schlafen, und niemand ihm die Show stiehlt. Wenn er sich da nur nicht verrechnet hat. Sollte er auf die Idee kommen, für das Amt des Rektors zu kandidieren, wie man munkelt, stelle sogar ich den Wecker. Und dann wird er sein blaues Wunder erleben.«

Seitdem überlegte Marianne immer wieder, wie sie sich verhalten sollte, wenn David und die Genossen auftauchen würden, um die Vorlesung zu stören. Sie benahm sich widersprüchlich, ohne Zweifel. Sie wollte ebenso wenig wie David, dass Haller Rektor der altehrwürdigen Universität Heidelberg wurde. Auf der anderen Seite saß sie brav im Hörsaal und hörte ihm zu, weil sie von ihm etwas lernen konnte. Unwillkürlich seufzte sie. Es war nicht einfach, dieses neue Leben, das immer wieder Konflikte bereithielt.

Sie war so sehr in Gedanken versunken gewesen, dass sie fast über den Mann gefallen wäre, der auf einer der unteren Treppenstufen saß und sich gerade eine Zigarette drehte. Als Erstes fielen ihr die nikotingelben Finger auf, dann sah sie, dass es ein sehr junger Mann war. Er hatte noch ein rundes Jungengesicht, dem die Konturen der Reife fehlten.

Ein unfertiges Gesicht, dachte sie spontan. Die blonden Haare trug er recht lang, und eine Haartolle fiel ihm in die Stirn, was ihm etwas Spitzbübisches verlieh.

»Ist David oben?«, erkundigte er sich beiläufig, leckte den Rand des Zigarettenpapiers, drückte die Ränder fest und zündete sich die Selbstgedrehte an. Er stieß genießerisch die erste Rauchwolke aus.

»Wer bist du überhaupt? Und woher kennst du David?«, fragte Marianne misstrauisch.

Er grinste. »Guck nicht so streng. Da kriegt man ja Angst. David hat gesagt, wenn was ist, kann ich zu ihm kommen. Kann auch hier pennen und so. Bin Kalle aus dem Lehrlingsheim in Pfaffengrund.«

Kalle aus dem Lehrlingsheim, jetzt war die Sache klar. Vor einiger Zeit hatte David eine neue Strategie verkündet. »Wir müssen raus aus der Uni. Wir müssen den Schulterschluss mit den Arbeitern suchen. Nur so hat unser revolutionärer Kampf Erfolg, Seite an Seite kämpfen wir gegen den Kapitalismus.«

Es hatte ein wüstes Geschrei gegeben auf der Versammlung, während seiner Rede. Einige Genossen hielten das für Spinnerei. »Lasst uns zunächst unseren eigenen Kampf führen für eine demokratische Hochschulordnung.« Vereinzelt war Beifall aufgebraust, es hatte auch zustimmende Rufe gegeben, aber David hatte sich durchgesetzt. Eine solche Verengung auf die Uni sei Verrat an der Sache des SDS, an den Prinzipien, die vornehmlich Rudi Dutschke auf dem Kongress im September verkündet habe.

»»Wer aber vom Kapitalismus nicht reden will, sollte auch vom Faschismus schweigen‹, hat Max Horkheimer gesagt. Der Kampf gegen den Kapitalismus ist die vordringlichste Aufgabe, um andere, gerechtere Verhältnisse zu schaffen.« Am Schluss hatte David fast alle Teilnehmer auf seiner Seite. Das Horkheimer-Zitat war dann auch das Motto eines Flugblatts gewesen, das an der Uni verteilt wurde, und in den nächsten Wochen pilgerten David und seine Gefolgsleute unverdrossen zum Pfaffengrund, der Arbeitersiedlung von Heidelberg, um »den Schulterschluss zu suchen«, wie David es nannte. Es hatte sogar einen Solidaritätsmarsch gegeben, aber der Funke wollte nicht überspringen. Die Arbeiter blieben misstrauisch, wussten nicht, was sie von den jungen Leuten halten sollten, die sie als »Milchbubis« und »Schnösel« bezeichneten.

»Die wollen ums Verrecken nicht befreit werden«, hatte Marianne bissig bemerkt, als David ihr von einer Versammlung berichtet hatte, zu der gerade einmal drei Leute erschienen waren.

»Die Arbeiter sind manipuliert, eingelullt von einer dümmlichen Unterhaltungsindustrie. Und dazu noch die Presse, allen voran die *Bild*-Zeitung, die ihnen vorgaukelt, dass es ihnen doch gut ginge. Urlaub in Italien, ein Auto … Das sind die Ziele, die man ihnen vorgibt. Wir haben versucht, mit den Leuten von der IG Metall ins Gespräch zu kommen. Vollgefressene Ärsche, ein paar Prozent Lohnerhöhung, daran messen sie ihren Erfolg, die Lage der Arbeiter, ihre Ausbeutung und Entmündigung, interessiert die einen Scheiß.« Dieser Andreas aus Berlin hatte dann eine zündende Idee geliefert, wie David meinte. »Die gehen in Berlin in die Lehrlingsheime, und in andere Heime, wo die angeblich Schwererziehbaren untergebracht sind.

Ihr müsst die Jungen packen, sagt Andreas. Die sind noch offen, denen kann man Zusammenhänge zwischen ihrer beschissenen Situation und den gesellschaftlichen Umständen klarmachen.« Andreas habe einen unheimlichen Schlag bei den jungen Leuten, hatte David erzählt. »Hat ja selbst einmal auf dem Bau gearbeitet. Der spricht ihre Sprache.«

So war David durch die Heime gezogen, und offensichtlich hatte er auch einen Schlag bei den Jungen. Einer saß jetzt also hier, warum auch immer. Hatte Vertrauen, suchte Hilfe.

»Letzter Stock, ganz oben. Geh einfach in die Küche, mach dir einen Kaffee, aber nur Pulverkaffee.«

»Ist schon okay. Hey, danke!«

Er schulterte einen olivgrünen Seesack, der neben ihm gelegen hatte und den Marianne jetzt erst bemerkte. Das kann ja heiter werden, dachte sie. Sieht nach einem längeren Besuch aus. Was machen wir bloß mit ihm? Moment mal, er kann das kleine leer stehende Zimmer haben. Besser dieser Kalle als diese Irene, die sich gestern Abend an David herangemacht hatte. Ob er das Zimmer bezahlen konnte? Es war nicht teuer, und als Lehrling verdiente er doch sicher etwas. Egal, ihr war er allemal lieber als diese Irene. Und zur Not legen wir zusammen.

So trat Kalle in Mariannes Leben.

Masken

Weihnachten ging sie nach Grunbach. David hatte es abgelehnt, dieses Fest in irgendeiner Form zu zelebrieren, und er hatte einen Tobsuchtsanfall bekommen, als Marianne einen kleinen Adventskranz nach Hause brachte, den sie auf dem Wochenmarkt gekauft hatte.

»Hör mir bloß auf mit dieser bürgerlich-reaktionären Scheiße«, hatte er gebrüllt. »Religion ist Opium fürs Volk – schon vergessen? Wenn ich an Weihnachten zu Hause denke, diese verlogene Heile-Welt-Veranstaltung!«

Als Programm für Heilig Abend hatte er einen Besuch im *Club* vorgesehen, mit großem Besäufnis. Darauf konnte nun Marianne verzichten, in der immer noch ein Stückchen Sehnsucht nach Weihnachten steckte, auch wenn das Weihnachtsfest in Grunbach nichts Besonderes war. Nur Großvater Gottfried hatte es verstanden, dem Fest einen kleinen Zauber zu verleihen, mit seinen Geschichten, den Nüssen, die er für sie knackte, und dem krachenden Feuer im Ofen, das er unablässig fütterte, bis es ganz warm war, so warm, wie sonst nie im Winter. Und dann betrachteten sie durchs Fenster die tanzenden Sterne. Vielleicht gelang es ihr, diese Erinnerungen zu beschwören, vor allem aber musste sie nach Mutter und Sieglinde sehen, deren Briefe immer beunruhigender wurden. Und sie musste Dr. Schwerdtfegers Grab besuchen.

Als sie in Grunbach angekommen war, erschrak sie zutiefst. Wie sah die Mutter aus? Die sonst sorgfältig blondierten und toupierten Haare hingen stumpf herab, ein breiter Graustreifen zeigte sich im Ansatz. Sie war augenscheinlich nicht geschminkt, tiefe Kerben hatten sich in den Mundwinkeln eingegraben, auch die Haut war grau, und die Augen lagen in tiefen Höhlen. Eine alte Frau, dachte Marianne ehrlich erschüttert. Sie ist eine alte Frau geworden. Sieglinde wirkte müde und seltsam fahrig. Sie war so stark geschminkt, dass ihr Gesicht wie eine Maske aussah, gerade so, als müsste sie sich verstecken. Sie saßen am Küchentisch mit der Wachstuchtischdecke, auf der ein seltsam anmutendes Tannenreisgesteck stand. Viel Flitter, Lametta, eine rosa Schleife taten den Augen weh, wie Marianne fand.

Sieglinde deutete ihren Blick richtig. »Hat Maria gemacht, sie mag's bunt. In ihrer Heimat hat man das so, sagt sie.«

In diesem Moment war die Tür aufgegangen, und Maria trat ein. Wirkte Sieglinde angespannt und die Mutter erschöpft, so ging von Maria eine Kraft aus, die Marianne noch nicht an ihr bemerkt hatte. Sie sah gut aus, viel besser, als Marianne sie in Erinnerung hatte. Das Gesicht hatte eine frische Farbe. Sie ging hoch aufgerichtet, geradezu herausfordernd mit durchgedrücktem Rücken. Die Haare trug sie kürzer, gut geschnitten, und der knallrote Lippenstift passte jetzt auch viel besser, unterstrich ihr vitales Aussehen. Als ob sie die Kraft der Mutter auf geheimnisvollem Wege aufgesogen hätte, hatte Marianne erschrocken gedacht und sich im gleichen Augenblick ermahnt. Bleib auf dem Teppich. Zu viel romantische Gespensterseherei.

»Ach, die Studentin«, hatte Maria mit ihrer tiefen, heißeren Stimme gesagt. »Sie bleiben Weihnachten hier? Wie schön, Mama wird sich freuen.« Sie sprach auch viel besser Deutsch als beim letzten Mal und versuchte, Marianne in ein Gespräch zu verwickeln. Die saß wie auf Kohlen, wollte mit Mutter und Sieglinde alleine sprechen. Wollte erfahren, was los war.

Endlich erhob sich Maria, kündigte an, einkaufen zu gehen, denn morgen sei ja Heilige Nacht, und man habe noch nichts im Haus. Aus dem Küchenbüffet holte sie das Portemonnaie, in dem das Haushaltsgeld verwahrt wurde, nahm einige Scheine und ging dann mit einem Kopfnicken hinaus.

»Sie nimmt sich einfach Geld, euer Geld?«, hatte Marianne empört gefragt. »Kauft für alle ein, einschließlich für sich selber? Und das lasst ihr euch gefallen?«

»Sie schwingt hier das Zepter.« Sieglinde hatte das Bild wiederaufgenommen, das sie in ihren Briefen benutzt hatte.

»Was heißt das?«

»Schau dir doch die Mama an«, hatte Sieglinde erbittert geantwortet. »Sie lässt sich alles gefallen. Diese Maria bestimmt, was gekocht wird, was wir unternehmen, nimmt sich von unserem Geld, geht in alle Zimmer, ohne zu klopfen. Und wenn ich etwas sage, benutzt sie nur ein Zauberwort, und die Mama ist fast panisch.«

145

»Zauberwort?«

»›Enzo‹ natürlich. Da dreht die Mama durch. ›Lass sie machen, sag nichts, Sieglinde‹, und neuerdings schleicht sie immer in die Hütte, als ob sie magisch davon angezogen würde. »Glaubst du, sie ahnt etwas?«

»Was soll sie denn ahnen? Aber, je nervöser ihr werdet, desto misstrauischer wird sie. Ihr dürft euch von ihr nicht verrückt machen lassen.«

»Das sagt sich so leicht. Die ist doch nur noch ein Nervenbündel.«

Marianne war ehrlich besorgt. »Sie sieht einfach schrecklich aus, und sie ist so apathisch.«

»Sag ich doch.« Sieglinde hatte grimmig genickt. »Ach, Marianne, ich weiß wirklich nicht weiter.«

In der Nacht hatte Marianne gegrübelt, an Schlaf war nicht zu denken. Schließlich hatte sie einen Entschluss gefasst. »Hört zu, diese Maria will wissen, wo Enzo ist, und sie will sein Geld. Also geben wir ihr das Geld. Vielleicht lässt sie uns dann in Ruhe. Ich habe noch nicht viel davon verbraucht. Es wird ihr genügen.«

»Bist du verrückt?« Sieglinde hatte sie entgeistert angesehen. »Dann kann sie sich ja denken, dass wir etwas mit Enzos Verschwinden zu tun haben. Freiwillig hätte er uns doch nie sein Geld gegeben. So gut wird sie ihn auch kennen.« Marianne musste zugeben, dass Sieglinde recht hatte. Sie saßen in der Falle.

Die Weihnachtstage verliefen trist und bedrückend. Marianne hatte für Sieglinde einen Schal und für die Mutter ein teures Parfüm gekauft, dafür hatte sie die Trinkgelder der letzten Zeit eisern gespart. Dieser Maria hatte sie ein deutsch-italienisches Wörterbuch mitgebracht, worüber diese sich wirklich zu freuen schien. Marianne hatte lange mit sich gerungen, ob sie ihr überhaupt etwas schenken sollte. Schließlich war sie ein unerwünschter Eindringling. Doch dann hatte sie sich doch zähneknirschend dazu durchgerungen. Wahrscheinlich bin ich auch schon manipuliert, hatte sie gedacht, will gute Laune machen, damit diese Maria freundlich gestimmt wird. Aber egal, sie war nun einmal da und hatte sich ausgebreitet, und sie hatten keine Idee, nicht einmal den Hauch einer Idee, wie man sie loswerden könnte. Maria hatte auch gekocht, sehr gut sogar, das musste man zugeben. Die Gerichte erinnerten an Enzo, die Gerüche der fremden Gewürze, der Geschmack der für sie exotischen Speisen. Wo sie das alles bloß herhat, hatte Marianne überlegt. In Grunbach gibt es doch so etwas nicht. Aber dann hatte Sieglinde erzählt, sie würde manchmal Päckchen bekommen, die Adresse in ungelenker Schrift geschrieben.

Trotz des guten Essens hing eine diffuse Atmosphäre der Angst und Bedrückung in der schäbigen Küche. Der dürre, kleine Christbaum in der Ecke wirkte wie ein Symbol.

Am ersten Weihnachtsfeiertag gelang es Marianne, ihre Mutter zu einem Spaziergang zu überreden. Sieglinde wollte auf ihrem Zimmer bleiben, die neuesten Platten hören, und Maria war in die Kirche gegangen, die neu erbaute Kirche im unteren Dorf mit dem hoch aufragenden Turm, der neben dem Kirchenschiff stand. Der Bau einer katholischen Kirche war nötig gewesen, weil die Zahl der

Katholiken durch den Zuzug der Flüchtlinge nach dem Zweiten Weltkrieg immer größer geworden war. Und jetzt kamen noch die Gastarbeiter dazu. »So ein Riesending«, hatten sich damals die eingefleischten Protestanten zugeflüstert, die sich in der Zwischenzeit aber wohl daran gewöhnt hatten.

»Mama, hör mir zu«, hatte Marianne die Mutter eindringlich beschworen. Aber sie hörte nicht zu, stapfte nur müde und geistesabwesend neben Marianne her. Es lag ein wenig Schnee. Was herunterfiel, verwandelte sich sofort in Matsch, und Marianne hatte gespürt, wie Nässe und Kälte durch ihre dünnen Halbschuhe krochen. Sie hätte sich unbedingt ein Paar Stiefel kaufen müssen, aber das Extrageld war für die Geschenke ausgegeben worden. David hatte sie eine Ausgabe mit Aufsätzen von Horkheimer und Adorno geschenkt.

» Gott sei Dank, keine Socken oder Hemden, das ist ein angemessenes Geschenk für einen angehenden Revolutionär«, hatte er gemeint und dabei spitzbübisch gegrinst. Zum Glück hatte er seine Fähigkeit zur Selbstironie noch nicht verloren.

Marianne hatte dann versucht herauszufinden, warum die Mutter so müde und ausgelaugt war und warum sie dieser Maria das Feld überlassen hatte.

»Sie ist meine Strafe«, hatte die Mutter geflüstert, mit einer tonlosen Stimme, die Marianne zutiefst erschreckte. »Enzo hat sie geschickt. Sie wird ihn rächen. Sie wird alles herausfinden, und dann wird sie ihn rächen.«

Vergeblich die Versuche, vernünftig mit ihr zu reden. Vergeblich, zu versuchen, ihr Mut zu machen. »Die Toten

148

kehren nicht wieder. Und von Enzo kann sie auch nichts wissen. Und sie wird nichts herausfinden, wenn ihr vernünftig seid. Es ist nun einmal geschehen. Ihr wolltet es ja nicht. Also, versuche, damit zu leben.«

Es war alles vergeblich gewesen. Marianne waren nach diesem Spaziergang einige Zeilen eines Gedichts eingefallen: »… du bist zu Qualen eingeweiht … und jede Stunde schlägt grausam dir stets neue, blut'ge Wunde.« Felsmann hatte es letzthin zitiert, als Beispiel für den Weltschmerz, den die Romantiker so gerne pflegten, und die dem damaligen Zeitgeschmack entsprachen. Aber die Mutter pflegte den Schmerz nicht, er saß tief in ihr und es war nicht dagegen anzukommen. Sie wird nicht fertig mit dem, was sie getan hat, und diese Maria hat dieses schlechte Gewissen aus den Schichten des Unterbewusstseins hervorgezerrt. Was sollte man bloß tun?

Sie war dann zum Grab von Dr. Schwerdtfeger gegangen. Ein schönes Gesteck aus Tannenzweigen und roten Beeren, deren Namen Marianne nicht kannte, lag auf dem schmalen Erdhügel. Marianne hatte einen Topf mit Christrosen danebengestellt. Kein weißer Jasmin, Herr Doktor Schwerdtfeger, hatte sie gedacht. Irgendwie aber scheinen mir Christrosen auch passend zu sein, diese wunderbar zarten, weißen Blüten. Standen sie nicht für seine Verletzlichkeit am Ende seines Lebens und auch für die tiefe und aufrichtige Reue angesichts seiner Vergangenheit. »Obwohl ich mir sicher bin, dass Sie nichts wirklich Böses getan haben«, hatte sie dem Grab zugeflüstert.

»Und Sie waren mein Freund, mein einziger, wahrhaftiger Freund, waren sogar mein Vater, mein so lange schmerzlich vermisster Vater.«

Gemeinsam mit Tante Käthe hatte sie um ihn geweint.

»Die Bücher«, hatte Tante Käthe geflüstert, »die Bücher sollst du bekommen, hat er gesagt, er hat am Ende viel von dir gesprochen, dass er so gerne wissen möchte, wie es mit dir weitergeht. Wenn es dir recht ist, bewahre ich sie für dich auf. Du wirst ja in deiner Studentenbude keinen Platz haben. Sonst hatte er nicht viel zu vererben. Das Geld ging für Medikamente drauf, und er hat immer viel gespendet, vor allem an jüdische Organisationen. Du weißt ja.«

Ja, sie wusste es. Die Reue hatte sein Leben bestimmt, aber anders als die Mutter hatte er versucht, sie positiv umzuwandeln. Indem er zum Beispiel sie, Marianne, so tatkräftig gefördert hatte. Wie hatte es am Schluss dieses Gedichts geheißen, das sie letzthin bei Felsmann gehört hatte:

»Ja, erst im ausgelöschten Todesblick
Begrüßt voll Mitleid dich das erste Glück.«

Hoffentlich war ihm dieses Glück jetzt beschieden.

Die heile Welt

Vom Neckar her stieg ein zäher Nebel auf, der sich feucht und kalt um sie legte. Marianne hustete. Seit Tagen schon hatte sie eine Erkältung. Triefende Nase und Husten, dazu immer etwas Fieber, nicht viel, aber genug, um müde und antriebslos zu machen. Sie konnte es sich nicht leisten, krank zu werden, sie musste an ihrem Referat arbeiten, dem Referat über Sophie Mereau, von dem sie sich so viel erhoffte. Sie wollte Felsmann beeindrucken. Sie wollte auf sich aufmerksam machen. Er sollte sehen, dass sie etwas konnte. Und warum, fragte sie sich zum wiederholten Mal, was erhoffst du dir, Marianne? Nun, ich möchte mein Examen bei ihm machen. Und vielleicht eine der sehr begehrten Doktorandenstellen bei ihm ergattern. Das war doch nicht vermessen. Um diese Wünsche kreisten ihre Gedanken seit einigen Tagen unaufhörlich. Sie stellte sich vor, wie er sie lobte, vor allen anderen lobte, sie dann mit Namen ansprechen würde, wie er es bei den älteren Semestern tat, die er schon kannte. Wenn das David wüsste, dachte sie zerknirscht. Das kann ich ihm nie und nimmer

151

sagen. Er denkt an die Revolution und ich an Felsmann und die deutsche Romantik. Allerdings sind meine Wünsche viel bescheidener. Bin ich deshalb reaktionär? Ich kann eben nicht aus meiner Haut. Sie sah hinüber zum Eingang der Stadthalle, wo David, Behrens und einige andere sich postiert hatten. Auch Kalle war dabei. Er hielt ein zusammengeknülltes Transparent. Kalle, ihr Hausgenosse, seit zwei Monaten. Merkwürdigerweise war er ihr in relativ kurzer Zeit vertraut geworden, vielleicht hing das damit zusammen, dass sie beide ähnlich tickten, hatte sie immer wieder gedacht. Uns geht dieser Dreck und diese Unordnung auf die Nerven, die David und die anderen ständig produzieren. Beide kämpfen wir dagegen an, obwohl es ein aussichtsloser Kampf ist. Warum gehörte es zu einer revolutionären Existenz, Schmutz und Chaos zu produzieren? Und wenn wir wieder einmal aufgeräumt haben, müssen wir uns als Spießer beschimpfen lassen. Wahrscheinlich verbindet uns das mehr als irgendwelche ideologischen Überzeugungen, die David ständig zu vermitteln suchte.

»Hey Alter, ist zu hoch für mich«, war Kalles stereotype Antwort, wenn David einen seiner langatmigen Vorträge gehalten hatte. Marianne erinnerte sich amüsiert an einen Vorfall, der sich kurz nach Kalles Einzug ereignet hatte. Sie war an ihrem Schreibtisch gesessen, als plötzlich spitze Schreie aus dem Wohnzimmer herüberdrangen. Sie stürzte hinüber und musste beim Anblick, der sich ihr bot, unwillkürlich lachen. Mitten im Zimmer stand ihre Mitbewohnerin, die Expertin des sozialistischen Realismus, und hielt mit spitzen Fingern ein Exemplar der *Bild*-Zeitung hoch. »Wie kommt denn dieser Dreck hierher?«, schrie sie.

»Mann, reg dich ab. Ist wegen dem Fußball«, sagte Kalle, der inzwischen aus seinem Zimmer gekommen war.

»Ich will dieses … dieses Blatt nie wieder hier sehen, hast du gehört? Nie wieder!«

»Ist ja schon gut.« Achselzuckend wandte er sich zu Marianne, die immer noch lachen musste.

»Ich kapier das nicht. Hab gedacht, sie hat eine Ratte oder eine Maus gesehen, so, wie die geschrien hat. Ist doch bloß eine Zeitung. Da reden sie immer groß von der Freiheit, aber so 'ne Zeitung soll ich nicht lesen. Das verstehe, wer will.«

Die Idee der Freiheit des Individuums war es gewesen, die Kalle besonders fasziniert hatte. Ansonsten hatte er mit Theorien und Ideologien nicht so viel am Hut. »Deshalb bin ich auch abgehauen«, hatte er Marianne eines Abends anvertraut, als sie nach einer umfangreichen Geschirr-spülaktion am Küchentisch saßen.

»Verstehst du, David hat gesagt, jeder Mensch hat einen freien Willen. Und im Heim haben sie mir dauernd Vor-schriften gemacht. Zum Kotzen, sag ich dir.« Dann hatte er ihr von seinem Elternhaus erzählt, das keins war. Als uneheliches Kind einer Frau von zweifelhaftem Ruf hatte er wenig Liebe erfahren. »Sie weiß nicht einmal, wer mein Vater ist. Nimmt Geld dafür, dass sie's mit Männern treibt. Da bin ich immer wieder weggelaufen, verstehst du? Das widert mich so an.«

Vielleicht war das der eigentliche Grund, warum ich ihn so mag. Er ist auch ein ungeliebtes Kind, hatte sie damals überlegt.

Jetzt ging sie schniefend und hustend hinunter zur

Gruppe der Genossen, die immer größer wurde. Das rote Sandsteingebäude der Stadthalle war hell erleuchtet, die Besucher strömten durch das Eingangsportal. Viele schwarze Anzüge, die Damen in eleganten Kleidern oder Kostümen, man plauderte und scherzte, schließlich war man unter sich. Das Publikum bestand vor allem aus Professoren samt Gattinnen, dem gehobenen Heidelberger Bürgertum, das misstrauische Blicke auf die Gruppe neben dem Eingang warf.

»Die Rektorin kommt auch«, verkündete Behrens.

»Umso besser«, meinte David. »Sie bekommt etwas geboten.«

Sie waren gekommen, um das Fest der ausländischen Studenten zu sprengen, eine traditionsreiche Veranstaltung, die stets gut besucht war. »Weil die Damen und Herren so ihre Weltoffenheit zeigen wollen«, hatte David gemeint. »Dabei ist das Ganze eine üble rassistische Veranstaltung. Wie hat der Dekan gesagt? ›Wir müssen die inneren Kräfte stärken, die zu einer heilen Welt führen können.‹ Und deshalb treten *Negertänzer aus Kamerun* auf, wie es im Programm heißt, und die amerikanischen Kommilitonen singen Wildwest-Songs. Das ist dann die heile Welt, an der sich die Damen und Herren delektieren.«

Die Reihe der Besucher wurde dünner, gleich würden die Türen geschlossen.

»Wir gehen jetzt rein. Stellen uns an der Wand auf, und auf mein Zeichen fangen wir an. Und am Schluss besetzen wir die Bühne. Kalle und Tom, ihr haltet das Transparent hoch, sobald wir drin sind. Alles klar?«

Sie drängten nach oben, an irgendwelchen Sicherheitskräften vorbei, die sich ihnen in den Weg stellten. Dann waren sie trotzdem im Saal, unwilliges Gemurmel schwoll an und plötzlich setzte Musik ein. Einige als Tempeltänzerinnen verkleidete asiatische Studentinnen trippelten auf die Bühne, begleitet vom donnernden Applaus des Publikums. David gab das Zeichen: »... Amis raus aus Vietnam ... Mörder ... Mörder«, schrien sie gegen den Beifall an, Kalle und einige andere stellten sich vor die Bühne und entrollten ein Transparent. »Ihr seid keine Tanzbären«, stand darauf und: »Gegen Unterdrückung und Ausbeutung der Dritten Welt«. Die Mörderrufe waren in der Zwischenzeit in ein rhythmisches Ho-Chi-Minh-Geschrei übergegangen, der Beifall verebbte, stattdessen wurden Buhrufe laut, aber das distinguierte Publikum kam nicht gegen das Geschrei der Störer und Demonstranten an. Die Tänzerinnen standen ratlos auf der Bühne, einige begannen zu weinen. Die wissen gar nicht, was wir wollen, überlegte Marianne, die denken, das sei gegen sie gerichtet. Dabei ist doch das Gegenteil der Fall. Mechanisch stimmte sie weiter in die Rufe ein, obwohl ihr Hals schrecklich wehtat. Aber das hier war es wert, sie war aus vollem Herzen dabei. Großvater Gottfried hätte diese Aktion auch gut gefunden, das wusste sie genau. Sie sah in die Gesichter des Publikums, feiste, saturierte, starre, wutverzerrte Gesichter. Na, meine Herrn, was habt ihr denn so im Krieg gemacht, dachte sie hämisch. Dort drüben sitzt Haller, der so widerwärtiges Zeug geschrieben hat über Rasse und Schicksal. Hier können sie ihren Rassismus ungeniert wiederausleben in einem ganz ungefährlichen biedermeierlichen Sinn. David hat recht, ich sollte wirklich nicht seine Vorlesung besuchen. Und ist das da drüben nicht Felsmann? Er lächelt, tatsächlich, er lächelt. Ob er uns versteht? Vielleicht lacht er uns aus. Egal, es ist richtig, was wir hier tun. Es ist richtig, dass ich dabei bin. Es tat gut, dazuzugehören, denn trotz aller Kritik – die Genossen legten den Finger auf die Wunden. Aus dem Augenwinkel betrachtete sie Kalle. Sein Gesicht schien förmlich zu leuchten, er wirkte stark und selbstbewusst, wie er da vorne stand, vor den Spitzen der Heidelberger Gesellschaft, und ihnen Paroli bot.

Plötzlich flogen die Türen auf, und Polizisten stürmten herein. Marianne wurde unsanft nach hinten gestoßen, wo die Gruppe in einer Ecke zusammengedrängt wurde, einige Polizisten versuchten, Kalle und den anderen das Transparent zu entreißen. David und seine Freunde setzten unbeirrt ihre Rufe fort: »Nie wieder Faschismus, nie wieder Rassismus ...« Auf einmal standen einige aus dem Publikum auf und begannen, auf die Polizisten einzureden. Marianne sah, dass auch Felsmann dabei war. Sie hörte Wortfetzen wie ... keine Eskalation ... Verständigung ... Meinungsfreiheit«. Ausgerechnet Felsmann, dachte sie. Solche Spektakel sind ihm ja ein Gräuel. Er, der Ästhet, der Snob, der so viel Wert auf die angemessene Form legt. Aber er hat vorhin gelächelt, und jetzt setzt er sich für uns ein. Tatsächlich ließ die Polizei von ihnen ab. Sie wurden ermahnt, sich jetzt ruhig zu verhalten, mit dem Transparent an die Wand zu rücken und im Übrigen die Veranstaltung nicht weiter zu stören. Die Genossen blickten erwartungsvoll auf David, aber der nickte nur, und so ließen sie sich auf dem Boden nieder. Ich bin gespannt, wie's weitergeht, dachte Marianne. Wie ich David kenne, kann's das noch nicht gewesen sein. Der

Tempeltanz konnte ungeniert über die Bühne gehen, dann folgten tatsächlich die *Negertänzer aus Kamerun*, und dann wurde eine Studentengruppe aus den USA angekündigt, die Wildwest-Songs zum Besten geben würde. Eine Gruppe junger Leute kam auf die Bühne, stilecht mit Cowboyhut und karierten Hemden und Blusen. David schnellte hoch, die anderen taten es ihm nach, und ein ohrenbetäubender Lärm folgte. Gellende Pfiffe, »Amis raus aus Vietnam«-Rufe, und dann stimmte irgend jemand die Internationale an, in die alle einfielen. »Erkämpft das Menschenrecht«, sang Marianne inbrünstig. Großvater Gottfried hatte die Melodie oft gepfiffen, schief und unmelodisch, aber gut erkennbar, und die Sache mit dem Menschenrecht hatte er ihr immer wieder erklärt. Menschenrecht, das Recht auf Freiheit und Selbstbestimmung, Selbstbestandheit würde es Sophie Mereau nennen, das war das Wichtigste, dafür lohnte es sich, zu kämpfen. Und vielleicht hatte David doch recht, um dieses Ziel durchzusetzen, musste man vielleicht Skrupel überwinden und zu außergewöhnlichen Methoden greifen, meinethalben auch zu Gewalt. Wenn man sich überlegt, dass in Vietnam die Menschen elend sterben, die Kinder verbrennen, bloß weil die Amerikaner ihren Herrschaftsanspruch durchsetzen wollen, um jeden Preis. Und jetzt schwafelt man etwas von der unverbrüchlichen deutsch-amerikanischen Freundschaft und mutet uns diesen Folklore-Kitsch zu. Schöne, heile Welt. Sie schrie aus Leibeskräften mit: »… Ho-Ho-Ho-Chi-Minh … Ho-Ho-Ho-Chi-Minh.« Morgen kann ich bestimmt nicht mehr reden, kriege kein Wort heraus, und ich muss doch mein Referat halten. Aber egal. Sie musterte die amerikanischen

Studenten auf der Bühne. Wie mochten sie sich fühlen? Sie sah entsetzte Gesichter, trotzige Gesichter, wütende Augen, Tränen und auch Scham, manchmal sogar Scham! Ihr kriegt's jetzt ab, dachte sie. Dabei könnt ihr doch gar nichts dafür. Es war schlimm, dass die Wut und der Zorn, so berechtigt sie auch sein mochten, immer auch die Falschen trafen. Die Unschuldigen und Unbeteiligten. Aber das ließ sich wohl nicht vermeiden. Später würde sie auch oft an diesen Moment denken, in dem eine Gruppe amerikanischer Studenten für eine ganz kurze Zeitspanne die Verantwortung für die Verbrechen am vietnamesischen Volk aufgebürdet bekamen. Später, als Menschen sogar mit ihrem Leben für das bezahlen mussten, für das sie nichts konnten.

Die Polizei stürmte wieder herein, diesmal wurden sie mit festem Griff nach draußen befördert.

»Sie tun mir weh«, rief Marianne und versuchte, sich den fest zupackenden Händen zu entziehen. Vergeblich, sie wurde nach draußen geschleift, genau wie die anderen. Und aus dem Augenwinkel sah sie noch, wie Felsmann bedauernd mit den Achseln zuckte. Ob er sie erkannt hatte?

Draußen in der Vorhalle drohte irgendjemand mit Anzeige. Behrens lachte höhnisch, er stand schon unter Anklage wegen »Rädelsführerschaft«, weil er zu der nicht genehmigten Demonstration gegen das Kurras-Urteil aufgerufen hatte. Er musste sogar für einige Tage ins Gefängnis. »Der reinste Horror«, hatte er später erzählt. »Dieser Schweinestaat ist wirklich erbarmungslos.« Ihre Personalien wurden aufgenommen, und Marianne dachte mit Schaudern daran, was nun passieren würde. Wenn sie auch ins Gefängnis käme? Aber es ist doch nicht so schlimm, was wir gemacht haben, überlegte sie. Nichts, wofür man eingesperrt werden könnte.

Als sie später im Bett lag, spürte sie, wie das Fieber langsam in ihren Körper kroch. Es ergriff von ihr Besitz, lähmte sie, machte sie willenlos.

David kam leise herein und nahm ihre Hand. »Wie geht es dir? Du glühst ja förmlich. Was kann ich denn tun?« Wie die meisten Männer reagierte er auf Krankheiten ausgesprochen hilflos.

»Bring mir etwas zu trinken«, krächzte sie, »und einen kalten Lappen.« Er ging hinaus und war in wenigen Augenblicken wieder da. Den Lappen legte er vorsichtig auf ihre Stirn, und dann half er ihr beim Trinken. Aufatmend ließ sie sich zurück in ihre Kissen fallen.

»Weißt du, ich finde es großartig, dass du trotz deiner Erkältung mitgegangen bist, das war ganz wichtig heute Abend. Nicht nur, dass wir es diesen Säcken gezeigt haben, es war auch für uns wichtig. Solche Aktionen schweißen zusammen. Hast du Kalle gesehen? Wie er bei der Sache war? Dem kannst du nicht mit Theorie kommen, aber mit so etwas wie heute Abend, das haut rein. Das ist die ›Propaganda der Tat‹, wie Rudi sagen würde.«

Marianne sah ihn müde an. Ach, David, lass gut sein, wollte sie sagen, ich bin so müde, mein Kopf dröhnt. Aber er war so begeistert, so aufgedreht, dass sie schwieg und ihn reden ließ. Er war so ganz ihr David mit dieser jungenhaften Begeisterung, war beseelt von seinen Ideen, der David, den sie liebte. Und er hielt ihre Hand, streichelte sie zärtlich, das tat so gut.

Es fiel ihr schwer, die Augen offen zu halten. Das Fieber schien sie niederzuziehen, hinab in tiefe Regionen, aus denen jetzt plötzlich Bilder aufstiegen, unerwünschte Bilder. Plötzlich schreckte sie hoch. David redete immer noch, seine Stimme war lauter geworden und fuhr in ihre wirren Träume. Sie war über den Erinnerungen an Grunbach wohl eingenickt.

»Und deshalb ist das, was Andreas und Astrid gemacht haben, eine wichtige, eine revolutionäre Tat, denn …« und so ging es endlos weiter. Im Oktober hatten Andreas Baader und eine Genossin namens Astrid eine Brandbombe im Berliner Amerikahaus deponiert. Sie war Gott sei Dank rechtzeitig gefunden worden, bevor sie größeren Schaden anrichten konnte. Seitdem redete David dauernd davon, dass man Material zum Bombenbau beschaffen müsste. »Und Waffen, Marianne, wir brauchen unbedingt Waffen. Um dieses System wirkungsvoll zu bekämpfen, braucht man mehr als Transparente und Plakate.«

Sie wollte ihm nicht mehr zuhören. Waffen … Bomben … Wohin verirrte er sich? Protest war richtig, war gut, so wie der von heute Abend, aber diese Idee mit der Stadtguerilla … Sie spürte, wie sie wieder hinüberglitt in einen fieberheißen Schlaf und im Wegdämmern hörte sie immer noch Davids Stimme: »Das wird ein gutes Jahr, Marianne, wir sind auf dem richtigen Weg. 1968 – das wird ein richtig gutes Jahr! Es wird sich etwas verändern, alles wird sich verändern, ja, 1968 wird ein gutes Jahr.«

Aber es wurde kein gutes Jahr, ganz und gar nicht.

1968

Marianne schaute aus dem schmalen Fenster des kleinen Büros hinunter auf die Karlstraße. Scharen von Touristen zogen wieder vorbei, meist Japaner, die ihre teuren Kameras gezückt hatten, um das Schloss aus allen möglichen Perspektiven zu fotografieren. Wahrscheinlich sehen sie's gar nicht in natura, sondern nur durch die Linse ihrer Kamera, verrückte Welt. Die reale Welt durch Technik so verdünnen, dass sie gar nicht mehr erlebbar ist. So scheint sie vielen besser erträglich zu sein. Wer hatte das so ähnlich gesagt? Egal, sie saß jetzt hier in diesem kleinen, schmalen Raum, an einem der zwei Schreibtische, die fast das ganze Zimmer ausfüllten. Sie, die neue hilfswissenschaftliche Assistentin von Professor Dr. Arthur Felsmann. Manchmal glaubte sie immer noch, sie träume. Als sie Anfang Februar ihr Referat gehalten hatte, war sie wieder einmal ziemlich krank gewesen. Sie wurde einfach nicht richtig gesund. Tagelang hatte sie Tabletten geschluckt, um sich auf den Beinen halten zu können, denn das Fieber war fast eine Woche lang sehr heftig gewesen und hatte sie geschwächt.

Und als sie dann mit heiserer, zittriger Stimme angefangen hatte: »Sophie Mereau, eine der bedeutendsten Dichterinnen der Romantik, ist heute völlig zu Unrecht vergessen«, hatte sie mit Schrecken bemerkt, dass ihr die Kraft fehlte, um das Referat überzeugend vortragen zu können. Sie hatte zu Felsmann hinübergeschaut, der mit undurchdringlicher Miene und verschränkten Armen am Kopfende des Tisches saß. Diese indifferente Haltung hatte sie so geärgert, dass sie plötzlich aus ihrer Wut unerwartete Energie sog, es ging immer besser und am Schluss bog sie geradezu schwungvoll in die Zielgerade ein: »… und so bleibt die Bewunderung für eine Frau, die wie keine andere Selbstentfaltung, sie nannte es Selbstbestandheit, Unabhängigkeit und Individualität, aber auch Erfüllung in der Liebe, nicht zuletzt der körperlichen Liebe, einforderte.« Sie sprach von ihrem Kampf gegen bürgerliche Normen und ihrem Kampf um Anerkennung als Dichterin. Sie schloss dann mit einem Zitat von Sophies späterem Ehemann: »Es ist für ein Weib sehr gefährlich zu dichten«, und fügte hinzu: »Daran hat sich leider nichts geändert.«

Leise plätscherndes Gelächter ihrer Zuhörer folgte und daraufhin ein sehr langes und intensives Klopfen auf den Tischen, einige klatschten sogar. Es hat ihnen gefallen, hatte sie erleichtert gedacht und wieder hinüber zu Felsmann geblickt, der immer noch eine undurchdringliche Miene zur Schau trug. Schließlich hatte er sich erhoben, in die Runde geblickt und mit einem schwachen Lächeln gesagt: »Danke, Fräulein Holzer. Ich eröffne jetzt die Diskussion.«

Kein Wort des Lobes, hatte sie enttäuscht gedacht, keine

Reaktion, nur dieses steife: »Danke, Fräulein Holzer.« Kalt wie ein Fisch!

Die Kommilitonen hatten ihr immerhin den Gefallen getan, eine lebhafte Diskussion zu führen. Vor allem das Wort Selbstbestandheit stand im Mittelpunkt der Debatte. Schließlich hatte sich Felsmann eingemischt. »Ist Ihnen nie der Gedanke gekommen, dass der Kampf gegen die ›bürgerliche Norm‹ wie Sie es formuliert haben, auch seine negativen Aspekte haben kann, genauso wie die Forderung nach Selbstentfaltung und unbedingter Selbstbestimmung?«

Welche negativen Aspekte, wollte man von ihm wissen, im Hintergrund war Gemurre und Gezische hörbar, leise zwar, aber gut verständlich.

»Ich weiß, ich weiß – was ich sage, ist momentan sehr unpopulär und verstößt gegen den Zeitgeist. Aber denken Sie nach. Sind nicht der Drang zur Selbstvergottung, zur völligen Übersteigerung des eigenen Ich die Ursache für Egoismus und Zerstörungswut, natürlich um der höheren Ideale willen? Denken Sie nach.«

Bedrückt hatte sich Marianne eingestanden, dass vieles von dem, was er gesagt hatte, auf David und seine Genossen zutraf. Er sah nur noch sich selbst und seine Ziele, wobei diese noch recht diffus waren. Es ging in der Tat zunächst um Zerstörung. Das andere werde sich schon finden, sagte er immer. Ob Felsmann das im Auge gehabt hatte? Man sagte ihm nach, er habe durchaus Verständnis für die Anliegen der Studenten, sei auch ein Gegner der Ordinarienuniversität. Aber was dachte er wirklich? Passte er sich ein Stück weit nicht doch dem Zeitgeist an? Aber was er gerade eben gesagt hatte, war deutlich.

Am Schluss, als Marianne ihre Sachen zusammengepackt hatte, war er plötzlich neben sie getreten.

»Fräulein Holzer, ich erwarte Sie in meinem Büro, jetzt gleich.«

Sie war zutiefst erschrocken. Das war noch bei keinem der anderen Referenten vorgekommen. Was hatte das zu bedeuten?

Er hatte ihr höflich einen Platz angeboten, und war ohne Umschweife zur Sache gekommen. »Das Referat war ausgezeichnet, Sie können wissenschaftlich arbeiten und selbstständig denken, wenngleich Sie sich manchmal noch etwas zu sehr dem Zeitgeist unterwerfen.« Ein schattenhaftes Lächeln war um seine Lippen gegeistert. »Aber das wird sich noch ändern.«

Dann hatte er ihr eine Stelle als hilfswissenschaftliche Assistentin an seinem Lehrstuhl angeboten. »Sie wissen, dass Herr Jäger sein Studium beendet hat und zu meinem Bedauern keine wissenschaftliche Laufbahn einschlagen, sondern in den Schuldienst gehen wird. Ich würde Ihnen gerne seine Stelle geben.«

Sie war dagesessen wie vom Donner gerührt. Das war ja ihr Traum, immer ihr Traum gewesen, und jetzt wurde er wahr! Und was er zu ihr gesagt hatte, wie er sie gelobt hatte! Marianne war aus dem Büro hinausgegangen, wie in Trance, schwebend, jenseits aller realen Dinge und einer profanen Wirklichkeit.

Sie hatte so sehr das Bedürfnis gehabt, mit jemandem zu reden, sie musste es unbedingt jemandem erzählen. Zum ersten Mal hatte sie Gertrud vermisst, schmerzlich vermisst. Sie war die steilen Treppenstufen in der Mantelgasse hinaufgeeilt. Die Wohnung war leer gewesen, bis auf Thea, die in der Küche an der Nähmaschine saß, ihrem letzten Relikt der Bürgerlichkeit, wie sie es nannte. Sie hatte verbissen an einem Stück rosafarbenem Stoff genäht und Marianne hatte gemeint: »Wie schön, diese Farbe, du nähst dir ein Kleid?« Sie wollte etwas Nettes sagen, wollte zu allen Menschen freundlich sein, aber Thea sah sie an, als hätte sie den Verstand verloren. »Ein Kleid, spinnst du? Was soll ich mit einem Kleid? Ich nähe die Fahne des Vietcong für unsere nächste Demo.«

Ihrer Miene war deutlich anzusehen gewesen, was sie dachte ... beschränkte Kuh ... bourgeoise Spießerin ... oder ähnliches. Marianne war das in diesem Moment egal gewesen. »Ist David nicht da?«, hatte sie gefragt und doch schon die Antwort gewusst.

»Nein«, hatte Thea unwirsch geantwortet. »Siehst du doch. Hockt wohl in der Uni. Nächste Woche soll es einen Vorlesestreik geben. Als Protest gegen das geplante Hochschulgesetz.«

»Aha!« Diese Nachricht hatte Marianne relativ kaltgelassen. Aber ein Streik betraf auch die Felsmannvorlesung, hatte sie überlegt. Was für ein Dilemma! Das geplante Hochschulgesetz war meilenweit von dem entfernt, was die Genossen forderten. Keine »kritische Universität«, keine Drittelparität, keine 50%-ige Beteiligung der Studenten bei der Berufung von Professoren, dazu noch das strenge Disziplinarrecht und der »Bummelantenparagraph«, der die Studienzeit beschränkte. Dagegen musste man kämpfen, das waren die richtigen Aktionen auf ihrem ureigensten Gebiet. Aber es hatte ihr trotzdem in der Seele wehgetan, dass Felsmann auch betroffen war. Sie war wirklich ein höchst gespaltenes Geschöpf, hatte sie selbstkritisch überlegt.

Dann hatte sie weitergefragt: »Und Kalle?«

»Ist mit. Geht kaum noch in die Berufsschule und im Betrieb ist es nur eine Frage der Zeit, bis sie ihn feuern.« Thea hatte scheppernd gelacht. »Da hat die Revolution einen neuen Jünger gefunden. Hängt ja nur noch an Davids Rockzipfel.« Sie hatte Marianne misstrauisch betrachtet. »Wie siehst du denn aus? Alles in Ordnung?«

»Ja, ja«, hatte Marianne abgewehrt. Für einen Moment hatte sie überlegt, Thea die wunderbare Neuigkeit zu erzählen. Aber dann hatte sie es gelassen, denn die würde nicht im Mindesten verstehen, was das für sie bedeutete.

Auch David, der mit Kalle Stunden später nach Hause gekommen war, hatte die Nachricht eher desinteressiert aufgenommen. »Felsmann ist ganz o. k., der RCDS und ein paar andere Pappnasen wollen ihn zum Rektor vorschlagen. Ich habe heute gesagt, dass wir mit dem noch am ehesten leben können, auch wenn ihn die falschen Leute vorschlagen. Hey, Prinzessin, das gibt jetzt Kohle, oder?«

»Nicht viel. Aber ich kann den Kellnerjob an den Nagel hängen.« Und ich muss weiterhin nichts aus Enzos Madonnenbeutel nehmen, hatte sie für sich im Stillen hinzugefügt.

»Hiwi, was ist denn das?«, wollte Kalle wissen.

»Das ist der Neger vom Prof«, hatte David gesagt, ungeachtet der Tatsache, dass er dieses Wort kurz vorher noch als rassistisch bezeichnet hatte. »Macht die Drecksarbeit für ihn.«

»Das stimmt so nicht«, hatte sich Marianne erhitzt.

»Gut, ich muss kopieren, Bücher besorgen, bestellen, aber ich darf auch bei den Vorbereitungen zu Vorlesungen und Seminaren helfen, darf … «

»Schon gut«, hatte David brüsk abgewehrt. »Kannst ja in deinem Romantikscheiß bis zum Überdruss wühlen. Wenn du nur nicht unsere revolutionären Ziel aus den Augen verlierst, meine Süße.«

Und dann hatte er sie geküsst, lange und intensiv, aber es hatte sie gestört, dass Kalle dabei war, Kalle, der sie mit hungrigen Augen anstarrte. Und es hatte sie gestört, dass David so mit ihr sprach, so herablassend. Als ob er mich nicht für voll nehmen würde, hatte sie damals gedacht.

Er war ihr in den folgenden Wochen auf eine seltsame Art entglitten. Gut, es war viel los gewesen, das Teach-in zum Hochschulgesetz, dann die Androhung eines Disziplinarverfahrens wegen der »Vorgänge in der Stadthalle« und dann schließlich die spektakuläre Belagerung des Rektorats, ein Sit-in gegen die neue Disziplinarordnung. David hatte das meiste organisiert und auch theoretisch unterfüttert, hatte flammende und viel beklatschte Reden gehalten gegen die »Ansprüche des kapitalistischen Systems an die Produktivkraft Wissenschaft.«

Ach, was für ein Wortgeklingel, hatte sie gedacht, was soll denn das heißen, David? Trotz aller Erfolge war er immer unzufriedener geworden.

»Wir verlieren uns in diesem Kleinscheiß«, hatte er gegrollt, »der Kampf gegen das System muss anders geführt werden.«

Bestärkt wurde er in dieser Auffassung von einem Besuch, der Ende Februar aus Berlin gekommen war.

»Andreas und Gudrun sind da«, hatte er ihr zugeflüstert, als sie müde und durchfroren nach Hause gekommen war. Er hatte eine Flasche Rotwein unter den Arm geklemmt und trug drei Gläser in der Hand.

Andreas und Gudrun hockten auf dem durchgesessenen Sofa im sogenannten Wohnzimmer und rauchten. Die Luft war zum Ersticken gewesen, die bläulichen Schwaden zogen durchs Zimmer, dass man kaum mehr etwas sehen konnte, aber das schien den beiden nichts auszumachen. Marianne hatte das Paar begrüßt, das aber an ihrer Person nur mäßig interessiert schien, denn beide hatten nur mit einem Kopfnicken geantwortet. Lediglich dieser Andreas schien für einen Moment jäh aufflammende Neugierde zu zeigen, die Art, wie er sie musterte, gefiel ihr nicht. Er taxiert mich, hatte sie gedacht, das ist so ein Weiberheld, der genau auslotet, ob er landen kann und ob es sich lohnt. Er sah gut aus, ohne Frage, aber er schien sich dieser Tatsache auch bewusst zu sein. Ein Dandy, hatte sie spontan im Verlauf des Abends gedacht, als sie mehr oder weniger stumm der Diskussion folgte. Das heißt, Andreas sprach, manchmal Gudrun, und David hatte zugehört und ab und zu begeisterte Zustimmung geäußert. Er ist nicht nur ein Dandy, er ist vor allem ein Schauspieler, hatte sie später gedacht, er spielt uns etwas vor. Es gefällt ihm, den abgeklärten Zyniker zu geben, verbunden mit der Rolle des entschlossenen Revolutionärs. Und diese Gudrun mit den schwarz umrandeten Augen gibt die idealistische Kämpferin. Marianne war hellhörig geworden, als plötzlich von brennenden Kaufhäusern die Rede war. Sie erinnerte sich an einen Aufruf der Kommune 1 im letzten Jahr. Gertrud hatte sich darüber aufgeregt, das wusste sie noch genau. Dieser Andreas hatte davon gesprochen, dass eine solche »Aktion« geplant war. Vom Protest gegen den Vietnamkrieg war die Rede gewesen, einem Protest, der endlich wachrütteln sollte, den Zynismus und die Heuchelei einer Gesellschaft entlarven sollte, die ungerührt zusah, wie in Vietnam die Menschen brannten.

»Im letzten Jahr, im Mai, sind bei einem Brandanschlag in einem Brüsseler Kaufhaus weit über zweihundert Menschen umgekommen«, warf Marianne ein. »Wollt ihr das wirklich riskieren?«

»Es waren genau 253 Tote«, hatte Andreas ergänzt, dem die Debatte Spaß zu machen schien. »Um auf deine Frage zu antworten, ja, das wollen wir riskieren. Wir holen Hanoi nach Deutschland, beteiligen so die Bevölkerung am lustigen Treiben in Vietnam, reißen den Heuchlern die Maske vom Gesicht. Marcuse sagt, dass es ein Naturrecht auf Widerstand gibt, und wir leisten Widerstand gegen ein System, das brennende Kinder aus Bündnisrücksichten oder schlicht aus Faulheit akzeptiert.«

Und so war es endlos weitergegangen. Sie hatte sich dann schließlich schlafen gelegt, müde und benebelt vom Rotwein und vom immer dichter werdenden Rauch, verwirrt vom Gerede und den Parolen und den Gewissheiten, an denen sich die drei Personen berauschten. Das bringt doch nichts, hatte sie noch im Einschlafen gedacht, schreckt doch die Leute eher ab, so erreicht ihr sie nicht und die 253 Toten könnt ihr nicht wegdiskutieren. Wenn Unschuldige verletzt wurden oder gar starben …? Bedachten sie das gar nicht? David würde wahrscheinlich Mao zitieren: »Die Revolution ist kein Kaffeekränzchen.«

Am nächsten Morgen war sie aus der Wohnung geschlichen. Dieser Andreas hatte mit Gudrun im Wohnzimmer auf dem Sofa gelegen, beide schienen tief und fest zu schlafen, genauso wie David, der irgendwann im Morgengrauen ins Bett gekrochen war. Er ging überhaupt nicht mehr zur Uni oder zu den Juristen. Er hatte das Studium fast aufgegeben, sah sich wohl als Berufsrevolutionär, wie sie befürchtete, aber sie traute sich nicht, ihn darauf anzusprechen. Diese wilde Phase geht vorüber, hatte sie sich getröstet. Seine Wut, die ihr immer noch unerklärlich schien, sucht sich ein Ventil, aber das geht vorbei. »Bloß keine Gewalt, David«, hatte sie ihn immer wieder ermahnt, »die Idee mit der Stadtguerilla ist Quatsch.« Dann hatte er nur geheimnisvoll gelächelt und gar nichts gesagt. Vieles ist nur Gerede, hatte sie sich getröstet, verbale Kraftmeierei, so wie bei diesem Andreas, der seine Rolle spielte.

Aber dann hatten die Kaufhäuser doch gebrannt.

Am 2. April wurden Brandsätze in zwei Frankfurter Kaufhäuser gelegt. Glücklicherweise kam niemand dabei zu Schaden. Relativ schnell hatte man Andreas, Gudrun und zwei ihrer Freunde und Mitstreiter verhaftet. David war außer sich vor Begeisterung gewesen. »Sie werden ihnen den Prozess machen und Andreas wird diesen Prozess umfunktionieren in eine Anklage gegen dieses Schweinesystem. Du wirst schon sehen. Endlich haben wir eine Plattform, einen deutschen Gerichtssaal. Ist das nicht klasse?«

Nein, sie hatte es nicht klasse gefunden, dass man Menschenleben aufs Spiel gesetzt hatte und dass vier junge Leute vielleicht bald im Gefängnis sitzen würden und ihre Zukunft verspielten. All das hatte ihre Freude über die neue Stelle doch erheblich überschattet.

In diesem Moment ging die Tür auf und Felsmann kam herein. Der feinherbe Duft seines Rasierwassers streifte sie. Er füllt den ganzen Raum aus, dachte sie. Seine Präsenz ist einfach überwältigend, seine Kraft, seinen Intellekt spürte sie fast körperlich. Jetzt hör aber auf, schalt sie sich im gleichen Moment. Schwärmst ja wie ein Teenager für irgendeinen Schlagersänger oder einen Schauspieler. Aber er übte eine Faszination aus, der sie sich immer weniger entziehen konnte. Sie hegte allerdings den Verdacht, dass er das spürte und mehr oder weniger damit spielte.

»Ach Marianne, Sie sind noch da. Wie schön. Wie tüchtig Sie sind. Sie vergessen aber nicht, dass morgen die Osterferien beginnen.«

»Gewiss nicht, Herr Professor. Ich mache gleich Schluss. Muss noch einige Einkäufe erledigen.«

Er setzte sich auf die Schreibtischkante. Das tat er in letzter Zeit öfter, ein »Plauderstündchen halten« nannte er es und Marianne war geschmeichelt, dass er mit ihr einen so vertrauten Umgang pflegte.

»Irgendwelche Pläne für die Ostertage? Verreisen Sie?«

Du hast ja keine Ahnung, dachte Marianne. Von welchem Geld denn? Außerdem habe ich einen Freund, der sich als Revolutionär sieht und gerade irgendwelche Aktionen für seine inhaftierten Gesinnungsgenossen plant.

Nein, Herr Professor, keine Pläne für Ostern. Laut sagte sie: »Noch nichts Konkretes. Vielleicht fahre ich in den Schwarzwald, in mein Heimatdorf, Mutter und Schwester besuchen.«

Und das sollte ich wirklich tun, dachte sie. Es ist sogar dringend notwendig. Die Briefe klangen in letzter Zeit so merkwürdig, als ob selbst Sieglinde davon überzeugt war, dass diese Maria eine Art übernatürliches Wesen sei.

»In den Schwarzwald, wie schön.« Er schlug lässig die Beine übereinander. »Ich darf beziehungsweise muss nach St. Moritz zum Skifahren. Alte Freunde drängen mich seit Wochen, sie zu begleiten. Man kann sich dem nicht immer entziehen. Dabei würde ich viel lieber meine Ruhe haben, irgendwo in einem stillen Winkel lesen können, ohne ständig gestört zu werden.« Er lächelte sie an und obwohl sie seine Bemerkung zunächst als etwas gespreizt und arrogant empfunden hatte, schmolz sie jetzt dahin. Wer wohl diese Freunde waren, mit denen er in die Schweiz fuhr? Er habe eine Beziehung zu einer sehr attraktiven Dozentin aus Straßburg, die letztes Jahr an der Uni Heidelberg einen Lehrauftrag übernommen hatte, munkelte man. Bestimmt war diese Dame dabei. Sie spürte einen Stich, der wehtat. Eifersucht? Vorsicht, Marianne, ermahnte sie sich, er ist dein Chef, dein Professor, vielleicht bald dein Doktorvater, mehr nicht. Keine kindischen Schwärmereien.

Im leichten Plauderton sprach er sie noch auf das Sommerfest an, das gerade angefangen hatte, und was noch zu tun sei.

»Ihr erstes Semester als meine Assistentin«, fügte er lächelnd hinzu. »Ich freue mich sehr darauf.«

Dann verabschiedete er sich und schloss leise die Tür.

Ihr wurde ganz warm ums Herz. Beschwingt erhob sie sich, packte ihre Sachen zusammen und ging hinaus. Und wie ich mich erst freue, verehrter Herr Professor, dachte sie.

In diesem Moment bog ihre Kollegin Ursa um die Ecke. Fast wären sie zusammengestoßen.

»Ach, du gehst? Ich mach auch gleich Schluss, Felsmann ist schon fort. Ach übrigens, in Berlin muss irgendetwas passiert sein, mit diesem Dutschke.«

»Was genau denn?«, fragte Marianne alarmiert.

»Jemand hat wohl auf ihn geschossen, Genaueres weiß ich auch nicht. Hab's unten an der Pforte gehört. Höppner hat sein Kofferradio wieder voll aufgedreht. Ach ja, und irgendetwas geschwafelt von ›Da hat's den richtigen erwischt.‹ Du kennst ihn ja.«

Marianne verabschiedete sich hastig und eilte die Treppe hinunter. Sie wollte heim, so schnell wie möglich, wollte zu David, um zu hören, was passiert war.

Rudi, ausgerechnet Rudi, »unser Kopf«, wie David ihn nannte. Sie mochte ihn gern, trotz seines etwas schmallippigen Fanatismus, von dem er trotz aller intellektuellen Brillanz nicht frei war. Sie mochte ihn auch viel lieber als diesen Andreas, den Blender.

Sie rannte die Treppe hoch und wollte nach David rufen, als sie die Geräusche hörte. Keuchen, Stöhnen, und dann kleine spitze Schreie. Ein Mann und eine Frau liebten sich und der Mann war David, daran gab es keinen Zweifel. Vorsichtig öffnete sie die Tür zu Davids Zimmer, sah zwei nackte, ineinander verschlungene Körper auf zerwühlten Laken. Sie starrte einen Moment reglos auf dieses Bild, das sich ihr bot. Dieses Bild schien nur bis zu ihrer Netzhaut zu dringen, kam nicht in tieferen Schichten an, aber dann, ganz langsam, löste sich die Erstarrung und ihr wurde bewusst, was geschah. Sie knallte mit heftigem Schwung die Tür wieder zu. Mit kindischer Genugtuung dachte sie, dass die beiden jäh aus ihrer Lust gerissen wurden, dass sie erschrecken würden. Sie ließ sich in der Küche auf einen der Stühle fallen. Ihre Knie zitterten so sehr, dass sie die Beine nicht stillhalten konnte.

Plötzlich stand David vor ihr. Er war nackt. Obwohl sie ihn schon oft so gesehen hatte, empfand sie seine Nacktheit jetzt als anstößig und schamlos.

»Was soll das Theater?«, erkundigte er sich in lässigem Ton, als frage er, was sie am Nachmittag so alles getan habe.

»Theater?« Marianne schnappte nach Luft. Ihr Mund war so trocken, dass sie kaum sprechen konnte. »Ich mache also Theater? Und was machst du?«

»Jetzt hör mal zu. Ich hab genug von dieser kleinbürgerlichen Scheiße, Treue und solchen Kram. Ich bin doch nicht dein Besitz.«

»Darum geht es doch nicht.« Marianne war fassungslos. »Es geht doch darum, dass wir uns lieben und … und …« Sie rang nach Worten.

»Und … und …«, äffte er sie nach. »Wenn wir die Gesellschaft verändern wollen, müssen wir uns auch selbst verändern. Dazu gehört auch unsere Einstellung zu Beziehungen und dem ganzen Kram. Niemand gehört jemand – jeder ist frei. Ich würde auch nichts dagegen haben, wenn du mit einem anderen Kerl in die Kiste steigst, mit Kalle beispielsweise, der ist total scharf auf dich.«

Marianne starrte ihn an. War das noch der David, den sie liebte, der David, der am Tag von Benno Ohnesorgs Tod auf den Stufen des Hauses in der Goethestraße gesessen und sie gebeten hatte, romantische Gedichte zu rezitieren? Der David, der trotz aller Wut und trotz allem Groll auch Wärme und Zärtlichkeit in sich trug? Was war nur mit ihm geschehen?

»Ich will nicht mit Kalle schlafen«, sagte sie langsam, »ich will mit niemandem schlafen, außer mit dir, weil ich dich liebe. Was ist verkehrt daran?«

»Liebe – was heißt das schon? Bourgeoise Propaganda, raffiniert ausgedacht, um Menschen zu unterdrücken, ihnen Regeln aufzuzwingen, die sie klein halten, sie zwingen, ihre ureigensten Bedürfnisse zu unterdrücken. Das haben deine Romantikerinnen doch auch so gesehen, wenn ich dich recht verstanden habe.«

»Nicht ganz so.« Marianne merkte, dass sie die Fassung verlor. »Sie haben für das Recht gekämpft, eine Beziehung zu beenden und nicht künstlich daran festzuhalten, um den gesellschaftlichen Regeln zu genügen. Aber das heißt doch nicht, dass man wahllos mit jedem ins Bett geht.«

»Nicht mit jedem.« David grinste. »Mit dem oder der, auf die ich Lust habe.«

In diesem Moment erschien die Frau an der Tür, mit der David geschlafen hatte. Marianne rang nach Luft. Das war ja Irene, die Jeanne d'Arc, die David kurz vor dem Gedenkmarsch für Benno Ohnesorg angemacht hatte.

»Was ist denn hier los?«, fragte sie und lehnte sich lässig

an den Türrahmen. Auch sie war nackt. Marianne starrte sie fassungslos an. Das halte ich nicht mehr aus, dachte sie, ich halte das nicht mehr aus. Die Jeanne d'Arc hatte einen makellosen Körper, bräunliche, seidig schimmernde Haut, aber Marianne fand es obszön, mit welcher Selbstverständlichkeit sie dastand, lasziv und ohne jegliche Scham.

»Macht die Trulla Ärger?«, erkundigte sie sich nachlässig und fügte hinzu: »Gib mir mal eine Zigarette.«

»Ich bin keine Trulla«, schrie Marianne und kam sich im gleichen Moment lächerlich vor. Was mache ich denn da, dachte sie wütend. Ich benehme mich genauso, wie sie's gerne hätten, wie eine kleinbürgerliche Spießerin. Aber es tut so weh, lieber Gott, es tut so weh.

Sie packte ihre Tasche und stürzte hinaus, stieß dabei mit voller Absicht diese Irene heftig gegen die linke Schulter und registrierte mit Genugtuung, dass ihr Gesicht sich vor Schmerz verzerrte. Es war kindisch, aber es tat gut. Dann fiel ihr noch etwas ein, etwas, das vorher ihr ganzes Bewusstsein erfüllt hatte, erfüllt mit Schrecken und Trauer und das angesichts ihres privaten Kummers in den Hintergrund getreten war. Aber was war dieser Kummer gegen die andere Tragödie, ihr Freund hatte mit einer anderen Frau geschlafen und hatte angekündigt, es noch öfter zu tun. Wenn sie im Vergleich daran dachte, wie es Gretchen Dutschke jetzt erging ... vielleicht lebte Rudi schon gar nicht mehr. Ich werde es David jetzt sagen, schoss es ihr durch den Kopf, das wird ihn treffen, nicht mehr mit Lust und Leidenschaft, dann wird diese Tussi ganz schnell abserviert.

»Ach übrigens.« Sie trat aus dem Flur zurück zur Tür,

diese Irene stand immer noch da und zündete sich eine Zigarette an, während David an den Küchentisch gelehnt bläuliche Rauchkringel in die Luft stieß. »Während du diese ... diese Schnepfe da gevögelt hast, hat jemand auf Rudi Dutschke geschossen. Ich weiß nicht, ob er noch lebt.«

Zeitlich stimmte das wohl nicht ganz, denn auf Rudi Dutschke war am Morgen geschossen worden, aber der Effekt war gut. Sie hörte ein Aufstöhnen von David, dann rief er: »Warte doch!« Aber sie rannte die Treppe hinunter, ohne sich noch einmal umzudrehen. Sie lief ziellos durch die Straßen, merkte gar nicht, dass ihr die Tränen über die Wangen liefen, rempelte Passanten an und fand sich am Schluss auf der Alten Brücke wieder. Sie starrte hinunter in die schwarzen Fluten des Neckar, der träge und behäbig vorbeifloss.

Vor ziemlich genau einem Jahr bin ich oben am Philosophenweg gesessen und habe auch auf den Neckar geschaut. Ich war voller Erwartung, hatte mich auf die Felsmannvorlesung gefreut. Aber ich wusste auch, dass ich immer noch nicht richtig angekommen war, nicht in Heidelberg, nicht an der Uni, nicht in dieser neuen und doch so ersehnten Welt der Bildung und Kultur. Dann habe ich David getroffen und die Leute vom SDS, ich habe plötzlich dazugehört, habe mich nicht mehr fremd gefühlt und ich habe die Liebe kennengelernt. Und ich habe gelernt, mit verschiedenen Mitteln für eine gerechtere Welt zu kämpfen. Warum kann das nicht so bleiben? Warum muss David unbedingt eine revolutionäre Existenz leben, die jetzt sogar unser Privatleben aus der Bahn wirft? David würde mir wahrscheinlich antworten, dass im neuen richtigen Leben das Private und das Politische nicht mehr getrennt werden dürfen. Aber das fällt mir schwer und ich kann es auch nicht so akzeptieren. Vielleicht bin ich einfach noch nicht so weit? Ich habe doch vieles erreicht in diesem Jahr, bin aus meinem Elfenbeinturm herausgekommen, weiß nun über so viele neue Dinge Bescheid. Aber das, was David will, kann ich nicht. Was macht diese Zeit nur mit uns?

Sie zuckte zusammen, als sie jemand sanft an der Schulter berührte. Es war Kalle, der sie erschrocken musterte. »He Marianne, was ist denn los?«

Statt einer Antwort schluchzte sie nur auf. Er nahm ihre Hand und zog sie fort. »Wir gehen jetzt was trinken. Und dann erzählst du mir alles.«

Sie folgte ihm willenlos. Wahrscheinlich befürchtete er, dass sie sich gleich in den Neckar stürzen würde. Trotz allen Kummers amüsierte sie der Gedanke. Keine Angst, Kalle, hätte sie am liebsten gesagt. Wegen so etwas bringe ich mich nicht um. Dafür bin ich noch viel zu neugierig auf das Leben.

In einem Gedicht von Ingeborg Bachmann heißt es »Erwart dir viel« und ich erwarte noch viel, trotz allem. Sophie Mereau hat das ähnlich gesehen, und das hat sie angetrieben.

Kalle führte sie ins *K 54*, einen angesagten Jazzkeller. Es war immer laut und hektisch dort, vielleicht dachte er, das würde ihr guttun. Sie fanden noch einen freien Tisch und Kalle bestellte Bier für sich und Rotwein für Marianne. »Am besten gleich einen ganzen Liter«, bemerkte sie sarkastisch und er antwortete in ernstem Ton, als sei er ein älterer, lebenserfahrener Onkel: »Saufen bringt nichts, macht alles nur noch schlimmer.«

Unwillkürlich musste sie lachen und betrachtete ihn verstohlen von der Seite. Er war reifer und erwachsener geworden in den letzten Wochen. Jetzt fiel es ihr auf. Das weiche, runde Gesicht hatte Konturen bekommen, wirkte männlicher. Und er wollte sich wohl einen Bart wachsen lassen, denn dichter, dunkelblonder Flaum bedeckte Wangen und Kinn.

Darauf angesprochen, sagte er stolz: »Richtig, ich will einen Bart wie Che Guevara. Leider bin ich nicht dunkel wie er, Schwarzhaarigen stehen Bärte besser. Und ich hab mir sogar eine Mütze gekauft, wie er eine hatte.« Er zog aus seiner Hosentasche eine Kappe, die er sich dann keck auf den Kopf stülpte. »Aber jetzt erzähl«, bat er. »Was macht dich denn so fertig?«

Da erzählte sie ihm die ganze Geschichte, bis ins letzte Detail. Sie verschwieg nur Davids Vorschlag, sie solle mit Kalle schlafen, schließlich wollte sie ihn nicht in Verlegenheit bringen.

Kalle schwieg und starrte auf die Tischplatte, die übersät war mit Brandflecken und den klebrigen Abdrücken von Gläsern. So ist es mit der Liebe auch, dachte Marianne spontan. Zuerst ist alles glatt und sauber poliert und dann ritzt das Leben die Kerben ein, brennt Löcher, macht Flecken. Das scheint unausweichlich zu sein. Plötzlich bemerkte sie, dass gar keine Musik spielte, im Hintergrund lief ein Radio, Gruppen und Grüppchen standen zusammen, die meisten hingen an der Bar, Stimmengewirr erfüllte den Raum, ab und an rief einer etwas laut, sie konnte Rufe hören wie: »… ein Anstreicher, hat auf ihn geschossen … dreimal … mit einem Revolver … dieser Bachmann hatte eine *Bild*-Zeitung dabeigehabt … mit einer reißerischen Überschrift … Politgesindel – gesteuert von Pankow … Springer … Mörder …« Und dann skandierte einer immer lauter werdend: »Heute Dutschke, morgen wir.«

Die letzten Stunden war ich ja wie unter einer Glasglocke, dachte sie bestürzt, hab gar nichts mitgekriegt.

»Wie geht es Dutschke?«, fragte sie Kalle. »Weißt du etwas Neues?«

Kalle starrte immer noch blicklos auf die Tischplatte. »Schlecht, wie man hört. Wurde in den Kopf geschossen. Man weiß nicht, ob er durchkommt. Und ob er bleibende Schäden davonträgt.«

»Das ist ja furchtbar.« Marianne war ehrlich erschüttert. Was war ihr kleines Unglück gegen dieses große? Als ob Kalle ihre Gedanken erraten hätte, sagte er: »Kann verstehen, dass du traurig bist, aber glaub mir, es lohnt sich nicht. Ist Kleinscheiß gegen so vieles, was auf der Welt passiert. David spinnt in letzter Zeit ziemlich rum, immer dieses Gequatsche von der revolutionären Existenz. Weiß gar nicht so recht, was er damit meint. Wahllos rumvögeln, was soll daran revolutionär sein?«

Er redete noch davon, dass David diese Phase sicher überwinden würde. »Ist doch ein gescheiter Kerl. Und er hängt an dir, mehr als an jeder anderen. Er braucht dich.«

Nach dem dritten Viertel Rotwein und dem Gespräch mit Kalle fühlte sich Marianne besser. Es würde alles wieder gut werden. David würde sich besinnen. Sie waren doch so glücklich gewesen.

»Und du gehst jetzt mit nach Hause«, bestimmte Kalle.
»Gehörst da genauso hin wie David. Und wenn die Tussi
noch da ist – mit der werde ich fertig.«

Die Tussi war weg, wie Marianne erleichtert feststellte.
David hockte in der Küche und hörte Radio. Er vermied es,
Marianne anzusehen. Immerhin, dachte Marianne ironisch.
Er scheint sich zu schämen.

»Er lebt«, sagte David auf Kalles Frage, »aber es ist
knapp. In Berlin gibt es große Demos. Gegen die Springer-
Presse. Ich muss da hin! Das bin ich Rudi schuldig.«

»Also dieses Jahr 68«, sagte Marianne versonnen, »dieses
Jahr ist bis jetzt kein gutes Jahr, überhaupt nicht.«

Der kalte Sommer

Marianne drehte sich verstohlen um. Der Hörsaal war überfüllt, wie immer, wenn Felsmann las. Vorne saßen wieder die Gänse, ein paar neue Gesichter waren darunter, alle sorgfältig geschminkt, die Haare kurz geschnitten oder hochgesteckt, im Minikleidchen oder auch in Hosen mit sorgfältig gebügelter Bluse. Weiter hinten hockten die Linken, junge Männer mit langen Haaren und struppigen Bärten, die Frauen trugen entweder Jeans oder lange wallende Gewänder mit vielen Ketten, die an die Blumenkinder erinnern sollten. Der Albtraum jedes Bürgers, dachte sie amüsiert und wandte ihre Aufmerksamkeit wieder Professor Felsmann zu, der ans Rednerpult getreten war, begleitet vom stürmischen Klopfen seiner Zuhörer. Er rückte einen Stapel Papiere zurecht, den sie ihm vorhin hingelegt hatte, trank einen Schluck Wasser und fing an. Es hatte so gutgetan, die neidischen Blicke der Damen zu bemerken, als sie die Dinge bereitgelegt hatte, die er benötigte. Mit welcher Selbstverständlichkeit sie als seine Assistentin auftrat, vor ein paar Monaten wäre ihr das noch wie ein Traum erschienen, ein schöner Traum, aber eben nur ein Traum. Und jetzt saß sie vorne in der ersten Reihe, von so vielen beneidet. Das war wie ein Pflaster auf der immer noch wunden Seele, die unter dem Zerwürfnis mit David litt.

»… die Ideen der Frühromantik werden sicher einigen von Ihnen sehr zusagen. Der Philosoph Fichte beispielsweise spricht davon, dass man die ›bestehenden Verhältnisse zum Tanzen bringen muss, dass man eine neue Welt schaffen muss …‹« Er blickte hinauf zu den jungen bärtigen Männern und den jungen langhaarigen Frauen und lächelte fein. »Und sicher werden viele die Kritik der Romantiker am kaufmännischen Nützlichkeitsdenken der sogenannten Philister teilen. Denken Sie nur an Eichendorffs *Taugenichts*, der Kartoffeln und Gemüse aus seinem Gärtchen reißt, um Blumen zu pflanzen. Aber Vorsicht, die Romantiker sahen auch die Gefahren, denen das Ich, das hochgepriesene Schöpfer-Ich ausgesetzt war. Sie wussten auch um die dunkle Seite des Menschen, um seine Gefährdung durch den Nihilismus, durch die innere Leere, durch einen übersteigerten Individualismus. E.T.A. Hoffmann hat in seinen Werken immer wieder dargestellt, dass in einer Person viele Personen stecken. Und unser verehrter Geheimrat Goethe hat es so formuliert: ›Man will das Ganze beherrschen und kann sich nicht einmal selbst beherrschen.‹«

Unwillkürlich musste Marianne an David denken. Es war immer die gleiche Frage, die sie sich stellte: Was trieb ihn an? Vielleicht steckte der Schlüssel des Geheimnisses zum großen Teil in dem, was der Professor gesagt hatte. Angst vor der Leere, der dunklen Seite in ihm. Bei diesem

Andreas war das gewiss so und auch bei vielen von Davids Genossen. Alles Schauspieler, die verschiedene Rollen probierten. Vielleicht waren das auch Versuche, dem Leben einen Sinn zu geben, koste es, was es wolle. Auf der anderen Seite war David bereit, einen hohen Preis zu bezahlen. Sie hatte große Angst um ihn gehabt, als er am Morgen nach dem Attentat auf Rudi Dutschke nach Berlin gefahren war. Ihr Verhältnis war sehr angespannt gewesen, sie redeten kaum miteinander, erst als er seinen Rucksack gepackt hatte und schon an der Tür stand, hatte er sich noch einmal umgedreht und beiläufig gesagt: »Trotz allem, was war, ich liebe dich. Du bist sehr wichtig für mich. Es tut mir leid, dass wir unterschiedliche Ansichten über unsere Lebensgestaltung haben. Ich will den bürgerlichen Zwängen entfliehen, du bist noch sehr in ihnen verhaftet. Aber trotzdem, ich liebe dich, hörst du.«

Das hatte sie sehr gerührt. Und sie war sehr besorgt gewesen, als die Nachrichten aus Berlin eintrafen. Von Straßenschlachten war die Rede gewesen, ausgerechnet am Karfreitag. Zwölftausend Menschen seien an den Protesten beteiligt. Auf der anderen Seite standen zehntausend Polizisten. Molotowcocktails seien geflogen, Pflastersteine geworfen worden und Fahrzeuge des Springerkonzerns seien in Flammen aufgegangen. Wasserwerfer wurden eingesetzt, furchterregende Bilder konnte man in dem kleinen Fernsehapparat sehen, der in der Portiersloge stand. Und David war mittendrin. Aber eines wurde auch klar. Rudi Dutschke war nicht mehr der Staatsfeind Nummer eins, sondern ein Opfer. Und Springer wurde für viele zum Täter. »Enteignet Springer«, riefen sie jetzt. Täter und Opfer, die Grenzen waren fließend.

Als David nach ein paar Tagen endlich zurückgekommen war, müde und erschöpft, hatte er eine *Bild*-Zeitung dabei. »Keine Sorge«, hatte er zu Thea gesagt, »das hier ist ein Zeitdokument.«

Terror in Berlin, die fetten Buchstaben sprangen einem förmlich ins Auge. Darunter stand, etwas kleiner gedruckt, dass »Kommunisten die Terroraktionen« gesteuert hätten. Wenig später wurde in der Springerpresse behauptet, dass China die protestierenden Studenten in Europa finanziere.

»Zum Kaputtlachen«, fand David, lachte aber nicht, sondern zitierte immer wieder die Zeilen aus dem Lied eines Ostberliner Liedermachers namens Wolf Biermann:

> »Es haben die paar Herren
> so viel schon umgebracht!
> Statt dass sie euch zerbrechen,
> zerbrecht jetzt ihre Macht.
> Ach Deutschland, deine Mörder! …«

Während Rudi Dutschke sich zurück ins Leben kämpfte, warteten David und viele andere darauf, dass der revolutionäre Funke jetzt endlich zündete.

»Wir haben da in Berlin einen Typen namens Urbach kennengelernt, der hat uns mit Molotowcocktails versorgt. Und er kann uns auch Waffen beschaffen, hat er gesagt.«

»Du hast Molotowcocktails geworfen?«, hatte sie entsetzt gefragt. Sie hatten eng aneinandergekuschelt im Bett gelegen, hatten gleich nach seiner Rückkehr miteinander geschlafen, leidenschaftlich und lustvoll. Sie hatte den Gedanken an diese Irene verdrängt, die auch in diesem Bett gelegen hatte, und war überzeugt davon, dass diese Phase des antibürgerlichen Protests, der bei David auch im Bett stattfand, vorüber sei. Er liebte sie doch, das hatte er gesagt. Aber eine Wunde war geblieben.

Der revolutionäre Funke hatte dann doch nicht gezündet. Stattdessen gab es an der Uni Streiks, Teach-ins und Sit-ins. Für eine demokratische Hochschulordnung, den üblichen Kleinscheiß eben, wie David es frustriert nannte. Als der Deutsche Bundestag dann schließlich plante, die Notstandsgesetze zu verabschieden, beschlossen David und andere, größere Aktionen durchzuführen. Es sollte ein Hungerstreik stattfinden, zu diesem Zweck wurde die Peterskirche besetzt, eine altehrwürdige gotische Kirche, die gleich neben der Uni lag. Außerdem wurden Streikposten aufgestellt, die das neue Universitätsgebäude hermetisch abriegeln sollten. Marianne seufzte bei diesem Gedanken.

Sie merkte, dass Felsmann sie ansah, und zwang sich zu einem Lächeln. Ich sollte ihm zuhören, dachte sie, aber ich muss immer wieder daran denken, was jetzt dort drüben in der Peterskirche geschieht. David hat jetzt schon fast 24 Stunden nichts mehr gegessen. Schon gestern, am Beginn des Streiks und der Unibesetzung, hatte es tumultartige Szenen gegeben. Einige Studenten, meist Mitglieder des RCDS, hatten versucht, die Kette der Streikposten zu durchbrechen. David, der blass, aber sichtlich stolz und entschlossen auf einem der Liegestühle lag, die man für die Hungernden aufgestellt hatte, hatte ihr berichtet, dass

Stinkbomben geflogen seien und die Streikposten versucht hätten, sich mit Wassereimern gegen die Angreifer zu wehren. Dann war das Gerücht umgegangen, einige der »rechten Studenten«, wie man sie im Jargon der Linken nannte, hätten einen Schleichweg in das Unigebäude gefunden. Ich muss nachher gleich hinüber und nachsehen, wie es David geht, nahm sie sich vor. Sie war froh, als die Vorlesung zu Ende war.

»Ach Marianne, kommen Sie doch bitte jetzt gleich in mein Büro, ich habe etwas mit Ihnen zu besprechen.« Sie erschrak, als Felsmann auf einmal neben ihr stand und sie ansprach.

»Jetzt gleich, Herr Professor?«

»Ja, sofort. Oder passt es Ihnen nicht?«

»Doch, doch, kein Problem.« Sie konnte ihm schlecht sagen, dass sie zu den Streikenden gehen wollte. Er stand Streiks äußerst kritisch gegenüber, das wusste sie. Sprach vom Diktat einer Minderheit, die die Mehrheit beherrschte. Und davon, dass man demokratische Spielregeln beachten müsse. David hatte verächtlich gelacht, als sie ihm davon erzählt hatte. »Typisch reaktionäres Geschwätz«, hatte er gemeint, »›man kann sich durch Mehrheitsbeschlüsse nicht die Hände binden lassen, wenn man nicht weiß, ob die Mehrheit politisch ausreichend gebildet ist‹. Das hat Behrens auf einer der letzten Veranstaltungen gesagt und er hat verdammt recht damit.«

»Aber David!« Marianne hatte um Fassung gerungen. »Das ist Diktatur, Diktatur einer Minderheit, die von sich glaubt, im Besitz der Wahrheit zu sein. Da stimme ich Felsmann zu. Das kannst du doch im Ernst nicht wollen?«

»Ich hab dir schon ein paarmal erklärt, was Revolution bedeutet. Glaubst du, diese Faschistenbande mit klugen Sprüchen und guten Manieren bezwingen zu können? Die verstehen nur die Sprache der Gewalt.« Und so war es weitergegangen. Eine der üblichen, endlosen, fruchtlosen Diskussionen. Er schien wirklich zu glauben, dass die Revolution unmittelbar bevorstehe.

»Die meisten deutschen Intellektuellen und viele Zeitungen sind auf unserer Seite«, hatte er sich nach der Rückkehr aus Berlin begeistert. »Irgendjemand hat davon gesprochen, dass sich jetzt eine ›genossenschaftliche Bewegung auf internationaler Ebene‹ gebildet habe. Stimmt! Auch in Paris und Rom gehen die Studenten auf die Straße. Es bewegt sich etwas, Marianne. Ich sage dir, es bewegt sich etwas!«

Vorläufig aber saß er hungrig in der Peterskirche und sie musste nachher unbedingt nach ihm schauen.

Vor Felsmanns Büro wartete ein junger Mann, korrekt gekleidet mit Anzug und Krawatte und mit sauber gescheiteltem Haar. Das war Buck, einer der Doktoranden, den Marianne nicht ausstehen konnte. Er war in einer schlagenden Verbindung aktiv und ein Speichellecker der übelsten Sorte. Marianne hatte den Verdacht, dass ihn auch Felsmann nicht ausstehen konnte, er hatte ihn von einem zwischenzeitlich emeritierten Kollegen gefälligkeitshalber übernommen. In diesem Moment bog Felsmann um die Ecke und sah Buck unfreundlich an. Er habe ein großes Problem mit seinem letzten Kapitel, stotterte der und der Professor bat ihn herein.

»Marianne, bitte warten Sie einen Moment, es dauert nicht lange.«

Das war eine deutliche Warnung an Buck, der mit einer devoten Verbeugung in Felsmanns Büro trat.

Marianne ging langsam im Flur auf und ab, als die Tür zum Treppenhaus aufging und eine kleine, rundliche Frau hereintrat. Sie blickte sich suchend um und studierte mit kurzsichtig zusammengekniffenen Augen die Namensschilder an der Tür. Als sie Marianne erblickte, trippelte sie auf sie zu. Sie hatte unförmig geschwollene Beine, wie Marianne feststellte, dicke Wülste quollen über die schwarzen Gesundheitsschuhe. Sie muss mindestens 60 sein, dachte Marianne, was die wohl will?

»Entschuldigen Sie«, sagte die Frau, »ich suche den Professor Felsmann. Wo hat denn der sein Büro?«

Ihre Sprache hatte eine Dialektfärbung, die Marianne nicht zuordnen konnte.

»Sein Büro ist dort drüben. Aber er hat gerade ein Gespräch mit einem seiner Doktoranden.«

»Dauert das lange?«

Marianne lächelte. »Das kann man nicht genau sagen. Sie müssen einfach warten. Nehmen Sie doch auf einem der Stühle Platz.«

Sie deutete auf eine Stuhlreihe neben der Tür zu Felsmanns Büro.

»Ach Herrje«, sagte die Frau bedauernd, »wenn das noch lange dauert … Ich muss zum Zug, zurück nach Darmstadt. Wissen Sie«, sagte sie und senkte ihre Stimme, als verrate sie ein Geheimnis, »wir, das heißt meine Mutter und ich, sind zu Besuch bei meiner Cousine. Die Mama hat

189

gemeint, ich soll mal runter nach Heidelberg fahren und mit diesem Felsmann sprechen, es sei ja nicht weit. Sie will wissen, was da los ist.«

»Was da los ist?«, wiederholte Marianne ratlos, »ich verstehe nicht ganz …«

»Wir haben ihn im Fernsehen gesehen«, unterbrach sie die Frau ungeduldig, »da kam eine Sendung mit ihm. Meine Cousine hat einen Fernseher, wir nicht, die Mama ist da altmodisch, aber diese Diskussion wollte sie gern sehen, wegen dem Felsmann. Wir kennen den nämlich.«

Insgeheim amüsierte Marianne sich. Da guckten zwei offensichtlich ziemlich verschrobene ältere Damen Fernsehen, sahen sich ausgerechnet eine Diskussion an, von der sie wohl kaum etwas verstanden. Sie wusste, dass Felsmann eingeladen worden war, um mit zwei anderen prominenten Hochschullehrern über die »Perspektiven einer neuen Germanistik« zu diskutieren. Der Moderator hatte sie etwas reißerisch als die drei bedeutendsten und einflussreichsten Literaturwissenschaftler angekündigt und Felsmann war sichtlich geschmeichelt gewesen. Marianne hatte ihm herzlich gratuliert: »Das war sehr überzeugend, Herr Professor. Wie Sie die Verstrickung der Germanistik in die Naziideologie dargestellt haben, ihren Missbrauch, ihre braun eingefärbte Volkstümelei, das war sehr interessant und informativ. Auch ihre Forderung, sich dieser Vergangenheit kritisch zu stellen, war zwingend.«

»Also verstanden haben wir nicht viel«, räumte die Frau ein, »haben alle sehr gescheit dahergeredet. Aber wir wollten halt den Felsmann sehen.«

»Woher kennen Sie ihn denn?«

»Aus Königsberg. Wir waren praktisch Nachbarn. Haben den Arthur gekannt und seinen Vater. Die Mutter ist schon früh gestorben. Der alte Herr Felsmann hat ein kleines Buchgeschäft gehabt. War ein sehr kluger Mann, genau wie der Junge. Der wollte studieren, wenn er von der Wehrmacht zurückkam. Der Vater ist dann 44 gestorben. Hatte Lungenentzündung und es gab ja nichts, kein gutes Essen, keine Medikamente. Ja, und die Buchhandlung hatte er schon vorher zugemacht. Hat immer gekränkelt und wer liest schon Bücher im Krieg.« Sie schwieg und starrte an Marianne vorbei durch das Fenster, als sähe sie da eine ferne, schmerzliche Vergangenheit.

Jetzt konnte Marianne auch den Dialekt zuordnen. Das war ostpreußisch, dieser unverkennbare schleppende Singsang. Ob der Professor als junger Mann auch so gesprochen hatte? Was er wohl dazu sagen würde, dass plötzlich jemand aus seiner Vergangenheit auftauchte, einer Vergangenheit, über die er nie sprach. Auch sein Lebenslauf gab kaum Auskunft, es hieß nur lapidar: »Geboren in Königsberg.«

»Aber warum ich eigentlich hier bin – es ist uns beiden gleich aufgefallen. Schon nach fünf Minuten hat die Mama gesagt: ›Das ist nie im Leben der Arthur Felsmann.‹«

Buck kam erst eine dreiviertel Stunde später aus dem Büro, er war rot im Gesicht und die Krawatte war verrutscht. Die Besprechung schien nicht so angenehm verlaufen zu sein. Ich bin gespannt, ob diese Doktorarbeit je zu Ende gebracht wird, dachte Marianne belustigt.

Professor Felsmann stieß hörbar die Luft aus, als sie eintrat. »Endlich bin ich den los. Ich weiß, ich sollte das nicht sagen, aber der Kerl geht mir dermaßen auf die Nerven. Aber genug davon. Entschuldigen Sie, dass Sie so lange warten mussten. Was ich noch sagen wollte, Marianne ...«

»Herr Professor, ich muss Ihnen etwas Merkwürdiges erzählen«, unterbrach ihn Marianne. Diese Begegnung mit der Frau hatte sie ziemlich aufgewühlt und sie wollte unbedingt wissen, was der Professor dazu sagte.

»Gerade eben war eine Dame hier, die Sie unbedingt sprechen wollte. Leider konnte sie nicht länger warten, weil sie ihren Zug noch erreichen musste. Sie behauptet, Sie aus Königsberg zu kennen.«

Das Lächeln im Gesicht des Professors gefror. »So, aus Königsberg ...«, murmelte er. Felsmann setzte sich auf seinen Bürostuhl und starrte auf die Schreibtischplatte.

»Königsberg, das ist schon so lange her«, flüsterte er. »Eine Dame, sagten Sie?«

»Ja, sie und ihre Mutter waren wohl Nachbarn von Ihnen. Hatten eine kleine Änderungsschneiderei neben der Buchhandlung Ihres Vaters.« Sie schwieg erwartungsvoll, aber der Professor sagte nichts, starrte nur weiter vor sich hin.

Marianne wartete voll Ungeduld. Das Gespräch mit der unbekannten Frau wühlte sie immer noch auf.

»Wie können Sie das behaupten?«, hatte sie die Frau empört gefragt. »Bedenken Sie, so viele Jahre ... Menschen verändern sich.«

»Darum geht's nicht«, hatte die Frau hitzig erwidert. »Der Arthur Felsmann war schmächtig, ein richtiger Hänfling, hat meine Mutter immer gesagt. Der Mann im Fernsehen war groß und kräftig, das konnte man sehen, obwohl er die ganze Zeit gesessen ist. Und das Gesicht, die Augen, nein, nein, so verändern kann man sich nicht. Das ist nicht der Arthur Felsmann!«

»Vielleicht ein Verwandter, der auch so heißt«, hatte Marianne zu bedenken gegeben.

»Meines Wissens gibt es keinen«, hatte die Frau etwas patzig geantwortet. »Der Herr Felsmann hatte keine Angehörigen. Von der Frau Felsmann ist mal eine Schwester da gewesen, aber die hatte keine Kinder. Also, ich verstehe das nicht. Den Namen gibt es doch nicht so häufig. Und dann soll er ja noch aus Königsberg stammen, wie der Ansager im Fernsehen gesagt hat. Und das mit dem Buchgeschäft hat er auch erwähnt.«

Marianne nickte. Der Moderator hatte tatsächlich jeden Gesprächsteilnehmer kurz vorgestellt.

So war es noch eine Weile hin und her gegangen, ohne dass Marianne überzeugende Gegenargumente gefunden hätte. Es blieb ein Rätsel und die Frau wirkte sehr überzeugend.

Der Professor starrte immer noch auf die Tischplatte, sah dann aber ruckartig auf und sagte mit einem geisterhaften Lächeln: »Es ist schon so lange her, wie ich bereits gesagt habe. Ich meine, mich schemenhaft zu erinnern. Hat die Dame auch ihren Namen gesagt?«

»Ja, sie heißen Tilkowski, Anna und Erika. Die Mutter ist wohl schon recht betagt, sei aber geistig noch ganz auf der Höhe. Und die Tochter ist wohl etwas über 60. Ihnen ist damals die Flucht aus Königsberg unter abenteuerlichen Umständen gelungen. Sie leben jetzt in Dortmund.

Im Ruhrgebiet gab es wohl Verwandte, die sie damals aufgenommen haben.«

»So, so Tilkowski. Ich meine, mich tatsächlich zu erinnern.« Er lächelte plötzlich. »Wenn einen die Geister der Vergangenheit heimsuchen ... Manche will man vergessen und hat sie vergessen, denn vieles ist zu schmerzlich. Die Dame ist also gegangen, sagen Sie?«

»Ja, wie gesagt, sie musste den Zug erreichen. Aber sie will irgendwann wiederkommen, denn ... sie hat noch etwas Seltsames gesagt.«

»Ja, was denn?« Der Professor sah sie forschend an.

Marianne zögerte. Sie hatte plötzlich große Scheu, das auszusprechen, was die Frau so beharrlich behauptet hatte. Wie hatte er gesagt? »... die Geister der Vergangenheit.« Oh ja, sie wusste, wovon er redete, wenn auch ihr Gespenst aus der jüngsten Vergangenheit stammte.

»Nun ja, sie hat behauptet, Sie seien gar nicht Arthur Felsmann, sähen ganz anders aus als der.«

Täuschte sie sich, oder war der Professor tatsächlich blass geworden, blass unter der Sonnenbräune des letzten Skiurlaubs?

»Was für ein Unfug!« Seine Stimme klang heiser und er musste sich mehrmals räuspern. »Wissen Sie, wie viele Jahre das her ist, dass ich die beiden zum letzten Mal gesehen habe? Das muss 1943 gewesen sein, bei meinem letzten Heimaturlaub. Überlegen Sie, 25 Jahre – da kann sich ein Mensch schon sehr verändern.«

»Das habe ich auch gesagt, aber sie blieb dabei. Sie meint, die Größe stimme nicht und die Gesichtsform und ...« Marianne schwieg erschrocken.

Loderte da nicht plötzlich Zorn in seinen Augen, die fast grünlich schillerten?

Man müsste wissen, was dieser Arthur Felsmann für eine Augenfarbe gehabt hat, dachte sie spontan. Das habe ich ganz vergessen zu fragen. Du lieber Gott, wohin verirre ich mich, überlegte sie im gleichen Moment, erschrocken über sich selbst.

»Wissen Sie«, sagte der Professor in schroffem Ton, »es ist immer dasselbe. Kaum steht man im Licht der Öffentlichkeit, tauchen irgendwelche Spinner auf, die sich aufdrängen, die angeblich etwas über einen wissen. Man wird zur Zielscheibe übler Nachrede, nur damit andere sich wichtigmachen können. Was glauben Sie, was los ist, seit ich als zukünftiger Rektor der Universität gehandelt werde? Man werde meine Vergangenheit durchleuchten, hat man mir angedroht. ›Nur zu‹, habe ich gesagt. Und jetzt taucht also jemand auf, der behauptet, ich sei gar nicht ich. Das ist allerdings bislang der Gipfel der Infamie. Tun Sie mir einen Gefallen, Marianne: Falls dieses verrückte Weib wieder auftaucht, wimmeln Sie sie ab. Ich habe wirklich Besseres zu tun, als mich mit so etwas abzugeben. Tun Sie mir den Gefallen, ja?«

Marianne versprach es, bemerkte aber, dass seine Hände zitterten, als er auf dem Schreibtisch einige Papiere durcheinanderwarf. Er suchte offensichtlich etwas Bestimmtes, denn auf einmal hielt er einen Briefbogen hoch, den er ihr gab.

»Hier, lesen Sie.«

Erstaunt blickte sie auf den Briefkopf. »Von der Harvard Universität«, bemerkte sie verblüfft.

Er nickte lächelnd, jetzt wieder ganz Herr seiner selbst. Der Brief enthielt eine Einladung, Professor Felsmann sollte eine Veranstaltung in der sogenannten Sommerakademie durchführen für interessierte Studenten, die interdispliär arbeiten wollten. Es ging – selbstverständlich – um die europäische Romantik und ihren Einfluss auf das historische und politische Bewusstsein der europäischen Nationen.

»Das klingt aber interessant!« Marianne war sehr beeindruckt. »Ich gratuliere, Herr Professor.«

Er winkte ab. »Danke. Ich fühle mich in der Tat geehrt, obwohl das natürlich wieder viel Arbeit bedeutet. Ich habe in diesem Zusammenhang eine Bitte an Sie, Marianne.«

Sie sah ihn aufmerksam an.

»Wie Sie wissen oder vielleicht auch nicht wissen, hat meine Haushälterin, Frau Kleinert, einen bösen Unfall erlitten. Sie ist die Treppe hinuntergefallen und hat sich einen ziemlich komplizierten Beinbruch zugezogen. Sie wird auf Wochen nicht einsatzfähig sein. Ich brauche für die Zeit meines USA-Aufenthalts aber jemanden, der ein Auge auf mein Haus hat, Blumen gießen und dergleichen, vor allem aber die Sicherheitsanlage abends anschalten und morgens wieder ausschalten. Immerhin besitze ich ein paar sehr wertvolle Erstausgaben. Wenn Sie sich dafür nicht zu schade sind, Marianne? Immerhin ist das nicht gerade eine wissenschaftliche Arbeit, die ich Ihnen da zumute. Aber ich brauche einen Menschen meines Vertrauens … und das sind Sie.«

Sie atmete tief durch. So etwas Schmeichelhaftes hatte man selten zu ihr gesagt. »Aber selbstverständlich mache ich das, Herr Professor, sehr gerne sogar.« Sie fügte verlegen hinzu: »Es ehrt mich, dass Sie mir vertrauen.«

Wieder winkte er ab. »Könnten Sie bitte in den nächsten Tagen vorbeikommen? Ich möchte Ihnen dann alles zeigen. Sie wissen doch, wo ich wohne?« Marianne bejahte und sie machten einen Termin aus.

Beschwingt eilte sie zur Peterskirche hinüber. Die Episode mit der Königsbergerin hatte sie fast erfolgreich verdrängt. Der Professor hatte wohl recht. Zwei ältere zurückgezogen lebende Damen hatten sich vermutlich in eine fixe Idee verrannt, vielleicht um ihrem langweiligen Dasein etwas Würze zu verschaffen. Sie würde auf jeden Fall ihre Augen offen halten und ihm die Frau vom Leibe halten.

Der Hungerstreik war in der Zwischenzeit beendet worden, wie sie erfuhr. David saß zwischen seinen Mitstreitern, trank Wasser aus einer Flasche und knabberte an einem Zwieback.

»Wie geht es dir?«, fragte sie besorgt.

»Beschissen«, sagte er. »Ich brauch eine Zigarette, hast du welche dabei?«

»Nein, selbstverständlich nicht. Ich denke auch, dass das nicht gut für dich wäre.«

»Gut für dich wäre …«, äffte er sie nach. »Was weißt du schon, was gut für mich ist, meine kleine Spießerprinzessin.« Marianne kämpfte gegen die Tränen an, die ihr in die Augen schossen. Sie durfte sich nichts vormachen, denn in der letzten Zeit war er immer wieder so verletzend, trotz seiner Behauptung, er liebe sie. Er stieß sie regelrecht vor den Kopf und beleidigte sie. Sie war davon überzeugt, dass er immer noch mit anderen Frauen »rummachte«, wie Kalle es ausdrückte. Manchmal kam er erst im Morgengrauen heim, stank nach billigem Parfüm, Alkohol, und dem süßlichen Geruch von Haschisch. Er kiffte wieder ziemlich exzessiv. Sie tat dann so, als ob sie schliefe, denn er schaute in ihr Zimmer und bekam einen Wutausbruch, wenn sie noch wach war. »Willst du mich kontrollieren? Bin ich dein Hampelmann?«

Sie spürte seine Enttäuschung, seine Frustration, dass es im politischen Kampf nicht so richtig vorwärtsging, dass er und die Genossen auf der Stelle traten, und verzieh ihm deshalb immer wieder.

»Los, rüber zur Uni«, sagte er gerade zu den anderen, die ihn umringten. »Dort muss der Teufel los sein, man hört es ja.«

Vor der Kirche erwartete sie eine Frau mit Mikrofon, ob der Hungerstreik jetzt zu Ende sei, wollte sie wissen, sie käme vom Südwestfunk und … David schob sie einfach beiseite und rannte los. Seltsam, sonst nahm er jede Gelegenheit wahr, die öffentliche Aufmerksamkeit auf sich zu ziehen.

Schon von Weitem hörten sie wüstes Geschrei. Polizisten standen in einer langen Kette den Streikposten gegenüber, zwischen den Fronten tummelten sich rechte Studenten, die auch von hinten, vom Unigebäude herankamen. Also hatten sie den Schleichweg gefunden. Mitten im Getümmel stand ein Mann mit Megafon, der irgendetwas Unverständliches brüllte. Marianne spürte den beißenden Gestank von Tränengas und Rauchbomben, sie hustete und versuchte, so flach wie möglich zu atmen.

»Da vorne, der mit dem Megafon, das ist dieses NPD-Schwein, dieser Russek. Los, den schnappen wir uns«, schrie David. Seit der Landtagswahl Ende April gab es in Baden-Württemberg eine NPD-Fraktion. Diese rechtsradikale Partei hatte immerhin 9,8 Prozent bekommen, für David und seine Freunde ein weiteres Indiz dafür, dass das Land wieder auf dem Weg zum Faschismus war. »Die Kleinbürger sind aufgehetzt worden, die wählen wieder Nazis, das hatten wir schon einmal.«

Ob er es sich damit nicht zu einfach macht, hatte Marianne immer wieder überlegt. Viele Leute hatten Angst vor den radikalen Parolen der Studenten. Sie sprach manchmal mit den Putzfrauen im Seminar und an der Uni. »Ihr seid alle vom Osten finanziert. Die wollen den Kommunismus hier einführen«, davon waren sie felsenfest überzeugt. Und bestimmte Presseorgane taten alles dazu, um das »einfache Volk«, wie man so schön sagte, davon zu überzeugen.

Vorne, wo dieser Russek stand, der immerhin Landtagsabgeordneter war, gab es jetzt ein schlimmes Handgemenge. Die Polizei schlug mit Knüppeln auf das raufende Menschenknäuel ein, das sich langsam auflöste. Auch Russek tauchte wieder auf, ohne Megafon und mit blutender Nase. Er wurde von Polizisten umringt, die ihn an den Rand des Platzes führten. Die Streikenden wehrten sich wieder mit Wasserbomben, eine erwischte Marianne, die plötzlich triefend nass war. Rock und T-Shirt klebten am Körper und sie schüttelte sich wie ein nasser Hund.

»Haltet durch, gleich kommen Freunde von der Hotelfachschule!«, schrie einer und die Streikenden warfen mit neuem Elan Wasser- und auch Rauchbomben. Aber es half nichts, vor der Übermacht der Polizei und der rechten Gruppierungen mussten sie zurückweichen. Die an den Fenstern der Uni standen, waren auf einmal verschwunden, die anderen rannten in das Innere des Gebäudes, wohl um durch den Innenhof zum hinteren Ausgang zu gelangen. Es gab immer noch lautes Geschrei, wieder übertönt von einem anderen Megafon: »Die Besetzung der Universität ist rechtswidrig und muss sofort beendet werden. Geben Sie auf. Die Rektorin der Universität Heidelberg erklärt wegen dieser rechtswidrigen Maßnahme den AStA für suspendiert ...« Noch lauteres und wütenderes Gebrüll war die Antwort.

»Auf zum Bismarckplatz!«, ertönten einzelne Rufe, die mehr wurden und sich in der Menge wie ein Echo fortpflanzten. Die Streikenden setzten sich in Bewegung, erst langsam und zögernd, dann schneller, es wurden mehr, immer mehr, bis sich eine große Menschengruppe die Hauptstraße hinunterwälzte. »Sitzblockade«, hörte Marianne, erst als ein Zischen Einzelner, dann lauter, als Parole von der ganzen Menge weitergetragen. »Sitzblockade.« Sie sah auf ihre Uhr, die glücklicherweise durch das Wasser nicht beschädigt war. Hauptverkehrszeit! Die meisten Firmen, die meisten Büros hatten jetzt Feierabend und der Bismarckplatz war der Verkehrsknotenpunkt der Stadt.

Plötzlich war David da und zog sie am Arm mit nach vorne.

»Ich bin klatschnass«, wehrte Marianne ab und strich sich die nassen Haare aus dem Gesicht.

»Ist doch scheißegal«, zischte David. »Wir müssen die Leute jetzt aufrütteln, müssen ihnen klarmachen, was beispielsweise morgen im Deutschen Bundestag geschieht. Wenn diese Schweine tatsächlich die Notstandsgesetze verabschieden. Wir müssen deutlich machen, was das bedeutet. Und jetzt, um diese Zeit, erreichen wir viele Leute. Wir hätten noch mehr Flugblätter drucken sollen, die meisten sind bei der Uniblockade draufgegangen.«

Trotz ihres Protestes wurde sie von David mitgezogen, nach einiger Zeit fügte sie sich, denn es war warm und die Nässe störte nicht mehr sonderlich. Ich seh bestimmt scheußlich aus, dachte sie, aber es geht schließlich um Wichtigeres. In den letzten Tagen hatte sie trotz der öffentlichen Aufmerksamkeit und der Schlagzeilen in den Zeitungen den Eindruck gewonnen, dass sich die meisten Leute gar nicht für die Notstandsgesetze interessierten. Es war immer noch wie beim alten Papa Adenauer. Politik machten ein paar wenige, die etwas davon verstanden. Von Politik hatte man die Nase voll, schließlich hatte sie dieses Volk schon einmal in den Abgrund geführt. Politik machte jetzt dieser König Silberlocke, dieser Kiesinger, und zudem waren jetzt auch die Sozialdemokraten in der Regierung, mit diesem Brandt, der ja eine dubiose Vergangenheit hatte, aber seine Sache gar nicht so schlecht machte. Von der großen Koalition konnten sich die meisten vertreten fühlen, also bitte, was gab es da zu demonstrieren. Hauptsache, der Kühlschrank war voll, die Preise stabil und die nächste Lohnerhöhung in Aussicht.

Marianne überlegte sich manchmal, was aus der anfänglichen Euphorie nach 1954 geworden war, von der ihr Dr. Schwerdtfeger erzählt hatte: »Wir sind ins Theater gerannt wie die Verrückten. *Nathan der Weise ... Iphigenie* – die großen Botschaften des Humanismus. Ausgehungert waren wir, haben auch gelesen. Es gab endlich wieder Literatur, nicht diesen Nazischrott.«

Von dieser Euphorie war nichts mehr übrig geblieben. Das war ein sattes Volk geworden, ohne größere Ansprüche. Daran konnten auch die Intellektuellen nichts ändern, die sich jetzt angesichts der Proteste verstärkt zu Wort meldeten. Bei manchen kam es ihr so vor, als hätten sie ein schlechtes Gewissen, weil sie sich in ihren Nischen allzu gut eingerichtet hatten.

Wieder hörte man anschwellendes Gebrüll und Geschrei, diesmal unterbrochen von wildem Gehupe.

»Da ist was passiert«, rief David und rannte los.

Marianne wurde von der nachrückenden Menge vorwärts geschoben. Auf dem Bismarckplatz herrschte Chaos. Überall saßen Studenten. Auf den Gleisen der Straßenbahn, an den Kreuzungspunkten der Straßen. Einige hielten Transparente hoch, auf welchen die gängigen Parolen geschrieben waren: »Polizeistaat ... Bürger gegen die Notstandsgesetze ... Notstand, das ist ungeheuer, erstens scheiße, zweitens teuer ...« Und es gab die üblichen Bilder – Rosa Luxemburg und Karl Liebknecht als Tribut an die linke deutsche Vergangenheit, aber auch Mao, Lenin, Che Guevara, Porträts, die das brave Bürgervolk erschreckten. Das zeigte auch keinerlei Neigung, über die Notstandsgesetze zu diskutieren, war wütend und aufgebracht wegen der Sitzblockade, wollte nach Hause, wollte Abendbrot und das Unterhaltungsprogramm im Fernsehen. Wer konnte es ihnen verdenken? Marianne stellte sich Männer vor, die den ganzen Tag an der Maschine gestanden hatten, Frauen, die als Verkäuferinnen abends mit geschwollenen Beinen den Heimweg antraten.

Auf einmal hatte sie alles satt. Die am Körper klebenden Kleider, die nassen Haare, das Geschrei, die Wut und den Zorn, die alles andere erstickten. Sie wusste nicht, woher David die Überzeugung nahm, er könne auf diesem Wege die einfachen Bürger von seinen Ansichten überzeugen und zum Aufstand bewegen. Ihr kam es so vor, als stünden sich hier Menschen von zwei völlig verschiedenen Planeten gegenüber.

Es ist alles so sinnlos, dachte sie, ich will nur noch nach Hause.

Sie zwängte sich durch die Menge, kämpfte sich mit Ellenbogen durch und kam schließlich in eine der Seitengassen zur Hauptstraße und dann auf Umwegen in die Mantelgasse. Dort warf sie schnell die nassen Kleider ab und schlüpfte unter die Dusche mit dem abenteuerlich befestigten Duschvorhang. Dauernd musste man aufpassen, dass eine der Stangen, an der der Vorhang befestigt war, nicht herunterfiel. Sei nicht ungerecht, schalt sie sich, immerhin hast du ein Badezimmer und musst dich nicht mit einer Plastikschüssel waschen wie in der Goethestraße.

Flüchtig streiften ihre Gedanken Gertrud, Frau Winter, die beiden Japaner. Wie es ihnen wohl ging? Sie hatte alles hinter sich gelassen, als sie David begegnet war, aber jetzt empfand sie eine unbestimmte Sehnsucht nach ihrer alten Welt. Alles war so viel komplizierter geworden. Sie zog ihren Bademantel über und rümpfte die Nase. Erst vorgestern hatte sie hier geputzt und jetzt war schon wieder alles schmutzig.

Die Tür wurde aufgesperrt und kühle Luft strömte herein. Kalle betrat die Wohnung. Er presste ein Taschentuch gegen seine Stirn, offensichtlich blutete er stark.

»Kalle!«, schrie Marianne entsetzt. »Was ist denn passiert?«

Er versuchte zu lächeln, brachte aber nur eine klägliche Grimasse zustande. »Irgend so ein Idiot hat mich getroffen. Am Schluss sind Steine geflogen. Das war vielleicht eine aggressive Stimmung.«

»Lass mich mal sehen.« Marianne löste behutsam das Taschentuch von der Wunde. Die war gottlob nicht besonders tief, blutete aber stark.

»Willst du nicht lieber zum Doktor gehen?«, fragte sie ihn besorgt.

»Ach was. Will mir das dumme Gequatsche nicht anhören, von wegen Politgammler und selber schuld. Nein, Danke. Pflaster drauf und fertig. Und jetzt gehe ich unter die Dusche.« Er kramte in einer der Küchenschubladen und fand schließlich eine Rolle Leukoplast. Marianne hatte in der Zwischenzeit Jod aus dem Badezimmer geholt und etwas Verbandsmull. Sie tupfte das Jod auf die Wunde und Kalle verzog unter lauten Flüchen das Gesicht. »Tut höllisch weh«, entschuldigte er sich.

Später konnte sie sich kaum mehr daran erinnern, was dann geschehen war. Vielleicht wollte sie sich auch nicht daran erinnern. Er war aus der Dusche gekommen, ein Handtuch lässig um die Hüfte geschlungen. Dann hatte er sich zu Marianne an den Küchentisch gesetzt. Sie hatte eine Flasche Rotwein aus Davids Beständen geholt. Und dann hatten sie geredet, über seine Lehre, seine Zukunftspläne.

»Du gehst nicht mehr in die Werkstatt?«

»Nein, nein. Nicht einmal, wenn man mich hinprügeln würde. Der Meister ist … Ich weiß nicht, wie ich es sagen soll, er ist ein Sadist. Ja wirklich. Er verprügelt seine Lehrlinge, mich eingeschlossen, mich sogar ganz besonders gern. ›Linke Bazille‹ hat er mich immer genannt, hat gesagt, ich sei ›renitent‹ und ›aufsässig‹. Bloß weil ich meine Würde als Mensch verteidigt habe, so hat es mir David jedenfalls erklärt.«

David, immer wieder David. Er war auch zu seinem Leitstern geworden, dachte sie bitter. Irgendwie ist das nicht richtig. Wir wollen doch alle frei sein von den Zwängen dieses Systems, aber wir sind in neue Abhängigkeiten geraten. Nein, das ist nicht gut.

Auch sie hatte Kalle viele Dinge anvertraut, vor allem über ihre Beziehung zu David, und sich im selben Moment gewundert, wie leicht es ihr fiel, darüber zu reden. Vielleicht lag es am Rotwein? Aber sie musste endlich einmal mit jemandem darüber reden. Mit einem, der David kannte und mochte. Mit so einem wie Kalle.

»Ich weiß auch nicht, was mit dem los ist«, sagte der mit schwerer Zunge. Er hatte die ersten Gläser Wein zügig hinuntergestürzt und hielt sich die schmerzende Stirn.

»Ich meine, dass er immer wieder mit den Weibern rummacht … dabei bist du doch für ihn die Richtige. Wir haben letzthin darüber geredet. Er bewundert dich sehr, du seist so brutal gescheit, hättest einen eigenen Kopf. Du seist halt ganz anders und das mag er. Ich hab ihm dann gesagt, er soll bloß aufpassen, dass er dich nicht verliert.«

Sie war zuerst empört gewesen, dass David mit Kalle

über sie gesprochen hatte, aber dann hatte sie überlegt, dass sie ja auch mit Kalle über David redete, über ihre Sorgen und Ängste.

»Weißt du«, sagte sie »als ich ihn kennengelernt habe, war ich sofort fasziniert von seiner Begeisterungsfähigkeit, von seinem Enthusiasmus, seinem Mitgefühl für andere, denen es nicht so gut ging. Er hat mich an meinen Großvater erinnert, lach nicht, Kalle, ich glaube, sie hätten sich gut verstanden. Als ich noch ein ganz junges Mädchen war, habe ich einen Roman geschenkt bekommen: *Der Fänger im Roggen* von einem amerikanischen Autor namens Salinger. David hat mich an den Helden dieses Romans erinnert. Dieser Holden, so heißt er, spricht davon, dass er sich lauter kleine Kinder vorstellt, die in einem Roggenfeld spielen. Er steht am Rande des Feldes vor einem Abgrund und muss alle fangen, damit sie nicht hinunterfallen. Er ist der Fänger im Roggen und das sei das Einzige, was er tun möchte.«

Kalle schwieg einen Moment, dann sagte er: »Das scheint ja ein verrückter Kerl zu sein, und David hat dich an den erinnert?«

»Ja, diese Hingabe für eine Sache, der Wunsch anderen zu helfen, ohne Rücksicht auf sich selbst. Aber jetzt sehe ich auch, dass irgendetwas Dunkles in ihm steckt. Er ist voller Widersprüche.«

Sie wurde müde, der Rotwein zeigte seine Wirkung.

»Kalle, ich glaube, ich muss ins Bett.« Beim Aufstehen schwankte sie und Kalle legte fürsorglich einen Arm um ihre Schulter. Und dann geschah es, als sei es ein vollkommen selbstverständlicher Vorgang, der schon lange in der Luft lag.

Kalle bettete sie vorsichtig auf die Matratze und begann, ihr den Bademantel auszuziehen. Dann löste er sein Handtuch. Sie wusste später nicht mehr zu sagen, warum sie sich darauf eingelassen hatte. Sie mochte ihn gern, aber sie liebte ihn nicht. Vielleicht war es der Wein, zu viel Wein, wie sie sich später reumütig eingestehen musste. Aber wahrscheinlich war es eine Mischung aus Neugierde und Trotz. Sollte David doch sehen, was er mit seinem libertinären Lebensstil anrichtete. Wie er selbst damit zurechtkam, wenn sie die gleichen Rechte für sich in Anspruch nahm. Und sie wollte wissen, wie es ist, mit anderen zu schlafen, auch wenn man sie nicht liebte. War das wirklich so etwas wie eine Befreiung?

Am nächsten Morgen erwachte sie mit schlimmen Kopfschmerzen. Sie hörte, wie Kalle aufstand und auf Zehenspitzen zur Tür schlich. Marianne war froh, dass er ging, wollte ihn nicht sehen, nicht sprechen, so sehr schämte sie sich. Sie kam sich schäbig vor und seltsamerweise empfand sie Kalle gegenüber ein schlechtes Gewissen. Gerade so, als hätte sie ihn betrogen. Ja, dachte sie, während sie sich vorsichtig ins Badezimmer tastete, seinem kleinbürgerlichen Bewusstsein entkommt man nicht so leicht. Und ich fühle mich nicht befreit, sondern schlecht. Wir sind doch keine Maschinen.

Wenig später kam David nach Hause. Sie fragte ihn nicht, wo er gewesen war, und er wiederum sagte nichts. Ich kann nicht so leben wie du, dachte sie, ich teile viele deiner Ideen, aber ich kann nicht so leben wie du.

Das Geheimnis

So«, sagte Professor Felsmann nach der Vorlesung, »das Semesterende naht und mit ihm auch meine Amerikareise. Sie kommen doch morgen, wie ausgemacht? Ich muss Ihnen ja alles zeigen. Sagen wir gegen 16 Uhr? Sie bekommen auch einen Kaffee. Keine Sorge, meiner ist nicht schlecht.«

Sie wusste, wo er wohnte, hatte sogar schon einmal heimlich Haus und Garten beobachtet, weil sie neugierig war, weil sie wissen wollte, wie er lebte. Allerdings hatte sie nichts Außergewöhnliches entdeckt. Sein Häuschen lag oberhalb des Philosophenwegs, mit einem herrlichen Blick auf Schloss, Altstadt und Neckar. Es sah sehr gemütlich aus, war etwas verschachtelt und hatte Fachwerk oben am Giebel. Ansonsten war es in einem freundlichen Dunkelrot gestrichen. Ausgerechnet rot hatte sie gedacht, als sie das Haus zum ersten Mal gesehen hatte, irgendwie erinnert mich die Farbe an den Kaninchenstall. Und an diese Maria, die sich bei uns eingenistet hat. *Die Leute reden schon*, hatte Sieglinde in ihrem letzten Brief geschrieben, *reden vom »Dreimäderlhaus«, und das ist natürlich nicht nett gemeint. Und die Mama lässt sich immer mehr gehen. Und wenn Du glaubst, dass ich in der letzten Zeit auch nur eine einzige Verabredung mit einem Mann gehabt habe, hast Du Dich geschnitten. Die haben Angst vor der »Hexe«, so wird sie nämlich genannt.*

Und ihr fiel absolut keine Lösung des Problems ein, absolut keine. In der letzten Zeit hatte sich aber ein Gedanke geformt, tief in ihrem Inneren, den sie gar nicht an die Oberfläche ihres Bewusstseins dringen lassen wollte: Wenn die Mama und Sieglinde sich selbst anzeigen würden? Wenn Enzo endlich ein richtiges Grab bekäme? Sie hatte keine Ahnung, welche Strafe sie erwartete, aber es war ja Totschlag gewesen, kein Mord, das konnte sie bezeugen. Doch war es nicht besser, dieses dunkle Geheimnis endlich zu lösen, das sie verfolgte?

Ach, so viele Sorgen und Überlegungen. Und dann noch David, der immer verschlossener wurde.

»Sie sehen bedrückt aus, wenn ich das einmal sagen darf, Marianne«, sagte Felsmann, als sie sich an der weiß gestrichenen Haustür begrüßten.

Marianne zwang sich zu einem Lächeln. »Im Moment habe ich tatsächlich einige Sorgen. Aber es wird schon wieder.«

»Sind Sie sicher? Kann ich Ihnen irgendwie helfen?«

»Danke, Herr Professor, das ist sehr freundlich. Aber jetzt helfe ich erst einmal Ihnen. Zeigen Sie mir einfach, was ich tun soll.«

Er führte sie durch das Haus und sie war erstaunt, denn das hatte sie nicht erwartet. Nach dem Äußeren zu schließen hatte sie Stilmöbel, verschnörkelte Sessel und ein Biedermeiersofa erwartet. Aber die Einrichtung war sehr modern, fast minimalistisch, trotzdem fühlte sie sich sofort wohl, denn die Möbelstücke waren sehr geschmackvoll und bestimmt sehr teuer gewesen. Er zeigte ihr die Räume, bat sie ab und zu zu lüften, die Rollläden zu öffnen und zu schließen und die Blumentöpfe auf der Terrasse zu gießen.

»Und jetzt gehen wir in mein Arbeitszimmer, dort befindet sich das Wichtigste.«

Erwartungsvoll folgte sie ihm. Sein Arbeitszimmer erstreckte sich über die gesamte vordere Front des Hauses, ein riesiges Glasfenster bot einen atemberaubenden Ausblick auf das Neckartal.

»Schön«, sagte sie und blieb wie verzaubert stehen. »Das ist ja ein wundervolles Zimmer. Dass sie hier arbeiten können – ich würde nur zum Fenster hinausschauen.«

»Schönheit inspiriert, das wissen Sie doch. Ich habe alles um mich herum versammelt, was mir wichtig ist. Das schafft eine gute und kreative Atmosphäre. Und das Beste, mein Schatz, wie ich immer scherzhaft sage, steht hier drüben.«

Zwei Wände waren mit deckenhohen Bücherregalen bedeckt, in der Mitte stand ein großer, massiver Eichenschrank mit großen Glaseinsätzen, der offensichtlich alte und kostbare Bücher enthielt. Es berührte sie seltsam, dass auch der Professor seine Bücher als Schatz bezeichnete, genauso wie sie es getan hatte, damals im Häuschen in Grunbach. Ihre alten und abgegriffenen Bücher waren sicher nicht annähernd so viel wert gewesen, aber sie waren ihr trotzdem wichtig gewesen, hatten sie ihr doch die Tür zu Literatur und Bildung aufgestoßen.

»Diesen Schrank bekommt man nicht so leicht auf, ich habe ihn besonders gesichert, denn es sind ja auch ganz besondere Raritäten, Kostbarkeiten möchte man sagen.«

Marianne machte einen langen Hals, um einen Blick auf die Buchrücken erhaschen zu können. Ledereinbände, Golddruck auf dem Buchrücken – sie sahen wirklich sehr wertvoll aus.

»Alles Erstausgaben«, erklärte der Professor stolz, »hauptsächlich Literatur des 19. Jahrhunderts, Romantiker und Realisten, von Novalis, Eichendorff bis Storm und Fontane ist alles dabei, was gut und kostbar ist.«

»Wie sind Sie an die Bücher gekommen?«, fragte Marianne gespannt. »Das muss doch eine unglaubliche Arbeit gewesen sein, bis sie die alle beisammenhatten.«

»Ich habe einen größeren Teil geerbt«, erwiderte der Professor kurz angebunden.

Irrte sie sich, oder war ihm diese Frage unangenehm? Er hatte auf einmal so schroff gewirkt und er hatte merkwürdig angespannt ausgesehen. Barg sein Schatz, auf den er so Stolz war, auch unangenehme Erinnerungen?

Er erklärte ihr, wie die Sicherheitsanlage funktionierte, und dann tranken sie einen wirklich ausgezeichneten Kaffee auf der Terrasse.

Der Garten war ziemlich verwildert, aber Marianne fand ihn schön mit den üppig blühenden Rosen und den Sommerblumen, die sich in allen Farben zeigten. Besonders gut gefielen ihr die prächtig weiß blühenden Jasminbüsche, die sie an Dr. Schwerdtfeger erinnerten.

»Ihr Garten ist außergewöhnlich schön«, sagte sie anerkennend.

Er lächelte verhalten. »Draußen, in der Natur, mag ich's gerne ein bisschen bunter und unordentlicher. Drinnen im Haus wäre mir das ein Gräuel. Passt eigentlich nicht richtig zusammen, aber der Mensch lebt auch von Gegensätzen.«

Also war er auch nicht frei von Widersprüchen, seltsam, dieser so penible und zurückhaltend auftretende Mann. Beim Abschied zögerte er einen Moment und sagte dann, immer noch Mariannes Hand haltend: »Im Erdgeschoss liegt, zum Garten hin, eine kleine Einliegerwohnung. Früher haben meine Dienstmädchen dort gewohnt, aber meine jetzige Perle zieht es vor, in der eigenen Wohnung zu leben. Also Marianne, diese Wohnung steht Ihnen in der Zeit meiner Abwesenheit zur Verfügung.« Er fügte dann noch leise hinzu: »Manchmal ist es ganz gut, wenn man etwas Abstand hat.«

Sie war so überwältigt, dass sie zunächst gar nichts sagen konnte. Sie musste erst schlucken und sich räuspern.

»Kommen Sie, wir schauen uns die Räume einmal an. Es sind nur zwei relativ kleine Zimmer, aber es ist selbstverständlich ein Bad dabei«, erläuterte er, so ihre Verlegenheit überspielend.

Die Wohnung war tatsächlich sehr hübsch, zwar klein, aber sie enthielt alles, was man brauchte. Helle und moderne Möbel, ein grün gekacheltes Badezimmer, so komfortabel hatte sie noch nie gewohnt. Der Gedanke war verlockend, für eine Weile hier zu leben, in diesem Haus, in seinem Haus, dem er seinen Stempel aufgedrückt hatte. Und mit all seinen Büchern und seinem Schatz, vielleicht durfte sie ihn einmal genauer anschauen. Aber sofort regten sich auch Skrupel. Was sollte sie David sagen? Es ging ihm nicht gut, das merkte sie genau. Er war nur noch schlecht gelaunt und auch seine erotischen Befreiungsversuche konnten ihn nicht wirklich aufbauen.

»Nichts geht vorwärts, nichts bewegt sich. Im Herbst werden Andreas und die anderen vor Gericht gestellt und wahrscheinlich zu ein paar Jahren Gefängnis verurteilt, sind dann für eine Weile weg vom Fenster. Und Rudi ist tot. Und da fragst du mich, warum ich so schlecht drauf bin«, hatte er vor einiger Zeit gemurrt.

»Wäre es nicht besser, ihr denkt über eine Veränderung eurer Strategie nach?«, hatte sie gefragt. »So kommt ihr nämlich nicht weiter. Ihr verschreckt die Leute eher. Da könnt ihr noch so viel in den Pfaffengrund rennen, die Arbeiter wollen nichts mit euch zu tun haben. Ich weiß nicht, ich denke manchmal, ihr müsst die Dinge langsam angehen.«

Statt einer Antwort war er wutschnaubend aus dem Zimmer gerannt und hatte die Tür hinter sich zugeschlagen. Nein, sie konnte David jetzt nicht im Stich lassen. Deshalb sagte sie mit einem bedauernden Lächeln: »Das ist wirklich ein sehr großzügiges Angebot. Aber ich kann … ich meine … darf ich mir es noch einmal überlegen?« Ganz verbauen wollte sie sich diese Chance dann doch nicht.

Als sie nach Hause kam, saß David am Schreibtisch und hieb finster entschlossen auf seine kleine Reiseschreibmaschine ein.

»Was schreibst du da?«

213

»Einen Aufruf. Wir müssen jetzt massiv gegen Lehrveranstaltungen der Alt-Nazis und rechten Schweine vorgehen.«

»Und wie willst du das machen?«

»Wir behindern den Zugang zu den Seminarräumen und Hörsälen. Wir machen Go-ins und stören gezielt die Lehrveranstaltungen. Als Erstes ist Haller dran.«

»Und wer noch?«

Er grinste plötzlich. »Hast du Angst, dass dein hochverehrter Herr Professor Felsmann dran glauben muss? Nein, den haben wir nicht auf der Rechnung, obwohl ...«

»Obwohl?«, drängte sie.

»Obwohl seine biografischen Angaben auch so merkwürdig dünn sind, was die Jahre zwischen 33 und 45 anbelangt. Und dann der relativ steile Aufstieg in den Fünfzigern. Das schafft man vor allem mit Seilschaften, alten Seilschaften, wie mein Erzeuger sie hatte.«

Er grinste wieder – hämisch, wie sie fand. »Du warst ja heute bei Felsmann, darfst seinen Haus- und Hofhund spielen, während er in den USA weilt. Wie war's denn?«

Sein Ton missfiel ihr, deshalb antwortete sie ausweichend. David hätte die Lebenswelt von Felsmann wohl auch nicht verstanden und nur abfällige Bemerkungen gemacht.

David sah sie misstrauisch an. »Manchmal denke ich, dass der Felsmann in dich verschossen ist – und du in ihn. Ist doch merkwürdig, euer Verhältnis.«

»Und wenn?«, antwortete sie entrüstet. »Das würde dich doch nicht stören. Das wäre dann *mein* antibürgerlicher Befreiungsversuch.«

Er sah sie aufmerksam an und nagte an seiner Unterlippe. »Stimmt, ich habe kein Recht, das zu fragen. Auch nicht, was letzthin mit Kalle war.«

Wie hatte er das herausgefunden? Sie versuchte unbefangen zu klingen. »Was meinst du?«

»Tu nicht so. Ich kenne euch beide. Und Kalle verhält sich in letzter Zeit … na ja, etwas seltsam.«

»Noch einmal, das ist meine Sache. Ich frage auch nicht, wo du deine Nächte verbringst.«

»Tut mir leid. Es ist nur so …«

»Was ist nur so?«

»Ach nichts.« Er wandte sich wieder seiner Schreibmaschine zu und tippte verdrossen weiter.

Es scheint ihm doch etwas auszumachen, dachte sie, Theorie und Praxis, mein lieber David. Eine revolutionäre Existenz zu führen, ist doch nicht so einfach.

Als sie am Abend ins Badezimmer ging, sah sie, dass Davids Tür offen stand. Er lag auf dem Bett und rauchte. Aus dem Zimmer drangen wohlvertraute Laute: … *Come on, baby, light my fire* … Er wusste, wie sehr sie dieses Lied liebte. Es hatte sie auf ihn vorbereitet, hatte sie ihm einmal erzählt, sie eingestimmt in die Liebe. Wider Willen war sie gerührt. Das Lied entsprach eigentlich nicht seinem Musikgeschmack. Er hörte lieber »harte Sachen«, wie er sagte, die *Stones* oder *Steppenwolf* waren seine bevorzugten Gruppen. Zögernd betrat sie sein Zimmer. Er erhob sich und streckte die Arme aus, in die sie sich schmiegte.

»Keine Sorge«, flüsterte er, »die anderen sind nicht da. Sind bei einem Teach-in. Wir sind also ungestört.«

Als ob ihm das früher etwas ausgemacht hätte. Aber es war ein Liebesbeweis. Und obwohl der unangenehme Gedanke sich nicht ganz unterdrücken ließ, dass er das vor allem tat, weil er sich ihrer wieder sicher sein wollte, weil er eben doch eifersüchtig war, ganz bürgerlich eifersüchtig, war sie in diesem Moment so glücklich wie schon lange nicht mehr. Alles fühlte sich gut an, war wie früher.

»Hör mal«, sagte er später zu ihr, als sie eng aneinandergeschmiegt auf dem Bett lagen. »Wie wär's, wenn wir verreisen würden? Wie lange musst du denn Felsmanns Haus hüten?«

»Er kommt Mitte August zurück.«

»Na, klasse. Ich dachte, wir könnten nach Prag fahren, Ende August. Da wollte ich immer schon einmal hin. Und jetzt ganz besonders.«

Sie wusste, worauf er anspielte. Im Frühjahr waren in der Kommunistischen Partei der Tschechoslowakei Männer an die Macht gekommen, die die Idee eines reformierten Kommunismus umsetzen wollten. Geradezu schwindelerregend schnell verkündeten sie ein Programm, das bislang Undenkbares in einem sozialistischen Land verhieß: freie Wahlen, Presse- und Meinungsfreiheit, Abschaffung der Zensur …

»Eine Kommunistische Partei stellt sich der Konkurrenz, hat keine Angst mehr vor anderen Meinungen. Ist das nicht toll?« David war begeistert gewesen. Auch Marianne verfolgte hoffnungsvoll den Prozess. Wenn das gelänge, Sozialismus und Freiheit zu verbinden, könnte das einen neuen Weg aufzeigen. Man musste noch abwarten, vor allem, wie sich die Russen verhielten, der gesamte Warschauer Pakt, aber es war eine unglaubliche Möglichkeit, die sich da auftat. Und Prag hatte sie immer schon einmal sehen wollen. Das war die Stadt Kafkas, der wie kein anderer die Fremdheit des Menschen in der Welt literarisch dargestellt hatte. Und sie wollte den Hradschin sehen, die Altstadt, die historischen Synagogen und den jüdischen Friedhof. Hier in der Bundesrepublik gab es ja kaum noch Spuren jüdischen Lebens.

Deshalb sagte sie jetzt begeistert: »Das ist eine großartige Idee. Wie ich mich freue!«

Sie schmiedeten Pläne. David kannte Leute, die schon dort gewesen waren und günstige Pensionen kannten.

»Prag ist billig«, meinte er, »das können wir uns leisten. Und wir haben es uns verdient.«

Sie war glücklich, alles war wieder gut. Und dazu die Chancen, die sich bei Felsmann auftaten. Er wolle sie für die *Studienstiftung des Deutschen Volkes* vorschlagen. »Warum haben Sie sich bislang nicht um ein Stipendium bemüht?«, hatte er sie fast vorwurfsvoll gefragt.

Sie wusste es selbst nicht. Vielleicht hatte sie gemeint, sie verdiene es nicht, und wollte um jeden Preis beweisen, dass sie es aus eigener Kraft schaffte. Ihre Motive waren ihr selber nicht mehr klar.

Felsmann hatte noch gemeint: »Wir müssen unsere besten Köpfe fördern, nicht nur ideell. Gleich nach meiner Rückkehr aus den USA schlage ich Sie vor.«

Es fügte sich alles so gut und sie war so glücklich über Davids Liebesbeweis, dass sie plötzlich etwas tat, was sie bis dahin nie für möglich gehalten hatte: Sie erzählte ihm von Enzo!

Später fragte sie sich immer wieder, warum sie das getan hatte, dieses wohlgehütete Geheimnis ihrer Familie preiszugeben. Vielleicht weil im Aussprechen dessen, was geschehen war, so etwas wie eine Befreiung liegen konnte ... weil sie es endlich jemandem erzählen musste.

Also beschrieb sie, wie Enzo in ihre Familie gekommen war, wie er Freude und Unbeschwertheit mitgebracht hatte, aber auch Leichtsinn und Gefährdung.

»Er war ein Verführer, weißt du, sah sehr gut aus und war charmant. Er war einer der ersten Gastarbeiter, die nach Deutschland kamen, stammte aus Süditalien, Genaueres hat er nie erzählt. Er wird schon gewusst haben, warum. Er war nämlich auch ein Spieler, hat gezockt, ich glaube mit nicht immer legalen Mitteln und hat so zunächst einen schönen Batzen Geld verdient. Dann allerdings machte er Spielschulden und wollte sie nicht zurückzahlen. Mit dem Geld wollte er in Italien ein Lokal eröffnen. Irgendwann ist ihm der Boden zu heiß geworden. Das Problem war nur ...« Sie verstummte, denn jetzt kam der schwierigste Teil.

»Was war das Problem?«, fragte David behutsam.

»Das Problem war, dass er in einem Frauenhaushalt lebte und er übte eine verheerende Wirkung aus, sogar meine Großmutter, die ansonsten eine sehr ... sehr spröde Frau war, hat für ihn geschwärmt. Das Schlimmste war, dass er mit meiner Mutter und meiner Schwester ein Verhältnis angefangen hat, gleichzeitig.«

David pfiff durch die Zähne. »Irgendwie imponiert mir der Junge.«

»Sag das nicht. Es kommt noch schlimmer. Er wollte

keine der beiden bei seiner Flucht mitnehmen, er wollte mit mir gehen.«

Ja, er hat mich durchaus fasziniert, überlegte sie und sie hatte seine kleinen Zärtlichkeiten genossen ... wenn er ihre Hand hielt. Noch nie war jemand so freundlich zu ihr gewesen, bis auf Großvater Gottfried. Und Enzo hatte eine solche Kraft ausgestrahlt – und eine animalische Freude am Leben, »der große Bär mit den Sternenaugen und den Sternenkrallen ...«.

David sah sie jetzt bestürzt an. »Ich fürchte, das wird eine schlimme Geschichte. Und was geschah dann?«

»Als Sieglinde und meine Mutter von seinen Plänen Wind bekommen hatten, konfrontierten sie ihn damit im Kaninchenstall meines Großvaters. Er hat sie abgewiesen und da haben sie ihn erstochen, meine Mutter und meine Schwester, aus Eifersucht, enttäuschter Liebe, zerstörter Hoffnung, von allem etwas. Es geschah im Affekt, es war keine Absicht dahinter, bestimmt nicht. Ich war ja dabei und hab alles gesehen. Aber sie haben ihn getötet und wir haben uns dann alle schuldig gemacht, auch die Großmutter und der Großvater.«

»Wieso schuldig?«

»Weil wir nichts gesagt haben. Aber was hätten wir tun sollen. Sie der Polizei ausliefern, das konnten wir nicht.«

David nickte langsam. »Schuldlos schuldig. Ich glaube, ich habe das einmal im Deutschunterricht gehört.«

»Und noch etwas – und das macht unsere Schuld noch größer. Wir haben dann geholfen, ihn verschwinden zu lassen.«

»Wie habt ihr das angestellt?«

219

»Ja, das ist eine ziemlich verrückte Geschichte. Mein Großvater hatte während des Kalten Krieges eine fürchterliche Angst vor der Atombombe. Er fürchtete einen neuen Krieg, der dann alles vernichten würde. Deshalb hat er irgendwann angefangen, einen Tunnel zu graben, der vom Kaninchenstall in die Erde hineinführen sollte, um uns gegen die Zerstörung und die Strahlen zu schützen.«

»Aber das ist doch völlig verrückt.«

»Er war im Ersten Weltkrieg und hat Schreckliches erlebt. Und er hat seinen einzigen Sohn im Zweiten Weltkrieg verloren. Er hat eine fürchterliche Angst gehabt. Und er war ein alter Mann. Dann kam die Kuba-Krise und er wurde immer besorgter.«

»Ich verstehe. Und in den Tunnel habt ihr dann diesen Enzo gelegt?«

»Es war gar kein Tunnel, so viel Kraft hatte der Großvater nicht mehr. Aber ein ziemlich großes Loch, in das Enzo gut hineingepasst hat. Und dann haben sie Steine davorgehäuft, ich selbst war nicht dabei. Da liegt er jetzt immer noch, in seinem kalten und harten Bett.«

David stieß wieder einen Pfiff aus. »Also, das ist ja eine irre Geschichte.«

»Ich muss dir noch etwas sagen. Enzo hatte durch das Spielen ordentlich Geld verdient. Und dieses Geld hatte er in einem Leinenbeutel mit einer aufgestickten Madonna aufbewahrt. ›Die Madonna hat dicke Backen‹, hat er immer gesagt, wenn viel Geld drin war. Ja, und dieses Geld habe ich.«

»Du?«

»Ja, meine Familie wollte es so … Schlechtes Gewissen, Dankbarkeit … was weiß ich. Vielleicht war auch der Gedanke da, so mein Schweigen zu erkaufen und mich zum Mittäter zu machen.«

»War es viel Geld?«

»Einige tausend Mark. Aber ich habe kaum etwas davon verbraucht. Ich wollte das Geld für mein Studium verwenden, aber dann habe ich es doch nicht fertiggebracht. Es ist Blutgeld, weißt du. Am Anfang war ich so optimistisch, endlich konnte ich meine Träume verwirklichen, Abitur, dann Studium. Meine Mutter wollte mich nämlich nach der 10. Klasse vom Gymnasium nehmen. Aber was ich damals befürchtet habe, ist eingetreten – Enzo geht durch meine Träume, immer wieder.«

»Was willst du mit dem Geld dann machen?«

»Das hab ich mir auch überlegt. Ich wollte nach seiner Familie forschen. Vielleicht ist noch jemand da. Er hat nichts erzählt, aber das will nichts besagen. Vor einiger Zeit ist eine Frau aufgetaucht, eine Italienerin, Maria heißt sie. Sie behauptet, Enzo gekannt zu haben, sei sogar mit ihm verlobt gewesen. Jetzt hat sie sich bei uns eingenistet und wir fühlen uns von ihr bedroht. Meine Mutter lässt sich völlig gehen, sie glaubt, dass Maria Enzos Geist ist, und ihn rächen will.«

»Das ist natürlich Unfug. Aber sie wird mit der Situation nicht fertig. Wenn du dieser Maria das Geld gibst?«

»An Weihnachten war ich so verzweifelt, dass ich tatsächlich daran gedacht habe. Obwohl ich selbst am Anfang strikt dagegen war. Dann wird sie doch erst recht misstrauisch.«

»Stimmt auch wieder. Irgendwie müsst ihr diese Maria dazu bringen, wieder zu verschwinden. Auf der anderen Seite …« Marianne sah ihn erwartungsvoll an.

»Auf der anderen Seite – was kümmert's dich? Wenn's rauskommt, könntest du höchstens wegen Beihilfe zur Verdeckung einer Straftat, oder wie das heißt, belangt werden. Und dafür gibt's bestimmt Bewährung. Also behalt das Geld, lass die dort im Kaff schmoren … Besonders nett waren sie ja nicht zu dir.«

Marianne erstarrte. Sie konnte nicht glauben, was sie eben gehört hatte. »Das ist doch nicht dein Ernst?«

»Aber klar doch. Und wenn du etwas besonders Gutes tun willst – gib das Geld uns. Wir müssen Waffen kaufen, Sprengstoff … und wir müssen Andreas, Gudrun und den anderen helfen.«

Marianne lag da und versuchte zu begreifen, was er gesagt hatte. Mit dieser Reaktion hatte sie nicht gerechnet. Nie im Leben. Aber was hatte sie denn erwartet? Warum hatte sie es ihm überhaupt erzählt? Auf einmal war es unerträglich, hier zu sein, neben ihm zu liegen und seinen Geruch wahrzunehmen. Sie sprang auf und rannte hinüber in ihr eigenes Zimmer. Hastig zog sie sich an, zerrte ihren abgeschabten Koffer hinter der Kommode hervor und begann, wahllos Wäsche und Kleidung hineinzuwerfen.

David war in der Zwischenzeit breit grinsend unter die Tür getreten. »Ich muss sagen, das hätte ich nicht gedacht, bist ja gar keine Reaktionärin, keine Elfenbeinturmprinzessin. Hast eine höchst interessante Vergangenheit und eine höchst interessante Familie. Hast dich bloß verstellt, was? Wenn wir in Zukunft revolutionäre Aktionen …«

Erst jetzt schien er zu bemerken, was sie machte. »Was ist denn los? Was machst du da?«

»Das siehst du doch«, fuhr sie ihn an. »Ich packe, ich ziehe aus.«

Er trat dicht vor sie hin und packte sie am Arm. »Du bleibst hier. Du gehörst zu mir.«

Ihr stockte der Atem. »Ich bin nicht dein Besitz. Dieses reaktionäre Denken lehnst du doch ab.«

Ohne darauf einzugehen, wiederholte er: »Du bleibst hier. Es ist mir zu gefährlich, wenn du gehst. Du weißt einiges. Außerdem will ich die Kohle … oder soll ich zu den Bullen gehen und deine interessante Geschichte erzählen?«

Sie bekam Angst, sie musste hier raus, bloß raus. »David, lass mich los. Lass mich gehen. Ich kenn dich gar nicht wieder …«

Der Mann, der sie mit eisernem Griff festhielt, war ein Fremder. Wo war der David, den sie liebte? Züge einer ganz anderen Person schienen zum Vorschein zu kommen. Wie beim *blonden Eckbert* schoss es ihr durch den Kopf … das dunkle Geheimnis, das jeder Mensch in sich trägt … keiner ist der, der er zu sein vorgibt …

Sein Gesicht war verzerrt. Die weichen, sensiblen Konturen waren verschwunden. David, was um Himmels willen geschieht gerade mit uns?

Endlich gelang es ihr, sich aus seinem Griff zu befreien. Er hatte den Druck gelockert. Vielleicht hatte ihn ihr Vorwurf doch getroffen. »Ich kenn dich nicht wieder …«

Sie stürzte zur Tür, den Koffer vor die Brust gepresst, als könnte sie sich so schützen. Keuchend eilte sie die steile

Treppe hinunter, blickte sich unten mit angehaltenem Atem um, ob er ihr folgte, aber alles blieb ruhig. Sie lief die Mantelgasse hinauf, stand auf einmal vor der Uni, wusste gar nicht, wie sie dort hingekommen war. Wohin sollte sie jetzt gehen? Sie hatte immer noch furchtbare Angst, die ihr fast den Atem nahm. Wenn er seine Drohung wahr machte, zur Polizei ging …? Warum hatte sie ihm von Enzos Tod erzählt? Wollte sie ihm imponieren, wollte ihm zeigen, dass sie doch nicht so spießig war? Was habe ich mir nur dabei gedacht?, fragte sie sich. Gar nichts, beantwortete sie sich selbst die Frage. Ich bin blindlings einem Impuls gefolgt. Aber ich konnte doch nicht wissen, dass er so reagiert, dass diese dunkle Seite in ihm ist. Woher kam dieser blindwütige Fanatismus, diese zerstörerische Wut? Fort, nur fort! Aber wohin? Flüchtig streifte sie der Gedanke, zu Gertrud zu gehen. Aber das konnte sie nicht, sie hatte Gertrud aufgegeben um Davids willen und sie hatte jetzt sogar die Mutter und Sieglinde verraten.

Es war noch sehr warm, in den Gassen und in der Hauptstraße saßen dicht gedrängt die Menschen, tranken, aßen, lachten. Vor einem Jahr hab ich gedacht, dass der Sturm beginnt, damals, als der alte Adenauer gestorben ist. Ich habe an einen Sturm gedacht, der diese miefige Republik durchlüftet, Überkommenes wegfegt, gerechtere Verhältnisse schafft. Aber dieser Sturm wird nicht kommen. Es wird etwas anderes kommen, vor dem ich mich fürchte. Sie setzte sich auf einen frei gewordenen Platz und bestellte sich ein Glas Rotwein. Oben ragte das Schloss in die Nacht, hell erleuchtet. Inbegriff einer Schönheit, die trotz der Zerstörung einen bestimmten Zauber bewahrt hatte. Sophie würde sagen, dass hinter dem Hässlichen, Bösen sich doch auch immer Schönheit, Hoffnung verbirgt.

Da fiel ihr die Einliegerwohnung des Professors ein. Dorthin wollte sie gehen, dort gab es Schönheit, Hoffnung, dort war sie einstweilen sicher.

Am Abgrund

Marianne stand im Arbeitszimmer des Professors. Sie studierte wie so oft die Bücher auf den Regalen, vor allem aber die wunderbaren Erstausgaben im Schrank. Wenn sie nur einmal eines herausnehmen könnte, darin blättern, aber der Schrank war verschlossen. Wozu sich darüber Gedanken machen, schließlich hatte sie ganz andere Sorgen.

Sie wohnte nun schon seit drei Wochen im Haus von Professor Felsmann. Zuerst misstrauisch beobachtet von den Nachbarn, die sie dann aber mehr und mehr akzeptierten. Sie sei die Assistentin vom Professor hatte sie etwas unbestimmt erklärt, aber das hatte genügt, sie wohlwollend aufzunehmen, zumal sie eine sehr solide und ordentliche Bewohnerin des Hauses zu sein schien.

In den ersten Tagen hatte sie Furcht, dass David ihr auflauern könnte. Aber nichts geschah, auch die Polizei kam nicht. Als im Großen Hörsaal ein Teach-in zum Semesterende durchgeführt wurde, bei dem auch David sprechen sollte, hatte sie sich in die Mantelgasse geschlichen und mit Kalles Hilfe ihre Bücher und Unterlagen zusammengepackt.

»Was ist denn eigentlich los?«, fragte Kalle. Er klang befangen, und sie wusste warum.

»Es liegt doch nicht an mir, ich meine, dass wir …«

»Nein, nein«, fiel ihm Marianne schnell ins Wort. »Es hat nur mit mir und David zu tun.«

»Kommst du zurück? Und wo wohnst du zurzeit überhaupt?«

»Nein, ich komme nicht zurück. Und ich sage auch nicht, wo ich mich gerade aufhalte. Sei mir nicht böse, Kalle. Ich melde mich mal wieder.«

Er nickte wortlos, hielt ihr die Türe auf und als sie sich umdrehte, um ihm noch einmal zuzuwinken, stand er da wie ein geprügelter Hund. Er tat ihr leid, sie hätte ihm auch gerne geholfen, irgendwie, aber sie musste jetzt an sich selbst denken. Musste sich zum Beispiel um ein Zimmer kümmern. Aber sie war wie gelähmt, brachte nichts zuwege. Dieser letzte Streit mit David tat so weh.

Ihr macht keine Revolution, dachte sie immer wieder, aber wenn das eintrifft, was ich befürchte, wird es euch gelingen, Angst und Schrecken zu verbreiten. So wie die Räuber in Schillers Drama.

Oft saß sie im Garten, las eines der Bücher aus des Professors reichhaltiger Bibliothek und versuchte wenigstens für eine Weile den quälenden Gedanken zu entkommen. David und Grunbach … Grunbach und David … Sie hatte Mutter und Sieglinde gebeten, die Briefe an die Adresse des Professors zu richten. Ihr Umzug hatte kein Erstaunen erregt, die beiden waren zu sehr mit sich selbst beschäftigt.

Wenn sie nur nicht schreiben, dass die Polizei da war, überlegte sie … Andererseits, da war wieder diese Stimme, die sie zu unterdrücken suchte: Wann würden diese Sorgen, diese innere Gefangenschaft endlich aufhören?

An einem heißen Sommertag lag sie wieder im Liegestuhl, mit einer Sammlung von Naturgedichten auf ihrem Schoß. Sie hatte nach einer Weile gemerkt, dass sie gar nicht aufnahm, was sie las, sie hatte einfach keinen Kopf dafür. Das melodische Läuten der Türglocke fuhr in ihre Gedanken und schreckte sie auf. Wer konnte das sein? Als sie die Eingangstür öffnete, stand unverkennbar ein Schornsteinfeger vor ihr. Trotz ihres Kummers musste sie lächeln. »Da muss ich heute aber noch Glück haben.«

Er grinste. »Von mir aus gerne. Stets zu Diensten.« Dann erklärte er ihr, dass er sich im Haus des Professors auskenne. Er müsse auf den Dachboden, des Kamins wegen, und sie solle ihn nur machen lassen. Lediglich einen Eimer brauche er.

Nach ungefähr zehn Minuten kam er zurück und überreichte Marianne einen mit Ruß gefüllten Eimer und einen großen, schweren Schlüssel. »Der ist runtergefallen, als ich die Leiter, die zum Dachboden führt, heruntergezogen habe. Der Professor muss ihn wohl verloren haben.«

»Danke«, sagte Marianne und begleitete ihn zur Tür. »Ich werd's dem Professor sagen. Er wird sehr froh sein, auf den Dachboden kommt er ja nicht so oft.«

»Hat vielleicht vor seiner Abreise noch überall nachgeschaut, ob alles in Ordnung ist«, meinte der Schornsteinfeger. »Schönen Tag noch.«

Als Marianne ins Haus zurückkehrte, betrachtete sie den Schlüssel genauer. Er sah irgendwie merkwürdig aus, als sei er eine Spezialanfertigung. Ein Gedanke durchzuckte sie jäh – sah das Schloss des großen Schranks mit den Erstausgaben nicht auch seltsam aus? Vielleicht war das der Schlüssel zum Schrank? Das musste sie sofort nachprüfen! Aber durfte sie das überhaupt? Sie zögerte und ging wieder hinaus in den Garten, aber dann war die Versuchung doch übermächtig.

Im Wohnzimmer nahm sie den Schlüssel aus der Schale, in die sie ihn gelegt hatte, und huschte hinauf in das Arbeitszimmer. Mit klopfendem Herzen steckte sie den Schlüssel vorsichtig in das Schloss. Er passte! Es war kaum zu glauben – sie hatte den Schlüssel durch Zufall gefunden. Der Schornsteinfeger hatte ihr wirklich Glück gebracht. Das glich schon fast einer Fügung. Kurz entschlossen öffnete sie die Schranktüren und ließ die Hand zärtlich über die glänzenden Buchrücken gleiten. Eigentlich hatte sie nicht das Recht, den Schrank zu öffnen, aber das war ihr in diesem Moment egal. Diese seltsamen Zufälle schienen auf eine Art Berechtigung hinzuweisen. Vorsichtig zog sie ein Buch heraus, eine Erstausgabe von Eichendorffs *Taugenichts*, erschienen 1826. Feierlich schlug sie das Buch auf, gleich auf dem ersten Blatt war in einer zierlichen Handschrift ein Name festgehalten: Jakob Goldstein, Prag«, darunter stand »Breslau 1924«, wahrscheinlich Ort und Datum des Kaufs. Sie nahm den nächsten Band heraus. Ludwig Tieck, *Franz Sternbalds Wanderungen*. Auch dort stand der gleiche Name, genauso wie im nächsten Band. In jedes Buch hatte dieser Jakob Goldstein seinen Namen gesetzt. Was für Schätze waren hier versammelt! Der innere Wert der Bücher spiegelte sich in ihrer Beschaffenheit wider – Einbände aus Leder, Leinen, gutes Papier, entweder fest und solide oder seidendünn, sodass die Hand schon beim Umblättern einen ästhetischen Genuss verspürte.

Sie ließ sich in den großen Ledersessel, der vor des Professors Schreibtisch stand, sinken. Das war ja höchst merkwürdig. Die gesamte Sammlung hatte einem Mann gehört, einem Mann aus Prag, der die Bücher zwischen den Jahren 1890 und 1938 zusammengetragen hatte. Wie war der Professor zu diesen Büchern gekommen? War dieser Jakob Goldstein ein Verwandter, der ihm alles vererbt hatte? Gekauft konnte er sie ja nicht haben, denn die Bücher waren sicherlich damals schon sehr teuer gewesen. Der Professor war ja noch ein sehr junger Mann gewesen. Aber der Name, ein jüdischer Name, konnte das Verwandtschaft sein? Seltsam war auch das Datum des letzten Kaufs. In diesem Jahr hatte Hitler das Sudetenland annektiert und war dort einmarschiert. Und im März 1939 wurde die Resttschechei zerschlagen. Wenn dieser Goldstein Jude war, wollte er vielleicht fliehen, die Bücher konnte er nicht mitnehmen, aber vielleicht brauchte er das Geld? Aber Feldmanns Vater war ein kleiner Buchhändler, es sei nie viel Geld da gewesen, hatte der Professor einmal erzählt. Das Bindeglied zwischen Goldstein und Felsmann war unklar. Und die Frage blieb, wie Felsmann an die Bücher gekommen war.

Ihr fiel jetzt Davids Bemerkung ein, die biografischen Angaben des Professors zu den Jahren 1933 bis 45 seien sehr dünn gewesen. Und dann noch diese merkwürdige

Frau, die behauptete, der Professor könne nicht der Arthur Felsmann aus Königsberg sein! Er hatte sie, Marianne, noch einige Male gefragt, ob diese Frau wieder aufgetaucht sei, und sie hatte gemeint, seine Anspannung zu spüren. Sie wusste nicht, woher es kam, aber da war auf einmal ein unbestimmtes Gefühl, irgendetwas stimme nicht.

Eine Woche später kam Felsmann zurück. Er war braun gebrannt, energiegeladen und sehr entspannt. Bei Marianne bedankte er sich herzlich, sagte, er freue sich, dass sie sein Angebot angenommen habe, und selbstverständlich könne sie noch einige Tage in der Einliegerwohnung bleiben.

»Aber verstehen Sie mich nicht falsch, Marianne, ich möchte uns keinem dummen Gerede aussetzen, deshalb sollte es nur für kurze Zeit sein. War alles in Ordnung?«

»Es ist nichts Besonderes passiert, auch im Seminar war es ruhig, kaum jemand ist da.«

Er lächelte sarkastisch. »Auch Revolutionäre müssen Urlaub machen.«

»Oder Kräfte sammeln für neue Taten. Aber ich wollte Ihnen sagen, dass ich mich hier sehr wohlgefühlt habe und Ihnen sehr dankbar bin. Wie es aussieht, habe ich ein Zimmer in einem Studentenwohnheim in Aussicht. Vielleicht kann ich schon nächste Woche einziehen. Übrigens, der Schornsteinfeger war da. Er hat einen Schlüssel gefunden.«

»Einen Schlüssel? Was für einen Schlüssel? Und wo hat er ihn gefunden?« Er wirkte völlig unbefangen. Lässig stand er da, an den schmiedeeisernen Gartentisch gelehnt. Er trug ein weißes Hemd ohne Krawatte und eine leichte steingraue Sommerhose. Wirklich gut sieht er aus, dachte

Marianne spontan, sein Alter sieht man ihm nicht an. Sie bemerkte, dass er sie erwartungsvoll ansah, und sagte: »Es ist ein großer, schwerer Schlüssel. Er ist heruntergefallen, als der Schornsteinfeger die ausziehbare Treppe benutzen wollte. Ich habe den Schlüssel in die Schale auf dem Couchtisch gelegt.« Sie beobachtete ihn. Etwas veränderte sich, aber sie konnte nicht genau sagen, was. Es schien, als sei plötzlich wieder diese Anspannung in ihm, die lässige Pose gelang nicht mehr, er wirkte wie jemand, der eine Rolle spielte, die gar nicht zu ihm passte.

Er ging hinein in das Wohnzimmer und kam mit dem Schlüssel in der Hand wieder zurück.

»Ach der«, sagte er beiläufig, »den habe ich noch gar nicht vermisst. Muss mir herausgefallen sein, als ich etwas auf dem Dachboden gesucht habe.« Dabei sah er Marianne durchdringend an.

Soll ich zugeben, dass ich weiß, wohin der Schlüssel gehört, dass ich sogar den Schrank geöffnet habe?, überlegte sie. Nein, ich halte lieber den Mund. Ich habe schon viel zu viel geredet in der letzten Zeit. Er hat mir klar signalisiert, dass er nicht will, dass der Schrank geöffnet wird. Aber eines Tages werde ich ihn wohl doch fragen. Ich werde ihn nach Jakob Goldstein aus Prag fragen.

Am 31. Oktober 1968, das neue Semester war gerade zwei Wochen alt, wurde über Andreas Baader, Gudrun Ensslin, Thorwald Proll und Horst Söhnlein, den sogenannten Kaufhausbrandstiftern, das Urteil gesprochen.

An diesem Tag traf sich Marianne mit Kalle in dem Café, in dem sie gearbeitet hatte. Sie hatten sich gelegentlich gesehen, er hatte ihr auch beim Umzug in das Studentenwohnheim in der Rohrbacherstraße geholfen. Felsmann war überraschend am nächsten Tag nach seiner Rückkehr zum Wandern in die Berge gefahren. »Ich muss noch ein bisschen ausspannen, bevor das Semester beginnt«, hatte er gemeint. »Sie können also unbesorgt noch einige Tage hierbleiben.«

Ihr war das merkwürdig vorgekommen, andererseits war sie froh, denn es gab plötzlich eine Befangenheit zwischen ihnen, die sie sich nicht so recht erklären konnte. Das musste mit dem Schlüssel zusammenhängen.

»Wie gefällt's dir im Wohnheim?«, fragte Kalle. Er hatte sich ein großes Stück Sahnetorte bestellt, das er genussvoll verzehrte.

»Gut. Es ist manchmal zwar ziemlich laut, und dass sich so viele Leute Klo und Dusche teilen müssen, ist auch nicht so toll. Aber ich habe alles, was ich brauche, und die Miete ist nicht so hoch.«

»O. k.« Er versenkte seinen Löffel im Sahneberg und steckte ihn dann in den Mund. »Ich find's gut, dass du nicht mehr kellnern musst. Kriegst ja wohl bald das Geld von dieser … Dings …«

»*Studienstiftung des Deutschen Volkes*«, soufflierte ihm Marianne. »Ja, das ist eine Erleichterung.« Das Geld, das jetzt unter der Matratze in der Rohrbacherstraße lag, musste nie mehr angetastet werden.

»Drei Jahre«, sagte Kalle gerade, »also ich hätte mit mehr gerechnet.«

Marianne war verwirrt. »Wovon sprichst du?«

»Na, vom Urteil. Wegen der Brandstiftung. Drei Jahre

haben sie gekriegt. Finde ich ziemlich wenig. Immerhin hätten Menschen draufgehen können.«

»Einige werden jetzt wieder in großes Geschrei ausbrechen«, sagte Marianne nachdenklich. »Wenn ich an die Diskussionen in den letzten Monaten denke. Viele Intellektuelle, eigentlich gescheite Leute, was haben sie nicht alles gesagt und geschrieben. Man hätte meinen können, die vier hätten ein mutiges und gutes Werk getan und keine kriminelle Tat. ›Protest gegen die Gleichgültigkeit, mit der die Menschen mit dem Völkermord in Vietnam zusehen … Aufforderung zur Konsumverweigerung …‹ Gudrun Ensslins Vater hat sogar von der ›heiligen Selbstverwirklichung seiner Tochter‹ gesprochen, das muss man sich mal vorstellen.«

Kalle schüttelte den Kopf. »Mir hat auch nicht gefallen, wie die sich im Gerichtssaal aufgeführt haben. Man muss den Richtern ja nicht in den Arsch kriechen, aber Zigarren rauchen, mit Papier werfen, also das ist doch kindisch.«

»Aber du weißt schon, dass das einige Leute ganz großartig finden.«

Kalle warf ihr einen scheuen Seitenblick zu. »David beispielsweise. Der wird austicken. Hat in letzter Zeit sogar davon geredet, man müsse die Gefangenen mit Gewalt befreien.«

Er lotete immer erst aus, ob er von David sprechen durfte. Da sie sich neutral verhielt, fasste er Mut und erzählte weiter. »Es geht ihm nicht gut, kifft und säuft ziemlich viel. In dein Zimmer ist übrigens diese Irene eingezogen und die tut ihm auch nicht gut. Quatscht ständig einen Riesenscheiß. Die Sache mit der Tschechoslowakei hat ihn auch fertiggemacht. Er wollte nach Prag fahren, aber dann sind die Panzer gekommen, zwei Tage vorher.«

Marianne nickte. »Ich weiß. Ursprünglich wollte er mit mir fahren.«

»Davon hat er mir nichts gesagt. Aber ist ja auch egal. Ganz schön beschissen, was da passiert ist.«

»Da hast du recht. Eine Hoffnung weniger. Beide Systeme sind sich doch sehr ähnlich, brutal und menschenverachtend. Trotzdem halten manche hier immer noch ihre Götter des Ostens hoch. Seit Kurzem haben wir sogar wieder eine Kommunistische Partei im Land.«

Aber dann musste sie doch nach David fragen: »Hat er irgendetwas gesagt, was er vorhat, wie es weitergehen soll? Sein Studium hat er wohl ganz geschmissen?«

»Kann man so sagen. Plant nur noch irgendwelche Aktionen, wie er es nennt, und grübelt darüber nach, wie der revolutionäre Kampf weitergehen soll. Dabei könnte er doch Anwalt werden und Genossen verteidigen, wie dieser Mahler und der Schily. Das wäre doch was Sinnvolles.«

Mein guter, praktischer Kalle, dachte sie bewegt. Sie lächelte ihn liebevoll an. Er wurde über und über rot und nahm vorsichtig ihre Hand, die auf der Tischplatte lag. »Hör mal, als damals … als wir … du weißt schon, also das war schön. Ich weiß, du liebst mich nicht, aber ich möchte dein Freund sein. Ohne Ansprüche und so.«

»Wir sind doch Freunde, Kalle. Und das werden wir immer bleiben.«

Später schlenderte sie die Hauptstraße hinunter, überquerte den Bismarckplatz und überlegte, ob sie eine Straßenbahn nehmen sollte. Der Weg ins Studentenwohnheim war noch recht weit, aber da es ein milder Abend war, beschloss sie zu laufen. Dann konnte sie auch besser nachdenken.

Also Aktionen plante David und der revolutionäre Kampf sollte weitergehen. Was immer das auch heißen sollte. Aber es sah nicht so aus, als ob das kommende Jahr recht bewegt werden würde. Auf was hoffte er denn? Er wirft sein Leben weg, dachte sie bitter. Aber es macht mir nichts mehr aus, jedenfalls nicht mehr viel. Zu groß war die Enttäuschung und zu tief die Verletzung, die er ihr zugefügt hatte. Und sie musste nächstens nach Grunbach fahren und dieser Maria das Geld geben, egal was sie dachte. Sie wollte dieses Geld nicht, es war so, als ob noch ein Teil von Enzo da war, und sie musste ihn endlich loswerden.

Anfang Dezember besuchte Professor Liebisch, ein emeritierter Ordinarius für Philosophie die Universität. Er war zwar schon über 80, aber noch sehr vital, und er hatte große Freude daran, seine interessanten Vorträge an einer deutschen Universität zu halten. Sein bevorzugtes Thema war die Idee der Willensfreiheit des Menschen, die er energisch verneint, wie Marianne sich vage erinnerte. Sie hatte kurz überlegt, ob sie zum Vortrag am Abend gehen sollte, Störungen würden sicher nicht zu erwarten sein, denn mit seinen Theorien lag Liebisch ganz auf der Linie der Linken. Mal sehen, dachte sie, ob mir heute Abend noch der Sinn danach steht, und schrak zusammen, als unvermittelt das Telefon in ihrem kleinen Büro klingelte. Die meisten Anrufe wurden gleich zu Felsmann oder seiner Sekretärin durchgestellt. Es war der Pförtner Höppner, der in breitem pfälzischem Dialekt verkündete, hier sei ein Professor Liebisch, der wolle den Professor Felsmann sprechen. Aber der sei wohl nicht da und die Frau Müller auch nicht und ob sie mal nach unten kommen könnte.

»Der Professor ist noch an der Uni und Frau Müller ist früher nach Hause gegangen, weil sie Kopfschmerzen hatte. Ich komme runter.«

Sie bekam ein bisschen Herzklopfen. Liebisch war immerhin eine Koryphäe und sehr bekannt.

Er stand vor der Pförtnerloge und strahlte sie an. »Entschuldigen Sie den Überfall, aber ich wollte die Gelegenheit nutzen, endlich Ihren Chef kennenzulernen, dessen Bücher ich außerordentlich schätze.«

Marianne lächelte ihn an. »Herr Professor Felsmann wird sich bestimmt sehr freuen, er muss auch gleich hier sein. Wollen Sie nicht mit nach oben in sein Büro kommen?«

»Sehr gerne.« Der Professor strahlte und schnaufte hinter Marianne die Treppe hinauf. Er war etwas beleibt und wirkte mit seiner silberweißen Haarmähne sehr imposant.

»Sie müssen nämlich wissen, liebes Kind, dass den Professor und mich noch etwas anderes verbindet«, sagte er, als er endlich im Besuchersessel im Büro des Professors Platz genommen hatte. »Wir sind beide in Königsberg geboren, wie ich erst kürzlich erfahren habe.«

Marianne war auf einmal elektrisiert. »Das ist ja interessant. Vielleicht sind Sie sich damals begegnet …«

Professor Liebisch winkte ab. »Das ist nicht gut möglich. Ich bin schon mit 12 Jahren nach Berlin gezogen. Mein Vater war Beamter und wurde dorthin versetzt. Ich kann Felsmann also gar nicht begegnet sein, denn er wurde ja erst später geboren. Aber vielleicht können wir ein bisschen in unseren Erinnerungen kramen. So manches verbindet uns alte Königsberger ja und das vergisst man nicht.«

In diesem Moment ging die Tür auf und Felsmann trat herein. Er schien zunächst erstaunt, dann freudig überrascht und die beiden Männer schüttelten sich lange die Hände. Marianne beobachtete den Professor scharf und als Liebisch den Grund seines Kommens nannte, sah sie wieder deutlich eine Veränderung im Verhalten des Professors. Das verbindliche Lächeln fror ein und sie meinte wieder, die seltsame Anspannung in seinem Gesicht zu erkennen.

»Marianne, lassen Sie uns doch bitte allein. Und bringen Sie diese Bücher in die Bibliothek zurück.« Er deutete auf einen Packen dickleibiger Bände auf dem Schreibtisch.

Den Teufel werd ich tun, dachte Marianne. Ich warte, bis der alte Professor wieder geht, und dann laufe ich ihm zufällig über den Weg, ich will wissen, was die beiden sich zu erzählen hatten.

Sie packte den Stapel und verabschiedete sich liebenswürdig von Liebisch. Dann postierte sie sich gegenüber vom Eingang, wo die Aushänge befestigt waren, die sie scheinbar interessiert studierte. Auch ein schon etwas älterer Artikel aus der momentan sehr angesagten Zeitschrift *konkret* hing da, er stammte von der Journalistin Ulrike Meinhof, von der Marianne schon einiges gelesen hatte. Diese Frau Meinhof war eine sehr scharfsinnige Analytikerin, wie sie fand, aber was sie da geschrieben hatte, war in ihren Augen ziemlicher Humbug, gefährlicher Humbug. Der Artikel hatte ziemlich Furore gemacht und jetzt wusste sie auch warum.

Das progressive Element einer Warenhausbrandstiftung liegt nicht in der Vernichtung der Waren, es liegt in der Kriminalität der Tat, im Gesetzesbruch.

Diese Rechtfertigung krimineller Handlungen erschien Marianne abenteuerlich. David hätte das bestimmt gefallen. »Aufmerksamkeit erzwingen ... das System provozieren ...« Das waren so Sprüche von ihm gewesen. Aber was bedeutete das für die Menschen, in einer Gesellschaft zu leben, in der Kriminalität als notwendig erachtet wird? Leben in der Angst, der Verunsicherung, das könnt ihr doch nicht wollen!

Professor Liebisch kam schwerfällig die Treppe herunter. Er wirkte enttäuscht und bedrückt.

»Ja, Herr Professor, da sind Sie ja schon wieder. Der Austausch der Erinnerungen hat aber nicht lange gedauert.«

»Leider«, sagte der Professor bedauernd, »und ich fürchte, ich habe Professor Felsmann etwas verärgert mit meinem Wunsch. Er wolle nicht an die Vergangenheit erinnert werden, hat er gesagt, das sei zu schmerzlich für ihn. Er schien etwas ungehalten. Dabei habe ich gedacht, es mache ihm Freude, das alte Königsberg wiederaufstehen zu lassen, wenn auch nur in Gedanken.«

Marianne starrte ihn an. Tief in ihr drin formte sich ein Verdacht. »Das tut mir leid, Herr Professor. Aber Menschen gehen unterschiedlich mit der Vergangenheit und den Erinnerungen um.«

Der Professor stimmte ihr zu und verabschiedete sich freundlich.

»Ich komme heute Abend zu Ihrem Vortrag«, rief sie ihm nach und er hob grüßend die Hand.

Als sie aus der Unibibliothek zurückkam, stand die Tür zu Felsmanns Büro offen. Er saß reglos am Schreibtisch. Marianne überlegte, ob sie hereinkommen sollte, um ihm zu sagen, dass die Bücher abgegeben worden seien, aber dann huschte sie schnell vorbei. Er hatte sie aber schon gesehen.

»Marianne, kommen Sie«, rief er. Seine Stimme klang brüchig, nicht so fest und markant wie sonst. »Mir scheint, die Geister der Vergangenheit suchen mich auf einmal heim«, sagte er, als sie näher kam.

»Professor Liebisch sah aber recht lebendig aus«, antwortete sie.

Er lächelte. Es war nur ein angedeutetes Lächeln, als Zeichen, dass er ihren Scherz zu würdigen wusste.

»Sie wissen, was ich meine, Marianne.«

»So ganz genau weiß ich es nicht.« Sie versuchte ganz unbefangen zu klingen, dabei wartete sie mit großer Spannung auf seine Antwort.

Aber er sagte nichts, nahm zerstreut seinen Füller von der Schreibtischplatte und begann, ihn hin und her zu drehen.

»Sie haben Professor Liebisch und seine Familie doch gar nicht gekannt. Hat er mir jedenfalls erzählt. Er wollte sich mit Ihnen doch lediglich über Königsberg unterhalten, Ihre gemeinsame Heimatstadt.«

Er lächelte etwas rätselhaft. »Ach ja, Königsberg. Wirft immer noch einen Schatten auf mein Leben.«

Er zeigte ihr den Füller. »Hier, sehen Sie. Echtes Silber mit Gravur: *Unserem Lehrer Dr. Arthur Felsmann in Verehrung.* Ein Geschenk meiner ehemaligen Doktoranden zum 50. Geburtstag. Ich bin stolz auf meine Schüler, sie tragen unsere Wissenschaft weiter. Deshalb bemühe ich mich nach Kräften, sie zu fördern, sehe meinen Beruf als Berufung, nehme ihn ernst. Ich denke, das wird auch anerkannt. So viele Verdienste, so viel Anerkennung, ein Leben für meine Wissenschaft, meine Liebe zur Literatur ... Aber es genügt nicht, nein, es genügt nicht.« Er lachte auf einmal so unvermittelt, dass Marianne zusammenzuckte.

»Herr Professor ...!«

»Kennen Sie diesen Traum, Marianne, dass man weglaufen möchte, aber man kommt nicht von der Stelle?«

»Ja, ich glaube, viele Menschen haben solche Träume. Ich denke, sie sind Ausdruck einer tiefsitzenden Angst.«

»Angst – und Schuld, die man mit sich trägt.«

Sie starrte ihn durchdringend an. Dann sagte sie sehr langsam, ohne dass ihr gleich bewusst wurde, was sie da sagte: »Haben diese Angst und diese Schuld etwas mit Jakob Goldstein zu tun?«

Er begegnete ihrem Blick, versuchte ihm standzuhalten, aber er senkte den Kopf und flüsterte: »Sie haben also den Schrank geöffnet und die Bücher angesehen. Das habe ich mir schon gedacht. Eine so wissbegierige Frau wie Sie.«

»Sie können ruhig sagen, dass ich neugierig war, sogar unverschämt, aber ...«

»Geschenkt.« Er machte eine ablehnende Handbewegung. »Wie könnte ich Ihnen Vorwürfe machen, ausgerechnet ich.« Dann erhob er sich, müde und schwerfällig, als sei er mit einem Mal viele Jahre gealtert.

»Vielleicht erzähle ich Ihnen eines Tages die Geschichte

von Jakob Goldstein – und meine Geschichte.« Er ging aus der Tür und sie sah ihm nach.

Wer sind Sie, Herr Professor Felsmann, wer ist Ihr dunkler Schatten?

Marianne saß an einem der Fenster im Café *Schafheutle* und starrte hinaus auf die Hauptstraße. Seit Stunden schon fiel unaufhörlich ein feiner Nieselregen auf den nassen, glänzenden Asphalt, in den Pfützen spiegelte sich ein grauer, wolkenverhangener Himmel. Die Leute hasteten mit hochgeschlagenem Kragen und Regenschirmen vorbei, und die Studenten, die in kleinen und größeren Gruppen vom Uniplatz herunterkamen, schoben ihre Fahrräder und hatten die Kapuzen ihrer Parkas aufgesetzt.

Sie sah auf die Uhr, gleich halb vier, draußen wurde es schon dunkel. Wo Müllerschön nur blieb? Er war notorisch unpünktlich, aber jetzt war er schon eine halbe Stunde überfällig. Warum er sich mit ihr ausgerechnet im *Schafheutle* treffen wollte, dem sehr bürgerlichen Stammcafé der älteren Damen, die mit Perlenketten und blitzenden Ringen an den Tischen saßen und sich angeregt unterhielten, war ihr schleierhaft. Vielleicht war dies auch einer der vielen Widersprüche einer revolutionären Existenz, dachte sie amüsiert. Sie holte eine der Tageszeitungen, die das Café für seine Gäste bereithielt. Als sie die Überschrift des heutigen Tages las, stockte ihr der Atem: *Bombe im jüdischen Gemeindehaus.*

Sie hatte an diesem Morgen kein Radio gehört, war in aller Herrgottsfrühe ins Seminar geeilt, weil ihr Felsmann am Abend vorher noch viele Arbeitsaufträge gegeben hatte.

So unter Arbeit förmlich vergraben, hatte sie in ihrem Büro gehockt und gar nichts mitbekommen von den Ereignissen um sie herum. Als könnte sie ihren Augen nicht trauen, las sie die Meldung: Eine Putzfrau habe in der Garderobe des jüdischen Gemeindehauses in Berlin eine Brandbombe gefunden. Ausgerechnet am 9. November hätte die Bombe explodieren sollen. Glücklicherweise geschah nichts, weil der Zünder defekt war. Marianne ließ die Zeitung sinken. Was für ein Zynismus! An dem Tag, an dem man der »Reichskristallnacht« gedachte, wurden in Deutschland wieder Juden bedroht.

In diesem Moment kam Müllerschön auf sie zu. »Hallo«, begrüßte er sie lässig, »siehst ja aus, wie die Kuh, wenn's donnert. Was ist los?«

Statt einer Antwort hielt sie ihm die Zeitung hin.

»Hab's schon gehört«, sagte er und ließ sich auf einen Stuhl fallen. »Das war die Kunzelmann-Truppe.«

»Woher weiß man das?«

»Das war relativ schnell klar. So ein ähnliches Ding wie die besagte Bombe hat man nämlich vor ein paar Monaten bei einer Hausdurchsuchung in der Kommune 1 gefunden. Und dann haben Kunzelmann und seine Truppe ja diese fixe Idee vom »Judenknacks«. Soll sogar schon ein Flugblatt geben, in der sie sich zur Tat bekennen. Seit ihrem Aufenthalt in Jordanien haben die ja einen neuen Lieblingsfeind: den Staat Israel.«

Marianne nickte bedrückt. Dieter Kunzelmann, Ex-kommunarde der Kommune 1 war im Sommer mit einer Gruppe Gleichgesinnter nach Amman gefahren, wo die palästinensische Befreiungsbewegung ihr Hauptquartier hatte. Die Fahrt musste ziemlich abenteuerlich gewesen sein. Sie wusste deshalb relativ gut Bescheid, weil Kalle ihr davon berichtet hatte, denn David war dabei gewesen.

»Sie haben sich dort an der Kalaschnikow ausbilden lassen«, hatte Kalle aufgeregt berichtet. »Und dann haben sie noch ein Flüchtlingslager besucht.«

Es war klar, dass Kalle mehr der abenteuerliche Aspekt der Reise begeisterte, als die politischen Folgen. Die Kunzelmann-Truppe entwickelte auf der Rückreise die Idee, nun endlich eine Stadtguerilla-Gruppe aufzubauen, sie nannten sich die »Tupamaros West-Berlin«. Und David war dabei!

»Hockt jetzt dauernd in Berlin«, hatte Kalle berichtet. »Sagt, dass man endlich den Kampf aufnehmen muss, so wie die Palästinenser gegen Israel. Und dass die Deutschen Israel nicht mehr unterstützen, sondern den Palästinensern helfen sollen.«

»Und das findest du gut?«

Kalle hatte sie hilflos angesehen. »Weiß nicht. Ich fand's klasse, wie die Israeli die Araber im Sechstagekrieg besiegt haben. Tolle Typen, habe ich damals gedacht. Vor allem dieser Moshe Dayan, mit seiner Augenklappe. Die Jungs sind gar nicht so, wie man sich Juden vorstellt.«

Marianne hatte ihn fragen wollen, wie er sich einen Juden vorstellte, ließ es aber. Als sie ihn darauf ansprach, dass in Israel viele Juden lebten, die aus Deutschland geflohen waren, hatte er nur hilflos mit den Schultern gezuckt.

»Sag mal«, sagte sie jetzt zu Müllerschön, »ist euch eigentlich nicht bewusst, dass ihr Linken nicht besser als eure Naziväter seid?«

Müllerschön protestierte. »Ich finde die Aktion ja auch beschissen. Du darfst nicht vergessen, dass ich über das Schicksal jüdischer Wissenschaftler 33 bis 45 promoviere. Andererseits muss man natürlich auf das Elend in den palästinensischen Flüchtlingslagern hinweisen und auf die Heuchelei der braven Bürger und der Springerpresse, die mit Wonne ihre Gedenkstunden zelebrieren und den Staat Israel und seine Truppe bewundern. Palästina oder Vietnam interessiert die einen Dreck.«

»Und deshalb sollen in Deutschland wieder Juden verfolgt werden?«

»Jetzt übertreib nicht. Es ist ja nichts passiert. Manche sagen sogar, die hätten absichtlich dafür gesorgt, dass die Bombe defekt ist.«

»Trotzdem«, beharrte Marianne, »es ist eine Schande!«

Müllerschön hatte sich in der Zwischenzeit eine heiße Schokolade bestellt, die er jetzt genüsslich schlürfte.

»Wie gesagt, ich find's auch nicht gut. Aber was mir imponiert, ist die Tatsache, dass die Truppe jetzt richtig aktiv wird.«

»Mit Bomben und Kalaschnikows!«

»Du musst zugeben, dass die Aktionen, die wir bislang gestartet haben, nicht viel gebracht haben, im Gegenteil!«

Marianne nickte. Da musste sie ihm zustimmen. Allerdings waren diese Aktionen in ihren Augen reine Spektakel gewesen, ein aus den Fugen geratener Kindergeburtstag. Und das sagte sie ihm auch.

»Also hör mal«, protestierte Müllerschön, »wir haben die autoritären Strukturen an der Uni aufgedeckt, wir haben Haller als Rektor verhindert, wir haben mit der Provokation bestimmter Professoren ihre reaktionäre Gesinnung entlarvt und …«

»Ach, hör auf«, fuhr ihn Marianne an. »Kasperletheater, sonst nichts.« Müllerschön schwieg gekränkt.

»Ständige Streikaufrufe, rote Fahnen an der neuen Uni, Belagerung des Rektorats und dann diese kindischen Störungen der Vorlesungen und Seminare …«

»Kindisch?«

»Ja, kindisch. Oder wie würdest du es nennen, wenn man Wände beschmiert, mit Papier wirft, die Professoren und Assistenten anpöbelt, sie mit körperlicher Gewalt behindert und wenn sie mit euch reden wollen, werden sie niedergebrüllt?«

»Deshalb habt ihr Germanisten auch Anfang Juli eure Bude dichtgemacht!«, unterbrach er sie spöttisch.

»Genau, Felsmann und die anderen haben sich dazu entschlossen, weil diese ständigen Pöbeleien nicht mehr zumutbar waren und der Sachschaden beträchtlich ist. Wer soll das bezahlen? Das Volk?«

»Sei nicht so polemisch. Gut, ich gebe zu, dass man ein System nicht durch Streiks an der Uni verändern kann. Aber es ist ein Anfang, Wühlarbeit sozusagen. Wir hoffen auf die stille Sympathie der Bevölkerung. Und mit der Rote-Punkt-Aktion gelingt das ja auch ganz gut.«

Die Rote-Punkt-Aktion, an der sich auch viele Studenten beteiligten und sie mitorganisierten, richtete sich gegen die Fahrpreiserhöhung der Heidelberger Straßenbahnen und fand großen Anklang in der Bevölkerung. Straßenbahnen und Busse wurden boykottiert, wer als Privatperson jemanden mitnehmen konnte oder wollte, klebte einfach einen roten Punkt an die Scheiben seines Autos. Das funktionierte wirklich gut.

»Da geht es aber auch um praktische Dinge, die jeden betreffen, und nicht um die Weltrevolution.«

»Meinetwegen, irgendwo muss man anfangen. Aber ich bin ja eigentlich hier, weil du etwas von mir wissen willst.« Erwartungsvoll richtete sich Marianne auf. Müllerschön hatte Kontakt zu verschiedenen Organisationen, die sich der Aufgabe widmeten, die jüdischen Bürger zwischen 33 und 45 zu erfassen und deren Schicksal zu rekonstruieren. Deshalb hatte sie ihn gebeten, etwas über diesen Jakob Goldstein herauszufinden. Sie hatte in den vergangenen Monaten immer wieder gehofft, dass ein Gespräch mit Felsmann zustande kommen würde, ein ähnlich intensives Gespräch wie vor gut einem Jahr. Aber die Zeit verstrich, Felsmann war freundlich, die Zusammenarbeit war gut, machte ihr Freude, aber er hatte nie mehr diese Schwäche gezeigt, diese Verletzlichkeit wie an jenem Nachmittag, als Professor Liebisch, das Gespenst aus der Vergangenheit, ihn besucht hatte.

Er hielt sie auf Distanz, das merkte sie genau. Und es schmerzte sie, das musste sie zugeben. Gleichzeitig war ihre Neugierde immer größer geworden, und das hatte sie auf die Idee mit Müllerschön gebracht. Und es war ausgerechnet David gewesen, der den entscheidenden Impuls gegeben hatte. Sie hatte ihn in diesem Jahr nur selten von der Ferne gesehen. Im Sommer war er in Jordanien gewesen und ansonsten sei er viel in Berlin, wie Kalle berichtet hatte.

Aber kurz vor Semesterbeginn war er ihr in der Buchhandlung Ziehank am Uniplatz förmlich in die Arme gelaufen.

Sie hatten sich angestarrt und dann brachte er ein heiseres »Hallo, wie geht es dir?« heraus. Sie war erschrocken über sein Aussehen gewesen. Er wirkte irgendwie heruntergekommen, die langen wirren Haare waren fettig, er sah aus, als habe er sich tagelang nicht gewaschen, die Augen waren gerötet, als habe er auch lange nicht mehr geschlafen. Kalle hatte erzählt, dass sie auf ihrer Reise, die sie durch die Türkei und Afghanistan geführt hatte, Opium konsumiert hätten. Ach, David, hatte sie gedacht, bevor du das System zerstörst, zerstörst du dich selbst.

Sie hatten einige nichtssagende Floskeln ausgetauscht, bis er unvermittelt sagte: »Ich wollte dir noch sagen, dass es mir leidtut, du weißt schon. Ich habe mich damals nicht richtig verhalten.«

Marianne nickte. »Wenigstens hast du uns nicht an die Polizei verraten.«

»Als ob ich das tun würde. Zu den Bullen rennen … Ich hätte dich nicht so unter Druck setzen sollen, auch wegen des Geldes. Ich … ich wollte dich nicht verlieren.«

Es gelang ihr ein schiefes Lächeln. »Letzte Reste eines bürgerlichen Bewusstseins?«

Er gab das Lächeln zurück. »Vielleicht.«

Dieses unerwartete Geständnis hatte sie bewegt. Auf einmal meinte sie in diesem Gesicht Spuren des früheren, geliebten David wiedergefunden zu haben: Der verletzliche, weiche Zug um den Mund, ein jähes Aufflackern in den müden Augen …

Komm mit, hatte sie sagen wollen, komm sofort mit, lass

uns reden. Sie hatte ihn auf die Straße hinausziehen wollen, hinüber zur Uni, wo sie sich zum ersten Mal gesehen hatten. Dort hätte sie im Innenhof im Schatten der alten Bäume mit ihm sprechen wollen. Hör auf, David, du stehst am Abgrund. Aber sie hatte nur dagestanden, vielleicht weil sie gewusst hatte, dass es sinnlos war.

So sagte sie nur: »Bist du in Jordanien weitergekommen auf deinem Weg?«

Er hatte sie eine Weile schweigend gemustert. »Ich weiß, dass das viele Leute kritisch sehen. Du ja bestimmt auch. Was den Vorwurf des Antisemitismus anbelangt – die Linke hat sehr viel dazu beigetragen, dass über die Nazizeit und über die Judenverfolgung endlich geredet und geforscht wird. Denke beispielsweise nur an Müllerschön.« Richtig, Müllerschön, hatte sie damals gedacht, warum bin ich nicht selbst darauf gekommen? Der kennt sich aus, weiß bestimmt, wo er nachforschen, sich informieren kann. Ich muss doch endlich etwas über diesen Jakob Goldstein erfahren. Der Professor wird mir wohl nichts erzählen.

David hatte ihr noch berichtet, dass er wieder Kontakt zu Andreas und Gudrun habe, die im Juni vorübergehend aus dem Gefängnis freigekommen waren. »Machen jetzt aktiv Jugendarbeit in Frankfurt. Sie holen Jugendliche aus Erziehungsheimen heraus. Kannst dir gar nicht vorstellen, was da für Zustände herrschen.«

Immer noch besser, als sich an der Kalaschnikow ausbilden zu lassen, hatte sie gedacht. »Machst du da mit?«

»Ich weiß noch nicht. Irgendwie reicht mir das nicht mehr, verstehst du.« Ja, sie hatte verstanden. Es ging jetzt um Kampf und Gewalt. Es erfüllte Marianne immer mehr mit Verwunderung, nein, Bestürzung, wie schnell und radikal gescheite und gebildete Leute dem Absturz in Gewalt und Zerstörung unterlagen. Im Mai beispielsweise hatte eine Zeitungsmeldung sie sehr verstört. Ulrike Meinhof, die von ihr bewunderte Journalistin, hatte mit linken Aktivisten das Haus ihres Exmannes, des Verlegers Klaus Rainer Röhl, verwüstet, antike Möbel, Bilder, Kunstgegenstände zerstört. Die bürgerliche Vergangenheit zerbrechen, aber was kam dann? Und wann reichte das den anderen auch nicht mehr, Andreas und Gudrun beispielsweise?

Sie hatten sich Auf Wiedersehen gesagt und Marianne hatte sich damals gefragt, ob es wohl ein Wiedersehen gab. Der Abschied tat nicht besonders weh. Sie lebten in verschiedenen Welten, das hatte sie wieder gemerkt, aber sie fühlte ein tiefes Bedauern über die nie gelebten Träume und die ungenutzten Möglichkeiten.

»Hörst du mir überhaupt zu?« Die Stimme von Müllerschön fuhr unsanft in ihre Erinnerung. »Ich reiß mir hier den Arsch auf für dich und du bist völlig weggetreten. Willst du wissen, was ich herausbekommen habe?«

»Entschuldigung, ich war kurz in Gedanken. Was du herausgefunden hast, interessiert mich brennend. Also, schieß los.«

Er schien besänftigt zu sein. »Dieser Jakob Goldstein war ein schwerreicher Mann. Hatte vor dem Ersten Weltkrieg zwei Textilfabriken in Reichenberg im Sudetenland, die er dann verkauft hat. Dann ist er mit seiner Frau und seiner Tochter nach Prag gezogen. War wohl sehr interessiert an Kunst und Kultur und hat sich sehr großzügig als Mäzen betätigt. In den Unterlagen, die noch über ihn existieren, steht, dass er große Summen gespendet hat und auch ziemlich viel Geld für Bilder und vor allem Bücher ausgegeben hat. Die Tochter ist Mitte der Zwanzigerjahre in die USA ausgewandert und hat dort geheiratet. Angeblich hat sie die wachsende Judenfeindlichkeit in Europa gestört.«

»Und weiter – was geschah dann mit den Goldsteins?«, drängte Marianne.

»Die Goldsteins haben sich ab 1937/38 um die Ausreise in die USA bemüht. Die Tochter hat wohl schon länger darauf gedrängt, aber die Goldsteins wollten nicht, klar, es waren alte Leute, die ihre Wurzeln hier in Europa hatten. Aber dann hatte Hitlers aggressive Politik den alten Goldstein dann wohl so erschreckt, dass er zugestimmt hat. Der ganze Bürokratenkram – Visum, Affidavit und so weiter – war fast erledigt, als etwas Tragisches passierte. Frau Goldstein wurde so schwer krank, dass an eine Reise nicht zu denken war. Richtig gesund wurde sie nicht mehr, doch als es ihr etwas besser ging, wollte man dann im Frühjahr 39 endlich die Ausreise wagen, aber da war es schon zu spät. Du weißt warum?«

Marianne nickte. »Im März sind deutsche Truppen in die Tschechoslowakei einmarschiert.«

»Richtig. Und die Goldsteins saßen in der Falle.«

Sie stellte sich vor, wie diese beiden alten, wohl schon gebrechlichen Menschen in ihrer Wohnung in Prag hockten, schutzlos den Repressalien und Schikanen ausgesetzt, bald ihres Vermögens beraubt und irgendwann auch ihrer Kunstschätze. Und Menschen taten das, denen sich Goldstein zugehörig fühlte, deren Sprache er nicht nur sprach, sondern auch liebte, und für deren Kultur er eine unauslöschliche Zuneigung empfand.

»Und was ist dann mit ihnen passiert?«

»Irgendwie verliert sich ihre Spur. Mein Bekannter, der in Wien für Simon Wiesenthal arbeitet, hat mir geschrieben, dass sie nach 1941 nirgends mehr auftauchen, in keiner Liste, in keinem Verzeichnis. Die meisten Unterlagen sind im Krieg vernichtet worden, deshalb ist es schwierig, Genaueres in Erfahrung zu bringen. Ich denke aber, aller Erfahrung nach, dass sie deportiert und umgebracht wurden. Die Tochter hat nach dem Krieg versucht, etwas über ihr Schicksal herauszufinden, vergeblich. Sie hat auch nach den Kunstschätzen gefragt, die ihr Vater besessen hatte, vor allem nach einer sehr seltenen und kostbaren Sammlung von Erstausgaben. Alles spurlos verschwunden.«

Ich zumindest weiß, wo die Erstausgaben sind. Irgendwann muss er mir das erklären. Was heißt irgendwann? Ich will es jetzt wissen, sofort.

Müllerschön hatte in der Zwischenzeit seine Papiere in seine Aktenmappe gestopft. »Mehr konnte ich leider nicht herausfinden. Die Spur vieler Menschen verliert sich in dieser furchtbaren Zeit im Dunkeln.«

»Nein, nein«, sagte Marianne eifrig, »du hast mir sehr geholfen, wirklich.«

Kurze Zeit später stand sie vor dem Germanistischen Seminar und wusste nicht genau, wie sie dort überhaupt hingekommen war.

Felsmann war in seinem Zimmer. Als sie, ohne zu klopfen, eintrat, ließ er einen Brief sinken, den er gerade gelesen

hatte. Er sagte mit diesem merkwürdig verzerrten Lachen:
»Die Geister der Vergangenheit ... Die Damen aus dem
ehemaligen Königsberg wollen mich besuchen. Sie hätten
einige Fragen.«

»Jetzt wird's eng«, schleuderte sie ihm entgegen. »Was
wollen Sie ihnen denn sagen? So langsam glaube ich nämlich auch, dass irgendetwas nicht stimmt, ganz und gar
nicht stimmt.«

»Und wie kommen Sie auf diese Idee?«

»Die Bücher. Diese Bücher von Jakob Goldstein aus
Prag. Die verraten Sie.«

Er ließ sich in seinen Stuhl zurückfallen. »Was wissen
Sie, Marianne?«

»Nicht viel. Über Jakob Goldstein habe ich einiges erfahren. Aber es fehlt das Bindeglied, das Bindeglied zwischen Goldstein, den Büchern und Ihnen.«

Felsmann sah sie durchdringend an. »Kommen Sie heute
Abend zu mir nach Hause. Stellen Sie mir Ihre Fragen und
ich versuche, sie zu beantworten.«

Als sie am Abend den Weg zu Felsmanns Haus hinauf-
ging, spürte sie eine seltsame Mischung aus Anspannung,
Erwartung und Furcht. Was würde sie jetzt erfahren? Es
war immer schmerzlich, wenn das Bild, das man sich von
einem Menschen machte, zerstört wurde und seine dunkle
Seite sichtbar wurde. Und das würde jetzt gleich passieren,
das spürte sie.

Felsmann führte sie ins Wohnzimmer. Im Kamin brannte
ein warmes und helles Feuer. Auf dem Tisch standen eine
Flasche Wein und zwei Gläser. Und daneben lagen zwei

vergilbte, an den Rändern ausgefranste und eingerissene Bilder. Sie trat näher und warf einen Blick darauf. Das eine zeigte einen schmalen jungen Mann mit kurzen blonden Haaren in Wehrmachtsuniform. Er sah noch sehr jung, fast kindlich aus. Das andere zeigte einen gut aussehenden schwarzhaarigen Mann mit markanten Gesichtszügen. Er trug die schwarze SS-Uniform.

Felsmann war in der Zwischenzeit näher getreten. »Der da«, sagte er und deutete auf das Foto des jungen schmächtigen Mannes, »das ist oder vielmehr war der Gefreite Arthur Felsmann. Der andere bin ich, SS-Gruppenführer Jürgen Ruhland.«

Sie starrte ihn an. Was er gesagt hatte, drang nicht richtig in ihr Bewusstsein. Sie versuchte zu sprechen, es gelang erst in mehreren Anläufen: »Also auch Sie sind nicht der, der Sie vorgeben zu sein.« Sie fügte hinzu: »Es ist wie beim *blonden Eckbert*.«

Er nickte zustimmend. »Ja, es ist eine Geschichte von Verrat, Diebstahl und Tod. Aber anders als Tieck uns rät, erzähle ich Ihnen die Geschichte und lasse Sie nicht in der Verlorenheit der Nacht. Es ist nämlich vor allem eine Geschichte von Schuld. Und die muss endlich ans Tageslicht, um gesühnt zu werden. Ich kann mich nicht länger damit herausreden, dass man manche Geheimnisse hüten muss, weil sonst neues Unheil entsteht.«

Marianne ließ sich auf das Sofa sinken. Sie schaute noch einmal die Bilder an – das Bubengesicht und das Männergesicht, das unverkennbar das von Felsmann war.

Er bot ihr Wein an, aber sie lehnte ab. Sie wollte klar denken können, vor allem wollte sie verstehen.

»Ich wurde im Ruhrgebiet geboren, in Essen, also nicht weit weg vom Wohnort der Damen Tilkowski. Mein Vater war Buchhalter in einer Zeche, ein kleines Licht mit beschränkter Fantasie, der ein Ziel hatte: Sein Sohn sollte es zu etwas bringen, sollte den sozialen Aufstieg schaffen, von dem er immer geträumt hatte. Und der Sohn machte ihm Freude, er war begabt, die Lehrer drängten meinen Vater, mich auf das Gymnasium zu schicken, was er auch mit Freuden tat, obwohl er sich finanziell stark einschränken musste. Kurz und gut, ich machte Abitur, ein sehr gutes sogar. Nur in einem Punkt waren mein Vater und auch meine Mutter nicht mit mir einverstanden. Meine ausufernde Fantasie, wie sie es nannten, meine Vorliebe für erfundene Geschichten – so nannten sie alles, was mit Literatur zu tun hatte – war ihnen suspekt. Sie verweigerten sich auch vollkommen meinem Wunsch, Germanistik und Philosophie zu studieren. ›Brotlose Kunst‹, nannten sie es, ›dafür gibt es keinen roten Heller‹, und so begann ich zähneknirschend eine kaufmännische Lehre. Ich geriet dann aber immer stärker in den Sog einer Gedankenwelt, die eine verführerische Anziehungskraft auf mich ausübte. Um es ganz klar auszusprechen: Ich wurde ein überzeugter Nazi.« Er sah Marianne an. »Sind Sie sehr schockiert?«

»Nein, auch das hab ich mir schon gedacht«, sagte sie leise.

»Meine Warnungen vor dem Zeitgeist sind aus eigener Erfahrung gespeist. Nun, ich war einer dieser intellektuellen Nazis, kein Bier saufender Rüpel, aber das macht die Sache nicht besser, eher schlimmer. Sie müssen sich vorstellen, dass meine Pubertät, in der man ja nach Orientierung und Halt sucht, bereits ideologisch befeuert wurde. Ich war angewidert von dem Elend, den Unruhen, Straßenschlachten, der Verkommenheit der Politik und Gesellschaft in der Weimarer Zeit. Die Angst vor Arbeitslosigkeit war auch in meinem Elternhaus ein ständiger Gast. Dazu die Klassenunterschiede, die man als Sohn eines kleinen Buchhalters deutlich zu spüren bekam – das alles hat mich sehr empfänglich gemacht für die Idee von der Volksgemeinschaft, eines ›neuen Menschen‹, der die alten Gegensätze überwindet. Man kann sagen, dass auch ich von einer Revolution geträumt habe, die die alten Werte und Ideale zertrümmert, weil sie sich als hohl und morsch erwiesen haben, und – dafür schäme ich mich am meisten – ich war nur allzu bereit zu glauben, dass diese Entwicklung, die das Deutsche Volk zu neuer Größe führen sollte, einen natürlichen Feind hatte, den es zu bekämpfen galt: die Juden. Ich kannte gar keine Juden, deshalb glaubte ich auch alles, was man mir über sie erzählte.

Als 1935 die Wehrpflicht wieder eingeführt wurde, meldete ich mich gegen den heftigen Widerstand meiner Eltern freiwillig und trat kurz darauf in die SS ein. Ich wurde im Sicherheitsdienst beschäftigt und so kam ich 1939, gleich nach der Besetzung der Tschechoslowakei nach Prag, um jüdischen Besitz, vor allem Kunstgegenstände, zu erfassen und zu beschlagnahmen. Und hier kommt Jakob Goldstein ins Spiel.«

Marianne richtete sich auf. Jetzt würde Schlimmes ans Tageslicht kommen. Er nahm einen Schluck Wein und fuhr dann fort: »Goldstein kam in mein Büro, ein kleiner, alter, gebückt gehender Mann, als ob ihn die Last seiner Sorgen zu Boden drücken würde. Ich sehe ihn noch vor mir, den Kneifer mit dem Goldrand, aus dem mich zwei unendlich müde Augen anblickten, das weiße Haar und die zarten, feingliedrigen Hände. Er entsprach gar nicht meiner Vorstellung von einem Juden und er rührte mich, ich hatte sogar Achtung vor ihm, weil ich seine Bildung, seine Kultiviertheit sofort bemerkte. Aber ich wappnete mich, im Interesse der guten Sache, wie ich meinte. Er flehte mich an, sie ausreisen zu lassen, seine Frau und ihn. Sie hätten doch schon alle Papiere. Sie wollten zu ihrer Tochter, ihrem einzigen Kind. Dort wollten sie in Frieden sterben. Er kam oft, immer wies ich ihn ab, bis er eines Tages etwas sagte, was mich elektrisierte: ›Ich habe viele Kunstschätze, unter anderem eine einzigartige Sammlung von Erstausgaben.‹ Das interessierte mich! Ob ich mir die Sammlung einmal anschauen könnte, fragte ich ihn und zum ersten Mal blitzte Hoffnung in seinen müden Augen auf. Ich besuchte ihn und war fasziniert – man kann auch sagen ergriffen von den Dingen, die Jakob Goldstein gesammelt hatte, vor allem aber von den Büchern, seinem größten Schatz, wie er ihn liebevoll nannte. Es war aber mehr als Bewunderung für die Schönheit jedes einzelnen Buches, seiner Bedeutung als Teil des kulturellen Erbes, es war die reine Gier. Diesen Schatz wollte ich besitzen, unbedingt! Als könnte ich mir so etwas aneignen, was ich so sehnlichst erstrebt hatte: Wissen, Bildung, Genie. Als verliehen sie mir eine besondere Bedeutung. Ich ließ die Kunstschätze der Goldsteins beschlagnahmen und auf dem üblichen Weg nach Berlin bringen. Es gab hohe und höchste Nazigrößen, die wild auf solche Kulturgüter waren. Die Erstausgaben aber unterschlug ich und ließ sie in Kisten nach Essen bringen, in das Haus meiner Eltern, denen ich schrieb, sie sollten sie gut verwahren und niemandem zeigen. Die Goldsteins aber wurden auf meine Anordnung hin in das Lager Theresienstadt deportiert, wo sie kurz darauf verstarben. Die beiden wurden relativ schnell schwer krank, wie man mir berichtete. Sie emigrieren zu lassen, kam nicht infrage, ich wollte kein Risiko eingehen. Ja, Marianne, das ist meine Schuld, meine große, ungesühnte Schuld, der ich zu entkommen suchte, die mich jetzt aber doch eingeholt hat.«

Sie sah ihm in die Augen, suchte seinen Blick. Er wich ihr nicht aus.

»Wie konnten Sie damit all die Jahre leben?«

»Sie wissen doch, die dunkle Seite in uns. Und worüber man nicht reden kann, darüber soll man schweigen. Ich habe mir eingebildet, dass ein rechtschaffenes, ein nützliches Leben eine Schuld eines Tages aufwiegt.«

»Und was ist mit Arthur Felsmann?«

»Ich habe ihn Ende 1944 in einem Lazarett in Ostpreußen getroffen. Er hatte an der Ostfront schlimme Schussverletzungen erlitten und man musste einen Arm amputieren. Ich war dort wegen einer eitrigen Beinwunde, die durch Granatsplitter verursacht worden war. Zu sagen, dass wir uns anfreundeten, wäre übertrieben, schon weil er als kleiner Gefreiter eine gewisse Scheu vor einem SS-Offizier hatte. Aber die Liebe zur Literatur bot eine gute Basis für Gespräche, und er erzählte viel von der väterlichen Buchhandlung. Sein Leben war so anders verlaufen als meines, er hatte kein nüchternes, zweckorientiertes Elternhaus, sondern eins mit Fantasie und Lebensfreude.

Ich beneidete ihn. Die Rote Armee rückte näher und näher, immer mehr Flüchtlingstrecks fuhren an unserem Lazarett vorbei, in dem ebenfalls alles in Auflösung begriffen war. Wer konnte, dachte an Flucht. Ich auch. So schnell wie möglich nach Westen, nicht den Russen in die Hände fallen, war die Devise. An einem klirrend kalten Morgen wollte ich es riskieren. Ich sah, dass es Felsmann immer schlechter ging. Andere Papiere zu haben, um bei Bedarf eine neue Existenz aufbauen zu können, war für mich die einzige Möglichkeit eventuell zu überleben. Im Chaos eines Bombenangriffs gelang es mir, seine Papiere zu entwenden. Wie durch ein Wunder habe ich den Rückzug überlebt und habe mir im Westen mit diesen Papieren eine neue Identität verschafft – das war das zweite Wunder. Ich nahm dann mein Studium auf, arbeitete nebenbei alles Mögliche, um Geld zu verdienen, ja – und den Rest kennen Sie.«

Marianne nickte. Er hatte eine steile Karriere gemacht. Das Land hatte kluge Köpfe gebraucht. Promotion in Göttingen, dann Assistent in Berlin und schließlich Professor, zuerst in Marburg, dann in Heidelberg.

»Was werden Sie jetzt tun?«

»Was soll ich Ihrer Meinung nach tun?« Er trank sein Glas in einem Zug leer.

Sie erhob sich. Es war ihr unmöglich, länger mit ihm in diesem Raum zu sein. Sie meinte, diese tanzenden Schatten an den Wänden, die vom Kaminfeuer rührten, seien die Geister der Vergangenheit – auch ihre Geister –, die einen grotesken Tanz aufführten. »Ich weiß es nicht, das liegt ganz allein bei Ihnen.«

»Werden Sie schweigen?«

Würde sie das? Sie trug ja auch an einer Schuld. Aber das konnte sie ihm nicht sagen.

»Ich weiß es nicht, Herr Professor. Ich muss nachdenken.«

»Ich verstehe. Ich danke Ihnen, Marianne. Ich denke, ich werde die richtige Entscheidung treffen.«

Weihnachten fuhr sie nach Grunbach. Wieder stand ein scheußliches Adventsgesteck auf dem Küchentisch und Maria stand am Herd und briet eine Lammkeule. Es roch durchdringend nach Knoblauch und verbranntem Fett. Marianne hatte das unwirkliche Gefühl, das alles schon einmal erlebt zu haben.

»Ist ja der Hammer, das mit deinem Professor«, sagte Sieglinde. Sie hatte ihre Haare jetzt braun getönt, was sie merkwürdig trist aussehen ließ.

»Und er hat sich wirklich erschossen, in seinem Arbeitszimmer? So stand's jedenfalls in der Zeitung.«

»Ja«, sagte Marianne einsilbig. Sie konnte noch nicht darüber reden, schon gar nicht mit Sieglinde.

Die Türen des Bücherschrankes habe er weit geöffnet, hatte man ihr erzählt, er sei am Schreibtisch gesessen, der Revolver war seiner Hand entglitten und er habe sehr friedlich gewirkt. Drei Briefe hatte er hinterlassen, einen an den Rektor der Universität, einen an seinen Rechtsanwalt, mit der Bitte, die Tochter von Jakob Goldstein ausfindig zu machen und ihr die Bücher zu übergeben, und einen an Marianne. Er teilte ihr mit, dass er sie an Professor Marquard in Tübingen weiterempfohlen habe, mit der Bitte sie als Doktorandin zu betreuen.

Meine liebe Marianne, hatte er noch geschrieben, *mit Ihrer Hilfe kann ich einen winzigen Teil der Schuld, die ich auf mich geladen habe, abtragen. Gutmachen kann ich nichts, wer könnte das, und es geht auch nicht um einen Ausgleich des materiellen Schadens. Aber Goldsteins Bücher, der »Schatz«, geht an die rechtmäßigen Besitzer zurück und damit erhalten die Goldsteins wieder einen Teil ihrer Würde. Jakob Goldsteins Bemühen um die Kunst, um das Ideale und Schöne, ist somit nicht vergeblich gewesen. Und ich erhalte meine schiefe, kaputte Identität zurück – immerhin – ich muss nicht länger mit all den Lügen leben. Wissen Sie noch, wie wir über Tiecks* Blonden Eckbert *gesprochen haben? Niemand ist der, der er vorgibt zu sein. Aber nichts bleibt in der Nacht, denn mit den Schatten des Geheimnisses kann das Leben nicht gelingen. Ich danke Ihnen von Herzen, Marianne. In gewisser Weise sind Sie mein Schicksal gewesen. Ich wünsche Ihnen alles Gute für ein Leben aus einem Guss.*

Und dann hatte nur noch ein Satz dagestanden: *Der Geist ist wieder frei.* Sie hatte nicht genau verstanden, was er meinte, aber es klang tröstlich.

Als Sieglinde weiterfragte, wehrte sie ab: »Ich möchte nicht darüber reden.«

»Ja, genug davon«, sagte die Mutter überraschend energisch und kraftvoll. »Das ist kein Gesprächsstoff für Weihnachten. Wir gehen jetzt in die Kirche.«

Sie sei sehr fromm geworden in der letzten Zeit, hatte Sieglinde berichtet und irgendwie schien ihr das gutzutun. Sie wirkte nicht mehr so niedergeschlagen und apathisch, achtete auch wieder mehr auf ihr Äußeres.

Vor der Kirche wurde Marianne von einer jungen Frau angesprochen, die sie zunächst gar nicht erkannte.

»Ich bin's, Karin«, sagte die Frau, die unübersehbar schwanger war und an der Hand ein quengelndes Kind hielt. »Erkennst du mich denn nicht?« Karin, die beste Freundin ihrer Kinderzeit! Marianne begrüßte sie freundlich und erkundigte sich nach der Familie. Allen gehe es gut, auch Gerda, wie sie mit leiser Stimme hinzufügte. Marianne hatte plötzlich einen Kloß im Hals. Gerda war ihre geistig behinderte Nachbarin gewesen, die Einzige, die Karins Vater, der als verlorene Seele aus russischer Kriegsgefangenschaft zurückgekommen war, verstanden und getröstet hatte. Karins Vater hatte dann Selbstmord verübt.

»Schön, dass ihr an Gerda denkt«, sagte sie herzlich.

»Sie ist jetzt im Heim, dort fühlt sie sich wohl.«

Sie wünschten sich frohe Weihnachten und alles Gute und dann ging man ohne Bedauern auseinander.

Marianne sah Karin nach. Wäre das ein Leben für mich gewesen?, überlegte sie. Ein Leben in der Mitte, geordnet und ruhig, ohne Abweichungen und Irrwege. Nein, es war gut, so wie es war. Aber eine Sache musste sie noch in Ordnung bringen. Mit ihrer eigenen Schuld, ihrem Schatten, musste sie sich endlich auseinandersetzen.

Auf dem Nachhauseweg blieb sie unvermittelt stehen. Der Heilige Abend war mild, einige Wolkenfetzen flogen über einen silberfarbenen, fast runden Mond.

»Ich muss euch etwas sagen«, begann sie mit unsicherer Stimme, die dann aber immer fester wurde. »Ich habe lange nachgedacht. Und seit dem Tod meines Professors ist mir etwas klar geworden. Er wollte nicht mehr mit seiner

Schuld leben und ich will es auch nicht. Ich werde Maria heute Abend Enzos Geld geben. Und ich möchte, dass Enzo endlich ein ordentliches Grab bekommt.«

Ein wilder Aufschrei Sieglindes war die Antwort. »Du bist verrückt, ich gehe nicht ins Gefängnis!«

Sie zeterte, bis die Mutter mit scharfer Stimme sagte: »Halt endlich deinen Mund. Seit einiger Zeit denke ich darüber nach, ob wir uns nicht selbst anzeigen sollten.«

»Aber ich will nicht ins Gefängnis.«

»Du bist schon lange in einem drin. Merkst du das denn nicht selber?«, fuhr Marianne sie an.

»Marianne hat recht. Das ist doch kein Leben, das wir führen. Und jetzt ist auch noch diese Maria da! Wir sind viel weniger frei, als wir es im Gefängnis sein werden. Und dann können wir neu anfangen, Sieglinde, hörst du!«

Sieglinde schwieg verbissen. Marianne nahm sie in den Arm. Sie hatten sich nie besonders nahegestanden, aber diese Tat hatte sie auf merkwürdige Art und Weise verbunden.

»Überleg's dir. Wir drängen dich zu nichts. Aber ich denke, es wird nicht so schlimm werden. Und die Leute … wir gehen weg. Dann sind wir frei, Sieglinde, wahrhaftig frei.« Und sie fügte den Satz des Professors hinzu: »Der Geist ist frei.«

Jetzt verstand sie ihn.

Ein neuer Frühling – April 1970

Marianne saß auf einer Bank am Neckar. Er floss beschaulich zu ihren Füßen, das Wasser schien ihr träger und langsamer als in Heidelberg, die ganze Szenerie strahlte eine gewisse Behaglichkeit aus. Dazu trugen auch die Häuser der Altstadt bei, die am gegenüberliegenden Ufer in den silbrig-blauen Himmel ragten. Als ob ein Riesenkind seine Bauklötze aufgestellt hätte, so kam es ihr vor. Das war also Tübingen, ihre neue Heimat, so hoffte sie jedenfalls. Dort drüben, das musste der Hölderlinturm sein, das Gefängnis des kranken Genies, der nicht nur hinter dicken Mauern, sondern auch im Labyrinth einer gemarterten Seele gefangen war. Gefängnis – jetzt musste sie an die Mama und Sieglinde denken, die in Kürze ihren Prozess erwarteten.

Grunbach hatte Kopf gestanden angesichts der unerhörten Nachricht, über das, was sich in ihrem Häuschen abgespielt hatte, und der dann folgenden Ereignisse. Enzo, oder vielmehr das, was von ihm übrig war, wurde ausgegraben, und wurde dann in einer schlichten Zeremonie auf dem Grunbacher Friedhof beerdigt. Endlich hatte er einen würdigeren Platz gefunden. Jetzt erwarteten die Mama und Sieglinde ihren Prozess im Frauengefängnis in Schwäbisch Gmünd. Ihre Briefe klangen zuversichtlich, fast heiter. Ihr Rechtsanwalt hatte gemeint, dass die Strafe nicht allzu hoch ausfallen würde, denn Marianne würde bezeugen, dass die Tat im Affekt geschehen war. Sie versuchte nun, das Haus in Grunbach zu verkaufen. Das würde sicher lange dauern, aber irgendwann werden die Schatten blasser und die Menschen vergessen schnell. Ein anderer Schatten war auch verschwunden – Maria. Marianne hatte ihr noch am Heiligabend das Geld ausgehändigt und ihr angedeutet, sie werde bald mehr über Enzos Schicksal erfahren. Sie war am Tag von Enzos Exhumierung abgereist, als hielte sie es keinen Moment mehr länger aus. Marianne hatte sie auf einmal mit ganz anderen Augen gesehen. Das war keine Rachegöttin, kein Gespenst, es war eine nicht mehr ganz junge Frau, in einem billigen dünnen Mantel, die schwer an ihrem Koffer trug, so schwer wie an ihren enttäuschten Hoffnungen und ihrer Trauer.

Und David? Sie seufzte auf. David war verschwunden. Im November 1969 waren Andreas Baader und Gudrun Ensslin nach Paris geflohen, als die Haftverschonung aufgehoben worden war. Später hatte ihre Spur nach Italien geführt. Jetzt hatte sie gehört, dass Baader in Berlin verhaftet worden sei. Kalle hatte ihr erzählt, dass David gemeinsam mit anderen seine Befreiung plane, dann wolle man in ein palästinensisches Militärlager flüchten. Seit einigen Wochen war David spurlos verschwunden. »Wir werden noch von ihm hören«, hatte Kalle grimassierend gesagt. »Kann ich dich in Tübingen besuchen?«, hatte er dann verlegen gefragt und sie hatte genickt.

Mit Kalle würde sie immer verbunden bleiben, denn er erinnerte sie an die Sturmzeit, die in jenem Frühjahr 1967 begonnen hatte. Jetzt lag die Luft ruhig über dem Wasser, das das klare Blau des Himmels zurückwarf.

Sie wusste immer noch nicht genau, wie das Leben gelingen sollte, das Leben aus einem Guss. Aber sie war dabei, es zu lernen. Immerhin!

Glossar

1. Personen der Zeitgeschichte

Konrad Adenauer (1876–1967)

Seit 1917 Oberbürgermeister in Köln wurde er 1933 von den Nationalsozialisten seines Amtes enthoben. Die britische Militärregierung setzte ihn im Mai 1945 wieder in dieses Amt ein. 1949 wurde er zum ersten Bundeskanzler der Bundesrepublik Deutschland gewählt. Sein Ziel war die Erlangung der vollen Souveränität des Landes, dies versuchte er durch die Westintegration zu erreichen, der er den Vorrang vor der Wiedervereinigung gab. Die sog. Adenauer-Ära steht für den demokratischen Neuanfang der Bundesrepublik, aber auch für die Verdrängung der Verbrechen des Nationalsozialismus, für die unpolitische Einstellung einer Gesellschaft, die sich fast ausschließlich auf den wirtschaftlichen Aufstieg konzentrierte, und eine Spießigkeit und geistige Enge.

Willy Brand (1919–1992)

Als Herbert Karl Frahm in Lübeck als unehelicher Sohn einer Verkäuferin geboren. Seit 1930 Mitglied der SPD, nach 1933 Emigration nach Norwegen. 1938 Ausbürgerung aus Deutschland durch die Nationalsozialisten, nach 1945 Rückkehr nach Deutschland, wo er als Korrespondent für skandinavische Zeitungen arbeitete. Wiedereinbürgerung unter dem Schriftstellernamen Willy Brand. Seit 1949 Mitglied des Bundestages, 1957 wird er Regierender Bürgermeister von Berlin. Seit 1964 ist er SPD-Vorsitzender und wird 1966 Vizekanzler und Außenminister der Großen Koalition. 1969 wird er zum Bundeskanzler der SPD-FDP-Koalition gewählt und erhält 1971 den Friedensnobelpreis für seine Entspannungspolitik. Rücktritt 1974 aufgrund der Guillaume-Affäre.

Andreas Baader (1943–1977)

In München geboren, übersiedelt er 1963 nach West-Berlin. Ohne richtige Ausbildung versuch er sich in verschiedenen Berufen. 1967 trifft er Gudrun Ensslin. Beide verüben am 2. April 1968 einen Brandanschlag auf zwei Frankfurter Kaufhäuser. Sie werden zu drei Jahren Haft verurteilt und 1969 vorläufig entlassen. Nach ihrer Flucht nach Frankreich folgt 1970 die Rückkehr in die BRD, hier wird Baader erneut verhaftet. Am 14. Mai 1970 organisieren Ensslin und Meinhof die Befreiung von Baader aus dem Gefängnis. Dieser Ausbruch markiert die Geburtsstunde der Baader-Meinhof-Gruppe und ihren Weg in die Gewalt. 1972 wird Baader zusammen mit anderen erneut verhaftet und im April 1977 zu lebenslanger Haft verurteilt. Im Hochsicherheitstrakt in Stuttgart-Stammheim begeht er zusammen mit Gudrun Ensslin und Jan-Carl Raspe Selbstmord.

Rudi Dutschke (1940–1979)
Geboren in Schönefeld in Brandenburg als vierter Sohn eines Postbeamten, engagiert er sich früh für den Sozialismus, gleichzeitig übt er scharfe Kritik an der DDR. Nach seiner Übersiedlung nach West-Berlin wird er Mitglied des SDS, in dessen Beirat er 1965 gewählt wurde. Er nahm an zahlreichen Aktionen und Demonstrationen teil und wurde zur Symbolfigur der APO, die er ideologisch neu ausrichtete. Am 11. April 1968 wurde ein Attentat auf ihn verübt, an dessen Spätfolgen er 1979 starb.

Gudrun Ensslin (1940–1977)
Nach ihrem Studium in Tübingen und West-Berlin trifft sie 1967 Andreas Baader. Das Attentat auf Benno Ohnesorg stellt eine entscheidende Wende für sie dar, denn sie fordert nun eine gewaltsame Antwort auf die Gewalt im Staat. Fortan verläuft ihr Lebensweg mit dem von Andreas Baader parallel und endet ebenfalls durch Selbstmord in Suttgart-Stammheim am 18. Oktober 1977.

Ulrike Meinhof (1934–1976)
Sie arbeitet nach dem Studium als Journalistin und wird Chefredakteurin der Studentenzeitschrift *konkret*, dessen Herausgeber Klaus Rainer Röhl sie 1963 heiratet. Sie macht sich einen Namen durch ihr politisches Engagement gegen ehemalige Nationalsozialisten, gegen die Notstandsgesetze und gegen den Verteidigungsminister Franz Josef Strauß. Ab 1968 sucht sie Kontakt zur APO, es folgt die Trennung von Röhl und der Umzug nach West-Berlin. Sie lernt Andreas Baader und Gudrun Ensslin kennen, mit denen sie eine bewaffnete Gruppe aufbauen will. Ihre Mitwirkung bei der Befreiungsaktion von Andreas Baader und die Flucht mit den anderen markiert ihren Weg in die Illegalität.

Die sog. Baader-Meinhof-Gruppe, die sich ab 1971 Rote Armee Fraktion nennt, verübt mehrere Banküberfälle und Sprengstoffanschläge. Im April 1971 wird ein Strategiepapier der Gruppe veröffentlicht, das *Konzept Stadtguerilla,* das im Wesentlichen von Ulrike Meinhof verfasst wurde. Sie wurde am 15. Juni 1972 verhaftet und 1974 in die Strafvollzugsanstalt Stammheim verlegt, wo ihr 1975 gemeinsam mit Ensslin, Baader und Raspe der Prozess gemacht wird. Am 6. Mai 1976 wird Ulrike Meinhof erhängt in ihrer Zelle aufgefunden.

2. Wort- und Sacherklärungen

APO
= Außerparlamentarische Opposition (auch 68er-Bewegung)
Die Diskussion über die Notstandsgesetze, das Fehlen einer starken Opposition im Deutschen Bundestag führte zu einer vor allem von Studenten getragenen Protestbewegung, die sich als eigentliche Opposition sah. Zunehmend richtete sich der Protest gegen die kapitalistische Wirtschaftsordnung, gegen die autoritären Strukturen an den Universitäten und die unzureichende Auseinandersetzung mit der NS-Vergangenheit, man propagierte neue, freie Lebensformen. Protestformen waren vor allem Demonstrationen, Sitzstreiks, Besetzung von Hörsälen und Straßenschlachten mit der Polizei.

Große Koalition
Gebildet zwischen 1966 und 69 aus CDU und SPD unter Bundeskanzler Kurt Georg Kiesinger (CDU). Sie sollte vor allem die Wirtschaftskrise bewältigen und die Notstandsgesetze mit Zwei-Drittel-Mehrheit beschließen. Da die Opposition nur noch aus den 49 Abgeordneten der FDP bestand, zogen viele den Schluss, das parlamentarische System habe versagt (s. APO).

Hochschulreform
Die Studienreform wurde ab 1966 von vielen Studenten gefordert, um die autoritären Strukturen der sog. Ordinarienuniversität, in der ausschließlich die Professoren in der Verwaltung und bei der Besetzung von Stellen das Sagen hatten, aufzulösen. Gefordert wurde bei-

spielsweise die sog. Drittelparität, mit der Professoren, Assistenten und Studenten gleichberechtigt agieren konnten. Die Sozialliberale Koalition ab 1969 konnte nur Teile davon umsetzen.

Notstandsgesetze
Bezeichnung für die Verfassungsbestimmungen, die das politische und gesellschaftliche Leben für den äußeren Notstand (Verteidigungsfall) sowie den inneren Notstand (Naturkatastrophen, innere Unruhen) regeln. Die Große Koalition verfügte über die notwendige Zwei-Drittel-Mehrheit und konnte so am 30. Mai 1968 die Notstandsgesetze verabschieden. Gesellschaftliche Gruppen, vor allem die deutsche Linke, fürchteten eine Aushebelung der demokratischen Ordnung und protestierten heftig dagegen.

RCDS
= Ring christlich demokratischer Studenten
Der CDU nahestehende studentische Organisation.

SDS
= Sozialistischer deutscher Studentenbund
1946 als Studentenverband der SPD gegründet, verfolgte er ab 1958/59 einen linksradikalen Kurs, weswegen die SPD 1961 die Verbindung löste. Der SDS wurde 1966/67 zum Kern der APO und löste sich 1970 selbst auf.

Vietnamkrieg
1954 wird Vietnam in ein kommunistisch regiertes Nordvietnam und ein prowestliches Südvietnam geteilt, das westliche Militärberater erhält. Bald darauf beginnt ein Guerillakrieg, der vor allem von den nordvietnamesischen Vietcong getragen wird. 1965 kontrollieren sie Südvietnam mit Ausnahme Saigons und einiger Küstenstreifen. Nach angeblichem Angriff auf einen amerikanischen Zerstörer beginnen die Kampfhandlungen der USA gegen Nordvietnam. Das sog. Expeditionskorps erreicht bald 500 000 Mann. Der amerikanische Luftkrieg richtet sich gegen die Nachschublinien des Vietcong und gegen Ziele in Nordvietnam. Dabei erleidet die Zivilbevölkerung sehr hohe Verluste. Das Ansehen der USA in der Welt wird schwer beschädigt und überall richten sich Proteste gegen diesen Krieg.

Quellenverzeichnis

Gedichte:
Ingeborg Bachmann: »Anrufung des Großen Bären«, »Erwart' dir viel«, aus: Werke, Band 1, Gedichte, Piper, München 1978.
Wolf Biermann, zitiert nach Willi Winkler: »Die Geschichte der RAF«, rororo, Berlin 2007
Sophie Mereau: »Erinnerung und Phantasie«, zitiert nach: Reinhard Lindenhahn, »Romantik – Arbeitsheft zur Literaturgeschichte«, Cornelsen Verlag, Berlin 1998
Ludwig Tieck: »Melancholie«, zitiert nach: »Romantik – Arbeitsheft zur Literaturgeschichte« (s.o.)
Alexander Solschenizyn: »Archipel Gulag«, Scherz, Bern 1974
Karoline von Günderrode: »Die eine Klage«, zitiert nach: »Romantik – Arbeitsheft zur Literaturgeschichte« (s.o.)

Es gibt einige sehr interessante und informative Werke, die sich mit der Geschichte der Studentenrevolte und der RAF beschäftigen und die ich mit großem Gewinn studiert habe.
Erwähnt seien hier:

Gerrit Dworok, Christoph Wissmann (Hg.), »1968 und die 68er«, Böhlau-Verlag GmbH, Wien, Köln, Weimar 2013
Gunnar Hinck, »Wir waren wie Maschinen – Die bundesdeutsche Linke der siebziger Jahre«, Rotbuch, Berlin 2012
Wolfgang Kraushaar, Karin Wieland, Jan Philipp Reemtsma, »Rudi Dutschke, Andreas Baader und die RAF«, Hamburger Edition, Hamburg 2005
Willi Winkler, »Die Geschichte der RAF«, rororo, Berlin 2007

Wesentliche Informationen zur Romantik verdanke ich Rüdiger Safranskis fundierter Darstellung »Romantik« (Carl Hanser, München 2007)

Wichtige Hinweise zum Leben von Sophie Mereau entnahm ich der Biografie von Dagmar von Gersdorff, »Dich zu lieben kann ich nicht verlernen. Das Leben der Sophie Brentano-Mereau« (Inselverlag, Frankfurt am Main 1984).

Abgesehen von den Personen der Zeitgeschichte sind alle im Roman dargestellten Protagonisten frei erfunden.

Ein Dorf, drei Generationen, jede Menge Spannung!

Inge Barth-Grözinger

Stachelbeerjahre

352 Seiten · Gebunden
ISBN 978-3-522-20081-3

Deutschland nach dem Krieg, ein Dorf, drei Generationen unter einem Dach. Frieden? Von wegen! Es knallt ordentlich in Mariannes Familie, wo Großeltern, Mutter und Schwester nur eines verbindet: ungelebte Träume. Einzig Marianne, die Kluge, Bildungshungrige, scheint ihre Chancen realistisch genug einzuschätzen. Doch eines Tages platzt Enzo in dieses Leben, der erste Gastarbeiter im Dorf. Attraktiv, voller Lebensfreude, heißblütig. Und die Frauen in Mariannes Familie verlieren eine nach der anderen den Kopf …